陈应松中篇小说集

U1074121

神鹫过境

陈应松 著

江苏凤凰文艺出版社
JIANGSU PHOENIX LITERATURE AND ART PUBLISHING, LTD

目　录

神鹫过境

一

号是一只二龄鹫。它已经十分勇猛了，它的尖喙硬硬的，在秋风中尤其如此。它褐色的眼珠转动着成熟的生存智慧；分辨猎物，抓住它们，置它们于死地。它的羽翼已经超过一米，是一大片云彩般的阴影，那阴影使敌人胆寒。当它扫过高原和砾石时，是绝对无情的，它君临一切，是天空的王者。当然了，还远不止这些。在那遥远的高原，只要你是一只鹫，你就赋予了神性，你是天神的使者，住在高原上的人，他们的灵魂是由秃鹫——死尸的啄食者带到天堂的。

号在出生的那一年就与它的父母兄姊一起，携着几个死者的灵魂去了天国，它看见了神。那儿的人都这么说。在那些洁白如银冠的雪山下面，在梯状的云彩上面，号飞升着，它看见了人们把死者亲人的魂系在了它的翅翼上，他们相信号。

现在它却是一只迁徙的饿鹫，旅途寂寞，寒风凛冽，在天空尤其如此。它已经找不到队伍了，它的兄姊是否早到了温暖的南方，在一片无人敢扰的草甸上，在夷岭的那边，正等待着它？

它是在追逐一只田鼠时掉队的。那是一只狡猾的黄毛田鼠，它仗着对地形的熟悉钻进一堆乱石缝中，号守了几个出口，都没能逮住它。有一次看见了那只田鼠露出了尾巴，可是当它把嘴伸进去时，那石缝差一点儿卡断了它的喙嘴。就这样，耽误了时间，等它再一次飞起来的时候，天空已经发暗，只有断崖靠西的那一面还反射着最后一缕夕光。它叫了两声，又叫了两声，除了孤独的回声外，陌生的天空里什么也没有了。

就是在第二天的早晨，它记得从寒露中醒来，准备寻找猎物的时候，它遭到了这夷岭的致命袭击。

没有现成的碎尸，这使它平常养尊处优的生活受到了挑战。不过有一种秉性是存在的，这就是弥漫在整个闪光夏季的嗜血渴望。当它远行的时候，饥饿唤醒了野性，也唤醒了它征服天空的雄心。它和它的兄姊虽然都有点失魂落魄（那是被季节追赶的），但只要进行短暂的休整和补给，它们依然是骁勇的，并能越过高耸入云的夷岭进入南方的天空。

夷岭有两种凶狠的留鸟。它们小巧玲珑，但狂妄至极，这些留鸟的傲慢来自它们狭隘的个性和眼目，对一片天空恋久之后，它们因此忌恨所有的飞禽，连云彩也忌恨。这两种留鸟一种是红尾伯劳，一种是黑卷尾。红尾伯劳当地人叫“嘎郎子”，意思是它嘎里嘎气的，不知道天高地厚；黑卷尾叫它“箭子”，它是一种缺少涵养、怒气冲冲的鸟。于是，掉队的号在这两种鸟的挑衅下演出了一场悲壮的也是羞辱自己的生死大战。最后，它被打败了。

这怎么可能呢？然而事实如此。

在夷岭的天空，红尾伯劳和黑卷尾从来就没有团结过，它们是生死对头，冤家，互不买账，常常为天空中一条无形边界打得天昏地暗，而今天，它们团结起来了，它们看见那一队又一队从高原上飞来的大鸟。这些大鸟飞得很高，没有长期住下来的意思，也没有与它们争夺林中的食物。但它们恨这些大鸟，嫉妒它，只是因为它们飞得太高。

号听到了一阵狂躁不安的大喊大叫，就在它的下面。忽然，一群小黑鸟蹿了上来，这就是黑卷尾，它们贴着号的翅翼射向天空，然后又俯冲下来。

这只是一种恫吓，虚张声势。号在心里笑着，但紧接着红尾伯劳也加入了拦截的队伍，它们配合黑卷尾，挥舞着寒光闪闪的尖嘴对号展开了进攻。

丁连根那天正在掰苞谷，他是不爱朝天空看的，天空中没啥，吃的全在土里。但是有一根粗壮的羽毛掉到他面前，又一根粗大的羽毛掉到他面前，还有小羽，还有血。他以为是下雨了，摸摸鼻子尖，是红的。下红雨了吗？他仰头望望天，就看到了那惊心动魄的一幕：一群土鸟在攻击一只大鹰。那大鹰的颈子没有毛，是癞鹰。当地叫这种鹰为癞鹰。

“喔，”他说，“个贼日的。”他骂了一句。

狂乱的黑卷尾们以忽上忽下的乱窜扰乱了号的视线，号踟蹰着不知从哪儿突围，就在它恍惚不定的时候，阴险而聪明的红尾伯劳就趁机下口了。这些夷岭骄傲的嘎郎子，它们是如此勇敢，无所畏惧，知道以弱胜强的办法。它们瞅准的是号的屁股，瞅准了，啄一口，飞开，再来啄一口，再飞开。号先是疼痛，然后是愤怒。这只愤怒的神鹫，它知道自己在天空中的影子就是飞翔的石头，对，石头，那弯曲的镰刀一样的喙嘴就是力量与尊严，还有恐怖。小鸟们因为恐怖而孤注一掷，忌恨也像宿怨一样，高原上的号如今不过是孤独的过客。但激情是不会泯灭的，而且鹫是无所畏惧的，它啄到了一只黑卷尾，啄它的毛，啄它的皮肉。它在被自己的翅翼搅得迅猛的气流中沉下身子——它知道了背上的疼痛和尾部的疼痛，它的利爪把那些芝麻大的小鸟抓出了血，皮毛撕裂时小鸟们发出的凄厉声音，是最美妙的音乐。号疼痛，它沉默。血从天空洒落，羽毛纷飞，刚才丁连根摸到的那一滴血，就是这场战争的祭酒。

红尾伯劳也伤了，它们的口中虽然含着号的皮肉，但号也扯下了一只红尾伯劳的胸腹；另一只被号的翅膀一扫，便断了腿。

现在，号已经遍体鳞伤。面对着两种不怕死的小鸟，它简直束手无策。它躲避，它下降，它叫，它逃窜。

这个黄昏因为溅满了鸟儿们的血而变得悲壮起来，天空中充满着莫名的哀伤。总之，号是这么看的，它弄不清楚，在这里——在翻过夷岭的途中使它失去了尊严。这仅仅是开始，当生命保全之后，失去尊严的生命会发生彻底的异变。这就是命运吧。

它记得在天空中应战的时候，还有一只鹫也遭遇了它同样的命运。那只鹫它不认识。当它因为身体的沉重而下坠的时候，看到那只鹫也跟它一样，摇摇晃晃地往下掉落下去。山下的深壑、梯田、村舍以及河流都在向它们招摇着秋天迷人的景色。这些陌生的景色在嘲笑它们，也将抚摸它们。

后来，它们汇合了，在一处坡地的灌丛里，因为同是天涯沦落客，它们细小的呻吟与呼唤彼此都能听见。号看了看那只鹭，它的同类，是一只体力有些不支的老鹭。它望着它，它也望着它。不过那只是一瞬间的对视，它们走拢之后，在不到一米远的距离里各自蜷伏进开始衰颓的野茅丛中。白花花的野茅并不比高原温暖的阳光差多少。

二

癞鹰来了。丁连根从傍晚便开始寻找那两只鹭。他看见它们在那个远远的小山对面的崖谷里没有再飞起来。

“它们飞不起来了。”他说。回到家里，他啃了两个红薯，就叫上老婆，带着电筒，向崖谷走去。

到处是苞谷地，也有吃苞谷的猴子，也有熊瞎子。因此丁连根希望尽快找到那两只鹭，不愿碰到任何野牲口。他带着绳子，他的老婆也带着绳子，还有两把砍刀。如果这两只鹭不被野物吃了，就会被别人捉去。或者，它会重新飞起来。

丁连根当然不怕，只是担心那么大的两个家伙难以让其驯服，万一它们反抗，啄他，用翅膀扑他（和他的妻子），那怎么办？丁连根的老婆可不是个孬种，她连这点顾虑都没有。她有劲，无论是洗衣还是挑柴，她曾经打掉过丁连根的门牙。有一次在与邻居的殴斗中，是她（而不是丁连根）把那家的男汉扯掉了裤子，在其屁股上留下了她凶猛的五爪血印。

“哈，这两个家伙！”丁连根的老婆一个饿虎扑食就罩住了号，号是年轻的鹭。可号没有反抗，跟逮鸡一样。

接着，丁连根也扑到了另一只老鹭。他们开始捆绑。这也很容易，缚住它的两个翅膀，另外，那一双铁似的爪子也得缠个严严实实。那嘴巴，铁钩子似的，也得缠住，以防万一。

丁连根的老婆先捆了号，她摸摸它的屁股，说：“伤得不轻呢。”在丁连根的电筒光里，号的屁股上的血已经凝固了，现在在捆绑的过程中，碰到了那些伤口，又有几处地方渗出鲜艳的血水来。而丁连根看他手上的那只老鹫，整个屁股都被啄乱了。红尾伯劳一口一口又一口，啄得它千疮百孔。号毕竟年轻一些，它还能在天上与它们搏杀过一阵，而那只老鹫，它衰笨了，它失去了平衡与力量，在夷岭的天空，在这个阴险和没有信仰的天上，老鹫不过是一块抛上天空的垃圾，一片被旋风打乱的落叶，一堆衰老的记忆。小鸟可以欺负它，人更可以欺负它。

“只怕有二三十斤哩！”丁连根的老婆背着号说，她将号丢到背后；丁连根也把老鹫背到了背后，老鹫更重。

他们在深夜下山。

因为困倦，回到家他们便把两只鹫丢到了屋旮旯里，喝了些水便躺到床上睡去了。

丁连根困，可他的老婆并不困。兴奋正在她的脑海里惊涛拍岸。听着丁连根那些蠢里蠢气的鼾声，她心里骂道：“真蠢。”因为丁连根说，这可是难办啊。丁连根对鸟的知识掌握得太多了。这个平时闷气的小个子男人，肚里还是有货的，他似乎对上面的政策啥都懂，平时见了个纸片只要有字都会一个人待在一边研究老半天。虽然她平日里唠唠叨叨但一句话也不顶用，关键时候还得看男人那一句话。说行，就是行；就不行，就不行。干得，就干；干不得，就不能干。门牙打掉了，还是不能干。事实证明，男人丁连根总是对的，男人就是男人。男人不愧是男人。他说：“这难办啊。”莫非就真难办？把它们杀了，腌了，下酒吃，给孩子吃，给娘提一块去，顶一二十只鸡呢。她摸了摸它们的脯子，有肉。就那一只爪子，给爹下两顿酒是没有问题。去卖了吧，丁连根说只能悄悄卖，那也得卖大几十块、上百块钱。就把它们卖了。或者卖一只，腌一只。总不能把它们喂养吧，那怎么喂，它们要吃些啥？抓老鼠，到哪儿去捉那么多老鼠？吃兔子，到哪儿去买那么多兔子？“放屁！”丁连根的老婆想到这里猛地拍了一把床沿。于是整个床一震，丁连根的鼾声停了片刻，翻了个身，呱叽了一下嘴巴，又睡去了。也许压根未醒。

她得先做出一种安排和处置。这两只癞鹰有她的一份儿。

夷岭的秋夜传来了山涛与树潮的悠长吼叫声。那是秋深了，风欺凌着山区的一切，告诉它们，季节正准备转换。接着，雪和冰雹就会来了。不过这种情况并不多见，随着气候的一年年变暖，那种几十年前大雪封门又封山的景象已是凤毛麟角。

听见堂屋正梁上那只鹩哥学猫的叫声细昵昵地响起后，她在对两只鹫的盘算中甜蜜蜜地睡去了。

三

号听见了猫叫。

它的眼在黑暗中搜索到了，那所谓的猫，是一只鹩哥。这只乌黑的鹩哥，跟这房子里的黑暗一样黑。这只鹩哥就叫鹩哥，屋里的主人从小就是这么唤的。它现在正吓唬在屋梁上跑马的成群老鼠，它只是吓唬。而号听见老鼠的奔窜声却想到的是那种口中嚼动的滋味。太饥饿了，加上干渴，老鼠的血肉可以解决这一切。可它被绑捆着，它和那只老鹫塞在一口水缸的底下，那儿潮湿的空气虽然缓解了屁股火辣辣的疼痛，但肚腹空枵，加上它们无法动弹，连嘴张开的权利也没有了。

那只老鹫在轻轻地呻吟，它太难受了吧。它在那令人神往的、自由无羁的高原生活了十年，也许二十年。风吹动着高原上的草，百兽嬉戏，流泉淙淙，到处是鲜花，到处是食物与景仰。除了严冬的肆虐，没有什么可让它们担心。而随着迁徙之路的改变——那一条从祖先至今行走的天路，正慢慢离开那熟悉的天空，向一些陌生的、充满了野蛮与邪恶的地方延伸。夷岭的第一批探路者正悄悄地选择了它们。可老鹫老啦，它知道前程危险，但对生命不息的热望使它踏上了这条道路，然而，却是一条满含耻辱的不归路。

号打了一个盹儿。当它从梦中醒来想舒展它的翅羽以抖掉夜的残余时，才明白了它的处境。天空已经不存在了，水缸代替了一切。这个充满着霉气和肮脏气味的角落，射进了一线早晨的白光。它看见了那个昨夜捉它们的男人的面容，脸盘很小，长着一只狗鼻子，眉毛稀疏。他看了它们一眼，就从水缸边挑上水桶出门了。这时那个捉号的女人也敞着怀出来了，这个女人揉着一双发肿的眼睛，浑身散发着一股女人的热腾腾的酸气。这种气味对于号它们来说，太熟悉了，只不过，一种是有热气的，一种是冷的，夹杂一股更浓的血腥味。号身边的老鹫吃得更多，那些过去时代的肉体，给它许多美好的回想。在饥饿与绑缚中，你会对过去的一切更敏感，连许多小小的细节都可以回忆起来。

现在，女人揉着那一双发肿的眼睛，她好像不相信这两只鹫属于自己似的，她蹲下身子，用手摸了摸两只鹫的羽毛。它们的颈子是秃的，就那儿，一直到头顶，有些纯白色的细羽，比其他地方的羽毛要柔软，像普通的鸟羽一样。号以为她是来为自己松绑的，至少给它们一点儿水喝，解开它们喙嘴上的绳子，让它们嗑嗑舌头。可是没有。这个女人站起来后，屋梁上的那只鹩哥就开始喊了：

“姐姐，姐姐！”

那是一种谄媚的声音，是夷岭的另一种鸟，比凶恶的黑卷尾和红尾伯劳还令人讨厌。

“姐姐，姐姐，老丁挑水了，咕噜咕噜咕噜咕噜。”鹩哥说。它吐字清晰，语言乖巧，整个儿都是圆润的，它模仿吞水的声音就跟水声一个样。

女人从缸里舀了一瓢水，给它添水，并且抓了些黍子丢进那只竹笼里。女人不想搭理这只饶舌的鹩哥。它的舌头是如此地柔软，被捻了舌，被捻去过几层舌鞘，它才会如此乖巧，口舌如簧的。

姓丁的男人挑水回来的时候，就有陌生人走进来了。

这些陌生人是丁连根的老婆带来的。被鹩哥称为姐姐的这个女人，是个炮筒子。“逮着癞鹰了。”她在外面说。这是一种炫耀。可是昨日晚上她的男人反复给她交代的“不吱声”，早被她那种炫耀的冲动给忘记了。一个男人逮一只癞鹰不算啥，这过去有过；甭说是一只鹰，一头虎也有人逮过。但一个女人逮一只癞鹰却是闻所未闻，天下奇闻。在二十年前的某一天，一个女人打死过一只豹子，传遍了整个中国，这女人就是夷岭的。不过，那是一次偶然的运气。豹子要吃她，她在树上，她准备跳下来逃生的，刚好跳在了豹子的腰上，将其脊骨压断了，豹子就瘫了。就这么，一个挑猪菜的女子，成了英雄。而如今，这个曾经仰慕过打豹英雄的女人，也将成为英雄。她从男人丁连根那儿知道，如今没谁敢称打野物的人为英雄，但在夷岭，在村里，她还是可以获得英雄的称号。

渴望成为英雄的女人，带着食肉寝皮的英雄主义气概，把她的事迹在一早晨就随风传扬开了。就这么，又恨又气，怒不敢言的丁连根，看到人们云集到他的家里来看稀奇。

“这是两只癞鹰。”那些人肯定地说。他们这么肯定，也知道它的价值。谁都知道，这是政府宣布的二级保护动物。但对动物只有吃法的区别，没有保护等级的区别。大家吃过熊，吃过娃娃鱼，也吃过穿山甲。大家清楚，只要你不打熊猫与金丝猴，这命是可以保住的。不过，在经常吃掉的二级保护动物里，癞鹰是稀少的，简直没有。这癞鹰为何在这儿出现，而且一次逮住了两只？

这个现象并没有引起大家的注意，只是丁连根有些隐隐地感觉：会有更多的癞鹰从这儿经过。看来，夷岭的天空会发生什么变化了。

随那些人一起进来的还有苍蝇。成群结队的苍蝇也是嗜血的幽灵。它们聚集在号与老鹫的屁股上。它们叮着，而看鹫的人就用树棍子戳这些鹫的身子。他们抽着烟，咳嗽着。

水来了。有人给它们喝水，不一会儿，它们的面前还出现了一些鱼头和鱼肠子。“是得喝点儿水了。”号心里想着就把尖喙伸进那个瓦盆里。那些鱼肠子味道并不好，号叼了几条进嘴里，其余的它想让给老鹫吃。可老鹫连水也不愿喝，它闭着眼睛，无精打采。它太伤心，它一定太伤心。过多的回忆会使它变得执拗和绝望。而且有人在那老鹫的羽腈下使了劲儿，那带毛刺的棍子一定也刺疼了它，还包括心。有人还十分可恶地用棍子翻弄它的伤口，他们在讨论他们引为自豪的红尾伯劳是怎么把嘴伸进这癞鹰的深肉里，把肉扯出一个洞来的。苍蝇时起时落，在那些人的谈话中穿梭飞舞，发出嗡嗡的声音。

“我们是看见过一场战争。”他们说。每个人都似乎对天空中发生过的一切目不转睛过。其实，关于那场搏斗，看见的并不多。他们之所以感兴趣，是在于这一对捕捉巨大癞鹰的夫妇，并不是猎人。他们在村里的地位，可能还不如村主任家门前的一块石头呢。

四

是杀还是不杀它们，愁煞在丁连根的心头。食物越来越艰难，而风声越传越远去。

“我们是穷家小户，与其让乡干部来搜了去，不如主动把它们献给国家。”丁连根蹲在门槛上抽着烟。烟抽了不少，烟是最差的“红金龙”，抽进去直刺舌尖和牙缝。

第一天，他买了三斤烂鱼；第三天去一个养猪场拖回了一头死猪。太阳在山路上把死猪晒膨了，散发出一股让人翻江倒海的臭气。死猪虽然只花了十五块钱，然而那一整天，像掰了两亩地的苞米一样累。因为他整整走了三十多里地。

整个屋里因为死猪而增添了数不尽的苍蝇和臭味，他用盐水洗着两只鹫的屁股。老鹫的伤太深，有一块已经变黑。

“杀了它，我们也不缺这块肉吃。”他对老婆姐姐说。

这是现实的问题，他的老婆不得不考虑。两只鹫的食量惊人。这样吃下去，他们儿子的学费也要吃完了。但难道就不能杀了它吗？谁来管你，你杀了，你吃了，给儿子补胃气，炒辣椒吃难道不比吃南瓜和扁豆有味吗？老婆讥笑他：“国家，国家这么大，你未必送到北京去哟？”他的老婆踢了老鹫一脚。老鹫现在能站起来了，号也站着，但它们的翅膀仍被捆着。翅膀高张起，像飞翔的样子，但它们被捆着。

捉了野物献给国家，这是丁连根的老婆第一次从丁连根口里吐出的像领导一样的说话。可县里的领导来了，村里正在给他们吃熊掌。有一次，有一对有了些异味的熊掌，还是被县里来的几个土管员下了三斤白酒。不过事后他们拉了三天肚子。

但是丁连根起了心想交给国家，还是村里的赵老饼一句话戳到了他的心尖。赵老饼是见过世面的人，有几年挖药材去了高原。“这是神鹫，那边多啦！”他说。他指的那边，就是高原。

这丁连根清楚，丁连根隐约听到过这癞鹰的来历，它们是神物，至少在赵老饼所指的方向，离夷岭很远的地方是如此。有人说这些神鹰的眼里映着你的前生和来世。他不相信，他从来就没有见过这样的一双眼睛。对于鸟，要么是吃了，要么是驯它。驯过小鸟的丁连根不会有一种对于鸟的恐惧，没有，现实生活中越来越不使人恐惧什么，人们只是生存，只是为得到更多。那种得到的欲望如果不遇到直接的抵抗，任何鬼话瞎话也唬不住他。人们已经无所畏惧。但是在赵老饼来过的那个晚上，丁连根摸黑在鹩哥的猫叫声中去缸里寻水喝时，他在黑暗中猛然看到了两只眼睛，那是号的眼睛，在黑暗中射出两道寒光。这只是幻觉吧。后来定眼时那寒光消失了；也许是他不愿看了，不敢看了。也许是号合上了眼睛，他在那褐色的、敌视而且威严的一双鹫眼里，似乎看见了一些模糊的秽物。“那里面没有我。”他说。他给自己壮胆，他点燃一支烟，笑笑。笑自己胆这么小，还能在半夜去捉鹫吗？哈哈！他心里说。他变得高大了，强健了。心定了，神稳了。他做他的事；他给鹫敷伤，他研究着它们的颈子，想着从哪里开刀，怎么啃它们的爪子，第一口酒吃哪一根，吃前蹈呢还是啃后趾，吃它的颏还是啃它的颊？

这种虎视眈眈的想法只能是一种想法。它是为了抵御某种悄悄滋生的恐惧。当他看到儿子在它们的面前，号的那双深森的眼睛似乎是一种灾难的预兆与念咒。儿子太柔弱，他害过几场大病，后来因打针而使一只腿粗一只腿细，走路时有些打拐。鹫却似乎太强大，它们无声，它们被绑，它们吃着臭鱼烂虾，可它们强大。的确如此。丁连根是个比较胆小的男人，在夷岭，他当然也可以走夜路，拿着一把钢叉便能一个人照看苞谷地，以防青猴掰摘。但那是生活所迫。一旦从生存的泥潭里挣扎出来，静下心来后他看到了什么呢？他不能毛着胆子去抗击世上一切强大的东西。一个人的愚妄半是为生活半是为挑衅。

我怕什么！他有时候还是这样想，那一双看到你心里去的褐色眼珠不就是畜生的眼珠吗？

“国家就是县里！”在老婆多次质问他国家是不是村主任，国家是不是“胡公安”之后丁连根终于发脾气了。发脾气是要积聚些中气的，一年半载的发一次，发就发好，豁出去了，不让她有丝毫的侥幸，家破人亡都在所不惜的样子。

“你吃了它你就长几块肉了吗？这些癞鹰都是吃死人的，你敢吃？！”

就这么，在激烈的争吵声中，丁连根拿上扁担叩着地下，好像要劈人的样子；又找绳子，要上吊，要把人勒死的样子。他的老婆喑声了，他的老婆躲在房里，丁连根的那气势把她堵住了，那气势像一道火墙，呼啦啦地点燃了整个屋。

丁连根挑着两只鹫就出门了。

“个贼日的！贼日的！”不知道是骂谁，骂老婆，骂鹫，骂横着碰上门框的扁担或者门框？

“姐姐，姐姐，你出来。”等丁连根出了门，烟火气散去了，屋梁上的鹩哥说话了。它甩着一头的水。在丁连根发脾气的时候，它一直待在笼里的那个大水碗中，仅把嘴伸出来。这笼是丁连根专为鹩哥做的浴笼，有一个大陶碗，比脸盆小不了多少，山里汉子吃饭的那种碗。鹩哥爱在里面洗澡，遇上害怕，也会藏身水中。

在那儿，在水缸边，一堆臭熏熏的猪下水，一些鹫的粪便和丁连根将鹫绑上扁担时弃下的几根羽毛。那羽毛真的很大，灰白色的尾羽，还有几根金褐色的头羽。

女人等待着男人的反悔，他走出村，气在三五步之后就会消的。这几十斤好好的鸟肉，总不能白白送给国家。况且他送到县里，现在已经是下午了，要走到县里，得半夜了。除非他能搭上便车。另外，他的手上没有钱，他吃什么？他的烟也没带着呢。他火一来把什么都忘了，这钉锤子（她私下给他的诨名），他要挑回来。挑到哪个地方歇歇，吃一支烟，然后就回了。江里的江猪子也是吃死人肉的，白鳝也是吃死人肉的，白鳝钻入死尸的肚里，吃空了才出来。可它们的肉一样好吃，还金贵些呢。

钉锤子，回来！她在心里喊。

五

人有时候横了就横了。人逼急了，娘都敢杀。整整一个下午，丁连根就这么简单地凭着一股犟劲儿一步不歇、不吃不喝地走在去县城的路上。

每当别人问起他，他便说："癞鹰。"就这两个字。无话可说。他木头木脑，咽着干涎水。想抽烟，没抽烟。无烟。过河的时候，才找出一共两块多钱来，没买烟。算了算，这一趟有保障了。

他没回头。

他倒是在细细地打量天空。

天空有云，很淡。天很高，天静静的，有鸟飞过。后来，他看见了在紧挨着夷岭的山边，在西南的天际豁口，低垂在天幕尽头的山峰间，有一队鸟飞过，那是鹫，从高原飞过来的，正在翻越高高的夷岭。它们如一阵乌云。他看着它们滑过天空，自言自语地说："更多的癞鹰就要到了。"

"咱们走吧。"他说。他换了换肩。那两只倒垂着的鹫，嘴微微地张着，并且淌出一些涎沫来。它们是渴了。这天气不对，好像给人造成了错觉，以为还是夏天呢。他抹着脖子里的汗。而一群苍蝇一直从村里跟出来，跟着他。它们围着一前一后的两只鹫，依然叮它们的屁股。不时地还有路边的苍蝇加入这个队伍中来。现在，鹫们的屁股上爬满了苍蝇。他驱赶，飞了，又回来。又驱赶，又飞了，又终于还是落到鹫的身上。鹫的身子散发出一股鸡屎的臭味。有一阵子，他觉得它们并不可怕，就是鸡，大鸡，大一点儿的鸡，或是一只驯过的鹩哥、秦吉子。它们肮脏，倒吊着，嘴角流涎，它们，就是这种样子的鸟，怎么会是神鸟呢？它们破衣烂衫，蓬头垢面，远不如一只嘎郎子或箭子。这样想的时候，他就快动摇了。那腿，要让他动摇，折过去，回头，向家里走去，杀了，腌了，或者卖了。

我能不能把它卖掉呢。

一想起与政府打交道，他就不寒而栗，就觉得自己不是那种角色。他是一个农民，穿着与干部们大有区别。村主任都对他爱理不理的。村主任去村头的茶场餐馆吃饭，都被人用摩托带着，还打一条领带。丁连根活到如今，不知领带是啥玩意儿，他摸都没摸过。乡政府的人呢？去年他去过一次，时间与现在还很近。那是与几个乡亲一起去的，为化肥肥了田而庄稼不长的事；还有一件事儿，也不是对着村主任们来的，所以才敢光天化日之下踏进乡政府的院子，那事是：村里与刘税收合伙收屠宰税，说谁交了再给猪打防疫针就不要钱，可税收了，针没人打了。另外，乡里的刘税收见了哪家养一只鸟或一只猴子，都要收特种养殖税。自家养着玩儿，凭什么要交税呢？一只鹩哥他交了五块钱。后来，他气不打一处来，硬是把鹩哥饿了三天，饿得鹩哥莫名其妙，整天喊“姐姐、姐姐”。为这事，与老婆姐姐打了一架，被老婆打掉了一颗门牙，心脏停跳，后来是老婆用一根纳鞋的针刺了他脚底的涌泉穴，差不多把脚板刺穿了，才还过阳来。他与乡亲就为这些事想顺道去找找听说很年轻的乡长。那乡长简直像晚辈一样年轻，胖乎乎的，现在的干部都年轻，都胖乎乎的，细皮嫩肉的。可是那天他们被年轻的乡长吼了一通。那天下着小雨，乡政府的院子刚平整了，还没来得及铺水泥砖头什么的，一脚的泥水踏进去，就被一个与他年龄相仿的烟鬼样的人给挡在了门口，让他们去东头的一间小屋反映。小屋里挂着一块联防队的牌子，一个穿可怕制服的年轻人跟另一个年轻人在谈什么。丁连根认出了那就是他们乡的乡长，在电视里见过。“喔，”乡长听了两句，旁边那个穿制服的人提醒说：“有什么话直说。”丁连根和几个乡亲就直说。不过那已经把他们想好的话给打乱了，说话就没有连贯性，杵头杵脑的，干巴巴的，在乡长的脸上看不出一丝那种交谈的笑意来。但电视上的乡长为何却总是胖乎乎地笑，而面前的乡长却木着脸吊着嘴唇呢？后来乡长就说了，就说刘税收的情况我们要调查，税是国家稳定的基础云云，那是什么话呀，我们是反映情况，特别是关于化肥的问题，乡经管站出售的化肥为何没有好的，可乡长袒护刘税收，他反复吼着说该交的税还是要交的，交税自古就这样，又不是共产党想出的歪点子。那种搪塞的口气，不想倾听他们的口气是太明显了。于是，脚上泥糊嚣天的丁连根就只好出来了。

电视形象与他们所见到的形象不符，这是丁连根最惧怕的事。领教了那一次之后，丁连根好些天抽烟没味，喝酒没味，连跟老婆同房也没味。而县里的干部们会是怎样呢？连村主任乡长都这个样子，县长不更了不得！不过县长在电视上也经常见到，比电视里的乡长也不差，也年轻，戴一副眼镜，学生模样，可丁连根现在想起来也亲热不了。比如去年遇上了洪水，我们的县长在电视里谈到要死守大堤，誓与大堤共存亡时，头发却丝毫不乱，脚上穿着亮得像酒瓶的皮鞋。这个形象与电视中一个来咱们这儿抗洪的解放军中将一身稀泥巴的形象比也差远了。后来，在春节的时候，这个县长到灾区与灾民一起过春节，但灾民穿着别人捐赠的衣服，而县长穿着皮西服，也打着那种妖里妖气、花花绿绿的领带子。灾民和县长一起在一个火锅里捞鸡吃，然后碰杯，灾民们碰了杯，脖子都是硬的，然后埋着头嚼鸡，这哪是在过年哪，简直是受罪。我丁连根也只怕要受一遭这样的罪了？那样的鸡，嚼得出什么味来呢。太难受了。我去找这个县长，他能跟我握手吗，然后说，丁连根同志，你将这对珍贵的秃鹫献出来了，我代表全县四十八万人民感谢你。然后给我奖金，再然后跟我一起吃鸡吗？他只是这么试试探探地想，他压根没这么奢望。

现在，他把这两只鹫挑到哪里去呢？他头上有汗，脚上也有汗。头上有咸汗，脚上有臭汗。他穿臭力士鞋，夹袄很旧了，草帽也是旧的。他挑着两只脏兮兮的鹫，放到县长的办公室里，放到办公室县长的大皮椅对面（电视里见过），把这样让苍蝇围着叮吮的鹫挑进县长屋里？或者放到副县长屋里（副县长是哪种副县长呢？县委书记？）。

他走上了公路，那是宽阔的大道。是一条油渣路，是国道。走上国道，天已经晚了，要想再回去已经不可能了。也就是说，离家远，离县城近。

“我得在哪儿歪一夜吧？”他说。那只老鹫好像快死了，一动不动的，头全蔫了。他歇下来，喘口气。把鹭挑到路边，那儿有一条水沟。他把鹭干脆就丢进水里，两只鹭挣扎了一阵子，就能喝水了，咕嘟咕嘟地喝着水，发出野兽一样的声音。

他把鹭拖上来，他抚着两只鹭。他想自己也应该喝两口。于是也学着鹭发出那种奇怪的声音。这鹭怎么会发出怪溜溜的声音呢?

他望着两只鹭，身子软了。“我是叫花子养不起万岁爷，”他只能这样对鹭也对自己说，“我把你们放生吧。”他实在没有勇气踏进县城。县城离他的欢乐太远。

这样，他开始解绑两只鹭的绳子。这时候他是没有什么可想的。丁连根没啥好想，县长、老婆、乡长、儿子、号的那双神秘莫测的眼睛……他解绳子，找下手的地方，一个结一个结。解开一个结，心就轻松一阵子。鹭很配合他。从逮到它们的那天起，他就发现鹭很温驯，完全不是他所想象的那种猛禽，它们不反抗，不执着，不发狂，不会像狗或别的畜生那么贼似的乱咬你一口。许是它们太虚弱了，有伤在身，许是它们换了一个地方，威风全无。

它们给解开了，它们趔趔趄趄地站定了，可首尾不平衡，腿上没劲。解开后更加暴露了它们的本相。它们是两只病鹭，垂死的鹭，它们被这儿的鸟，被没有胃口的臭鱼烂虾，被苍蝇，被一整天倒吊在扁担上折磨得气息奄奄了，跟这眼前的落日一样疲软无力。

号站得好一点儿，它看见那只可怜的老鹭正靠在一棵槲榆蔸上发抖。身上的羽毛还是湿漉漉的，刚才那个挑它们的人把它们粗暴地丢在水沟里，老鹭没有反应过来，差一点儿溺死了。它无法缓过神来，它太衰老了，一点儿打击都使它犹如重锤。

它们无法飞起来了，虽然自由近在咫尺。号明白自由到来的时候，它想振一下翅，它看看是不是面前的人真有让它自由的意图，是真还是假。它揣摸着。翅膀下的确没有了绳子，脚下也轻了。在那人盯着公路上一溜烟开过去几辆汽车的当儿，号的翅翼张开了，它顾不得老鹭，它要飞，去追赶那已经淡入云深处的队伍，它的兄姊，另外，它对老鹭没什么好感。这是因为，它的父母或者一种血质暗示过它，老鹭常常会吃掉雏鹭，在它很小的时候，就学会了躲避那些陌生的老鹫。当然，现在它不怕了，它有足够力量来对付一只老鹫。可是，与其说它是被伤痛和虚弱压得飞不起来，不如说是被此时的黄昏压在了翅膀上。到了黄昏，鹫就不再是云彩上面的鹫了，它只是一只在地上和崖上蜷缩的鸟。黑暗使它无所适从。

鹫不飞，丁连根不能撇下它们空着手走掉，它们再被人逮住了，可能就会只剩下几根羽毛。

他只好把两只鹫重新捆起来。

肚里的嘈虫正在发出惨痛的叫声。他饿了，鹫也饿了。可此时他想抽一支烟，极想。他看见路边不远处有个黑影子，在渐渐升起的夕烟里，他猜想那是一个路边小卖部吧？

他又重新挑上鹫。

这就是缘分了，他甩不脱它们。

他说："我请你们抽支烟吧。"他抓住鹫的翅膀说。

当他刚看清那个黑影是一辆长面包车时，他就被车旁站着的两个人给喝住了。

"你挑的是什么！"

六

现在，要说到夷岭特殊的地理位置了。除了天空即将成为秃鹫又一条新的过道外，它还是重要的南北交通要道。有一条国道、两条省道穿越县境。这儿是两省交界处，相当偏僻，旧社会是打劫剪径的土匪出没的地方。现在，它没有工业，也没有什么商业，但一些单位却富得流油，人们手上拿出的烟几乎都是玉溪和芙蓉王。原因就是任何单位都可以找到理由上路，公安、路政、财政、税务、乡政府、林业局、烟草专卖局甚至县纪委，还有什么技术监督局、卫生防疫站等等，都可以堂而皇之地没收过境的香烟、木材、家禽、汽车。南来北往络绎不绝的各种车辆是他们的衣食父母，滚滚财源。这种雁过拔毛的致富政策，行将使天上的鸟遭遇到与地上的车同样的命运。

到处是设卡的人，喝令丁连根放下担子的，是几个上路的林业局的人。

他们示意他把担子放下来，他们总是显得那么干脆，没有余地，好像真理被他们攥着，他们的出现就是来梳理世上的万事万物的。

“这是什么呀？”

“看你们说是什么。”丁连根说。

有一个人站得远远的，两个人站得近近的。无论远近他们都有点害怕那两只放在地上的鹫。那鹫放在地上也有凳子那么高，而且它们弯钩似的喙嘴伸得老远，好像往外呼呼地冒着吃人的热气，向陌生人露出它们的侵略意图。

“这是国家二级保护动物，你知道吗？”一个把烟叼在嘴上说话的人说话了。丁连根影影绰绰看到他的面目，很胖，下巴的赘子只怕有半尺长，垂在领口外面。他旁边的那个最先要他放下担子，拽了他的扁担，现在张着腿望着公路两端，也不时望望两只鹫。另一个站得远远的人手上拿着一个乒乓球拍一样的东西。那东西丁连根在公路上见过，上面写着个“停”字。

“我这是挑到城里献给政府去的，”丁连根说，“我知道是保护动物。”

胖子喊在一旁东张西望的人说：“他说他是去献给政府的。”

他的口气充满着嘲笑和不信任。

“他送给县里？他送给县里？”那个东张西望的人走了过来，上下打量丁连根。

“献给政府。”丁连根纠正说。

“献给政府？”那人说。

“你献给政府？”胖得发喘的人说，他年龄好像并不大，顶多三十来岁，“你这么晚了挑来献给政府？你的心情这么迫切？看来你的觉悟蛮高咧！我们就是政府，你可以走了。”

这就完了？就这么简单？好像……好像不应该是这样的……

“我……我……我就走了？”他说。

“当然。”他们说。

“不写个东西给我吗？”

“那写什么，你说？写什么？你献了不就是献了吗，你很光荣，虽说你是半夜悄悄地送来的，那也很光荣嘛，哈哈！”

丁连根去抽扁担。他觉得很乏味。扁担是没献的。一条用过五年的竹扁担，汗水把它染得发红了。

他在黑暗中解扁担。他想问你们究竟是干什么的，他没敢开口。他不能开口。他在想他们是政府吗？他们不像政府，不是我心目中的政府。他们没问我的名字，他们知道是谁送的呢？上面要求对国家保护动物一律要送交给政府，都是这种结果吗？这是没收，献就是没收吗，既然如此，我何不把它们杀了，那献个卵子！把它们丢到山崖里去喂狼还痛快些。别人献出的动物曾在电视里出现过。不过只是畜生的镜头，奇怪的四耳狼、猴面鹰，还有一只金丝猴，它们在接收的院子里被人饲养着。那是县政府的院子还是林业局的院子？就都这么献了走了？连一句好听的话都没有？

他有点后悔，有点伤心。他望了望地上黑乎乎一堆的鹭。对他们说：“它们没吃东西呢。”

那几个人没理他。

他又说：“它们饿了一整天，有一只好像不行了。它们的屁股被啄烂了，还没好。”

“怎么，舍不得吧？”好像是胖子在说。

丁连根就走了。他觉得跟他们说多了没用。他没往回走，他往前走。因为他记得他兜里还有两块多钱，那前面不远一个小集镇什么的，有几户人家，有打铁的，卖面的，剃头的。他看见了一些灯火便记起来了。

他的鼻子酸酸的。他往前走，背着扁担，轻松是轻松了，风吹在身上，有丝丝寒意，但心很清爽。而鼻子发酸。

我坐一会儿吧。他现在是彻底地无力了，脚挪不动，他就坐在路边，望着黑魆魆的山影。

他发困，他伏在自己的双膝上，把头埋进去。他听见有汽车过来又过去的狂叫声，路上有尘土。他抬起头，看到他见到的那一辆面包车从身边急驰而过。那上面有他的两只鹭。

七

号闻到了一股汽油味，接着闻到了一股潲水味，一股发腻的酒精气味。它和老鹫被几个人粗暴地丢进汽车，然后，它们又来到了另一口水缸的缸脚下。它们是被拖进来的。那些人把它们拖到飘满酒精气味的屋子，让它们待在水缸下，号还以为又回到了那个捉它的男人的家里呢，可是过了几分钟，老鹫就被人提走了，倒提着，像提一只鸡。提它的人拿着一把刀，另外几个吃着烟的男人指着那只老鹫说：

"就这只。"

就这样，号看见老鹫被他们提走了。那个拿刀的人把刀丢到地上，说："我一只手还提不动呢。"于是有几个人过来与他一起提，另一个人拾起地上的刀子，走出了后门。

从后门吹来的风里号闻到了一股血腥味，那是同类鲜血的气味。号差不多麻木了，饥饿和捆绑使它身心俱损，意识模糊。它甚至记不起它是从哪儿来的了，好像它从来就生活在靠近水缸的角落里，生于斯，长于斯，从来就是个饥饿的、失去飞翔能力并被绑缚的鸟。那股血腥味冲得它大脑越发钝痛。是钝痛，好像有人用一块尼玛堆上的石头敲打过它的全身。

又接着传来了那种剐肉剐骨的声音。这声音熟悉，在高原，听见这种声音鹫们就会汇聚过来，那是召唤的声音，有食了！人们愿意把源源不断的、断却了尘缘的肉体凡胎抛撒给它们。可这是同类撕裂的声音，号不忍心去听它。

再接着号就听到了一个熟悉的声音："老板，有没有面吃？"那是捉它的人，倒挑着它走的人。那人因为饥饿而显得更加瘦小，像一块长在山崖上的疙瘩树根，脸上就像没有水分的、干巴巴的石头。

楼下没有人，人都上楼去了。楼上有男人的声音，有女人的声音，有杯子相碰的声音，那狭窄的楼梯口涌下来一团一团的人声与酒精气味。这个人不知怎么就忽然提上了号往外跑，跑得飞快。这个人像一个鬼魂，像一阵风，他的山里人的步子简直像豹子一样迅捷。他背着号就跑。他跑下公路，跑上一条弯弯曲曲的山道。他无法歇下来，他的脚板不停地叩打着石子，发出嘣嘣嘣嘣的声音。他的扁担在肩上弹跳着，有时撞到一棵树，有时撞到一些石壁。也发出瘆人的声音。另外，他的嘴里呼哧呼哧地像一头野兽。他狂奔，他就是一头野兽，在夷岭的夜里背着一只秃鹫，慌不择路。号觉得它的脊骨都要颠断了，在那个人汗湿水流的背上。“个贼人，个贼人！”号听见他在骂。

丁连根在骂。

那只老鹫成了一堆肮脏的禽毛，被人煮了。他连夜赶回去，带回了一只鹫，丢失了一只鹫。连那只尖着橙黄色嘴巴的黑鷯哥都在嘲笑他：“哈哈，哈哈。”

村里的人都来看他。“你是卖了吧？”他们说。“你肯定是卖了。”他的老婆也说。老婆站在村里的人一边。他们不相信他去献一只癞鹰给国家，另一只却背回来了。

“神鹫是可以吃的。”当他闻到了那股煮鹫的香气，他捉的鹫被那些上路设卡的人下了酒，他才相信这样的鹫的确是可以吃的。这是一个事实。那黄棕色的飞翼、金黄色的冠毛和瓦灰的导向翎全像一堆鸡毛。是鸡毛。那香味，被酱油、八角和桂皮煮出的香味，没有什么奇异之处，也咕噜咕噜地冒着热气，用酒送下喉咙。

这没有神秘了。而且，他怕谁呢，与政府打过交道的人，还会怕谁呢？一方水土一方风俗，到什么山上唱什么歌。号的眼睛呢？鸡的眼睛。没有神秘，没有诅咒，没有巫婆一样的蛊惑。没有。它就是鸟，一刀下去，什么都没有了，魂飞魄散，变成大粪，肥田。就是这么。那些设卡的人就是这么吃的，设卡的人带了个好头。

他抢回的这只鹫，他打量着它，再一次审视。吃了它吗？卖掉？关于吃它的计划已经烂熟于心了，从第一刀，到最后一口，我卖掉它的话，也比白白送给那些设卡的人吃了好。这是一些什么样的人呢？他们凭什么要设卡？他们没收过一车车的木材，听村里的人说，他们将邻村一个养殖户的一百多只七彩山鸡也没收了，原因就是运那七彩山鸡的车忘了带特种动物养殖证件什么的，再回去拿也不行，因为你已经上了路，开始了贩运。而山鸡是保护动物，你未带证明，就不能证明你是家养。跟这些人有什么道理可讲吗？没有道理，他们就是道理。他们没收有道理，放行也有道理；他们吃了有道理，不吃也有道理。这些土匪！

丁连根就是这么认为的。

这只鹫我可以把它养着。他心里说。当然这也是碰上了又一件事。山外面来了两个人。这两个人听说这里有一只活鹫，想把它买了去。在证实了这两个人的身份，不是县里设卡的那帮人之后，丁连根突然不想卖了。

“我们是买去当‘诱子’的。”那两个人说。那两个人争先恐后地说，“我们不是帮餐馆买的。”他们证实现在县城餐馆里红烧癞鹰的生意正陆陆续续地好起来。“这还是秘密吗？有好多癞鹰不被这里的鸟啄下来，也都饿掉下来了。当然喽，还有枪呢，还有农药呢。”

两个来买鹫的人说这只号可以当“诱子”。说它口龄小，好驯，县城的鹫都是死鹫。他们在那儿高谈阔论，直言不讳，以为丁连根就是个老实巴交的农民，不懂鸟。可当他们抬头看到屋梁上有一只乌黑发亮的鹩哥，听见鹩哥在那儿喊着女主人“姐姐，姐姐”时，他们发现说漏了嘴。“你是个内行。”他们说。他们你望望我，我望望你。

“没有五百元我不卖。”丁连根说。

他的老婆冲了出来，把号提溜着就往那两个人怀里塞，“他不卖我卖了。这只是我捉到的。他捉的那只早让政府屙成屎了。”她一手提号一手扒开瞒天要价的丁连根。丁连根被扒了个趔趄，他哪是他老婆的对手。

“我做主！”老婆拍着胸膛。胸膛直挺挺的，像一扇门板。“一百八十元你们提了走人！”

那两个人只肯出五十元，说县里一只红烧全癞鹰也才八十元一盘，你吓我！想一锹挖一口井？！

后来他的老婆说：“我送把你们算了！”还是往那两个人怀里塞。

那两个人不知女主人是激将，在那儿你望着我，我望着你，试探地说：

“是啊，一只癞鹰也养不起，一天要吃两斤肉，你养还不如送人划算。家有沈万山也要吃垮。”

“我是送把你们的，你们拿走呀。”姐姐说。

那两个人不敢接，但女主人塞给他们的时候，号的爪子把其中一个的脖子划出了两条深深的血印，只一擦，就是两条血印，比机器还锋利。那个捂着血印的人正要去抓号的腋窝，女主人的手就闪电一般收回去了。她把号丢给了身后他的男人，她哈哈大笑说：“你们漂亮些吧！”

那两个人红了脸，灰溜溜地拍着手走了，说：“买卖不成仁义在。”

老婆姐姐一屁股跌坐在门槛上，破口大骂丁连根道：“你个钉锤子，那你就养啦！看你养出五百块钱的金子来！”

“可一百八十块钱的金子也养不出来。”丁连根嗫嗫嚅嚅地说。

这就是丁连根只好把号养着的原因。

八

丁连根在河上守了两天，终于守到了一头死牛犊。

这可以节约一些钱。

他不想告诉老婆姐姐说他是想驯“诱子”的。他想做一件惊天动地的事情来，他得忍着，不能作声。他认为先给老婆讲了就没有什么意思了。再则他认为女人只会坏事，尤其像老婆姐姐这样的大炮女人。他疲了，他心凉了。在秋天的河边，他抽着烟，看水，心凉了。心中却无端滋生了一种抗拒，反抗这世界的，对着干的，不信邪的抗拒。他把烟头一支一支地丢进河里。他想了两天，心中行事的想法慢慢明朗了。

河上走着船。有鸬鹚船，但没有了他爹的。鸬鹚在叫，还有别的鸟，黑卷尾、红尾伯劳，漂亮而安静的戴胜，锯工一样的沼泽山雀。他现在可以重温他死去父亲的那一整套驯鸟割舌的技巧。他记起来他曾是一个驯鸟人的后代，这么多年，他种庄稼，打柴，也养了一只乖巧的鹩哥，可从来没意识到自己的父亲是一个驯鸟人。然而他的父亲是一个驯鸟人，非职业的驯鸟人。他的父亲还是一个残疾军人。他的父亲从朝鲜战场上回来之后脑子就不好使了，那脑子里有美国鬼子的弹片，据说取不出来，每隔两年就去城里拍一次片，据说那弹片在脑袋里都长毛了。父亲因为爱盘鸟，回来以后还是盘鸟，后来养了几只鸬鹚，在河上捕鱼。脑筋好的时候，捕过十几斤重的大青鱼。脑筋不好（主要是天阴疼痛而发疯）的时候，他就拧鸬鹚的头，将鸬鹚的头拧掉。一只鸬鹚在二十世纪六十年代就要二十多元钱，他生生拧去了四个鸬鹚的脑袋。他说，我拧美国鬼子，我拧杜鲁门和李承晚的脑袋。他只是一个疯了的爱鸟人，过去丁连根就是这么诊断的，他甚至不想回忆起他的父亲。他曾将他的父亲捆住，捆在厕所里。当然喽，这都是父亲发病之后。父亲除了这样，还要剪鸟的舌头（谢天谢地，只是剪鸟的！）。在朝鲜的金刚山战役里，他割过一个美国高鼻子的舌头。后来，他养了一只玩儿的鹩哥，他先是捻舌，也就是把鹩哥厚钝如甲的舌头捻薄，捻一层皮去，再敷药，等雀舌好了之后，再捻。可是，在那一年他发病后，竟扯出鹩哥的舌头来剪去了一截。这是在他糊涂的时候剪的，那一天是端午节，丁连根记得清清楚楚，他在用“美人脚”粽子蘸糖吃。那只平常只会说简单话语的鹩哥，突然能成篇背诵林彪的语录前言了，一时间在村里成了奇迹。鹩哥在村里朗诵着：“学习毛主席著作，要带着问题学，活学活用，学用结合，急用先学，立竿见影，在用字上狠下功夫。为了把毛泽东思想真正学到手，要反复学习毛主席的许多基本观点，有些警句最好要背熟。”而且是一口地道的黄冈话呢。在 1976 年，这只鹩哥天天高喊“天塌了，天塌了”，结果那一年发生了大地震。在地震后的第三天父亲就残忍地将那只鹩哥掐死了。

他拖着死牛犊回去的时候想，我终于要驯驯它了。那几个设卡的人给了他勇气，把他推向了一个骁勇残忍的驯鸟人的行列。“我试试看吧。”他对自己说。

他拖着一匹死牛犊回来的时候，他的老婆瞪大着一双牛卵子眼睛。他的老婆说：“嘿，你疯了！”他说：“我就是疯了。我要喂一只全县全国最大的鸟。”

一个人疯了你是挡不住的，妲妲记得她疯了的公公。你除非把他捆住，像捆公公，像捆一只癞鹰。

就是这么，丁连根剁发臭的死牛犊，然后，把它们抛给号。

号第一天没吃。

第二天也没吃。

这只号是傲慢的，它有着鹫的尊严。

肉太臭，这是对它的侮辱。

它的眼里总是出现那种令人难以置信的光芒。现在，我假设它已被几个人丢进馆子吃了，假设被那两个鸟贩子买走了，把它丢进笼子，运到集贸市场让人们依质论价，指手画脚，然后——驯也好，杀也好，总之，假设它不存在了。它只是一个影子。就这么，你吃也罢，不吃也罢。这是熬鹫的开始。鹫就是这么开始熬它的。熬吧，他说，他咬牙切齿地说。除非县长亲自上门来，收走这一只鹫，说，丁连根同志，感谢你。否则，我是闭门不出了。

为防止号在极度的愤怒中发疯与反抗，他找了一根牛皮带，套在它的右腿上。然后，丁连根给它做了个眼罩，罩上它的双眼。然后，他给它松了绑。因为钳制它的自由，或许是它拒食的原因。他给了它翅膀的自由和双爪的有限自由，会唤起它的野性的幻觉，并因为饥饿而疯狂地扑腾与噬咬。现在两只眼被黑布罩住的号，犹如置身永久的黑暗中，鹫对黑暗的恐惧使它无所适从。另外，它已经没有力量了。

只有吃。

对嘴前的腐肉只有胡乱地吃。一个人到山穷水尽之时，是没有什么尊严可讲的。

第三天的夜里，丁连根听到了水缸底下传来了细细的咀嚼与吞咽声。那不是鹩哥的，鹩哥吃着粟米，总是如饮醇醪。而且鹩哥没有晚上进食的习惯。鹫也没有，但鹫蒙上了双眼，它已不知白天黑夜。

第四天早上，丁连根起床，果然看到了号啄去了不少的腐肉，它的喙钩上还沾着进食的肉屑。

丁连根找了些盐，放进水里，给号擦烂臀；盐水使号嘴里发出感激一样的细微呻吟声。

“这还差不多。”丁连根说。

九

号的伤渐渐好起来了。它开始拼命地进食，也拼命地挣扎。一旦体力回到了体内，它便不顾一切地撕扯那束缚它的皮套。它在暗无天日的黑暗中转着圈，想将腿从套子里挣出来，它啄它，锲而不舍，准确下嘴。结着皮套的是一根从父亲鸬鹚船上取下的缆绳，浸了许多遍猪血，异常结实。在它狂乱地啄咬皮套的过程中，那缆绳缠得它双腿层层叠叠，它终于站立不稳，一下翅羽委地，浑身淌着虚汗，像一只垂头丧气的落汤鸡。

熬鹫就是如此。熬所有的猛禽也如此。先让它们歇斯底里，然后让它们认命。反反复复，它们就相信了命运对于它们只能如此。

不过这一天号得到了一个意外的惊喜，它被取下了眼罩，睁开眼不仅看到了天空和太阳，还看到了一只活蹦乱跳的兔子。号在丁连根一撒手就猛扑了过去。兔子天生是鹫的下酒菜，它还没跑几步就被号强劲的爪子钳住了，那双爪像抓一张纸。它制服了兔子，站在它的背上，望了望丁连根，也望了望在屋檐的横梁上看它抓兔子的鹩哥，然后，它的钩喙深深地扎进了兔腹。

屋梁上的鹩哥看着鹫扑食活物，它看得目瞪口呆。它看到了地上的那只大鸟另一种进餐的吃法，看到了鹫酣畅淋漓地喝着血，剥着内脏，一口将兔子的细肠吸溜进去；它吐出兔毛，发出声音，它的爪子在地上磨着，磨去那沾在上面的毛与血，并且对鹩哥露出无声地觊觎。鹩哥不由向后退缩了几步，不过它马上就清楚了它所在的位置，很高，高不可攀——它就是这么认为的。鹫很低，至少今天如此，它的绳子很短，它无法飞起来了，虽然它有如席的翅膀。而且鹩哥马上就看见，在鹫饱餐完那只兔子后，男主人便露出他从未有过的残忍本性。号的腿早就是绑住的，绳子一端穿过一个桃树的树丫，男主人收紧绳子，鹫就往树丫上靠去。只一瞬间，在号还没有明白是怎么一回事时，它就被倒吊在了那棵正在落叶的桃树上。

号被倒吊起来了，它倒看着世界，它无法挣扎与扑打，它疑惑。接着它马上又陷入黑暗中，那个该死的眼罩又罩住了它。它的翅膀垂耷了下来，全身无力，像被人抽了筋一样。当你倒悬于世界的时候，你就是这样了，你甚至无法表达你的愤怒，无法思想，对这个被人折磨的世界产生绝望，而且是黑暗中的绝望。

这种倒悬预示着一只鹫死了，另一只鹫将诞生。而它们是同一只鹫。

熬它。

它在晚上被丢进鸡笼里。

塞进鸡笼是要力量的，可鹫已经像一摊稀泥了。在桃树上，它所有的血都被洗过一样，像最柔弱的水，连它铁一样的爪子也不过像几根枯枝，虚张声势，其实连一根筷子也抓不起来了。

这个晚上，号开始拼命地撞笼子，撞鸡笼。鸡笼的秽气熏蒸着它，那儿螨虫飞舞，钻进羽毛下的皮肤中，咬得它奇痒难耐。

这种撞笼的声音是愤怒和绝望的，连老鼠和学猫叫的鹩哥也不敢吱声了。号叫着，悲愤，孤独。它呼唤那远方天空的同类，它控诉，它诅咒。

那声音实在太吓人了。丁连根的老婆在床上护着自己的儿子。她说："你把它杀了吧。你不把它杀了把我们母子杀了，我们受不了了。"于是，他老婆穿着大裤衩跳下了床，拿起刀。刀被丁连根夺了过去，手好在没划到。丁连根将刀丢到院子外头，说："你干什么呢，你干什么呢！"

在鹫拼命撞笼子的声音里，丁连根与老婆打了一架。这一切，都是阻止老婆姐姐想扼死鹫的企图。他说，熬过这一阵子就好了。他求情地说。结果他的嘴被扫了一巴掌。他被逼着去看笼子里的号，他拍打笼子，他踢笼子，他吼号，也想绑住它，可他不敢了。撞笼子的猛禽是不可接近的。猛禽就是猛禽，当它发怒，唯一的办法就是任其自然，或者，将它们杀死。

在鸡笼上，一对男女为此进行了一场下手狠毒的较量，男的不仅挨了几嘴巴，连手背上的皮也被抠去了一块；而女的这一次吃了亏，她的一只眼睛给打充血了，肥胖的大腿被撞出一个凹窝来，怎么也复不了原。打过之后他也没讲出他真实的意图来。

鹩哥也一夜未能入眠，它只好眼睁睁地看着东方现出曙色。而这时鹩哥却因为打瞌睡，一头栽下横梁，也被吊在梁上了。不过，嘴巴发肿的男主人马上把它托上原位。

号呢，号撞得头破血流。

几只露宿在外的鸡进来了，它们看到一只天上的鹫正张着一根根零乱的大羽，咆哮并占领了它们低矮的老巢。

“滚开！”丁连根对鸡说。

鸡们一哄而散。

“喂，号！”他说。他已经正式给这只鹫取了名字，叫它号。他现在要与它对话了。当它筋疲力尽的时候，他不厌其烦、心平气和地与它对话。

“喂，号！”他说。他突然变得有点吊儿郎当了。而且，他突然变得十分残酷，十分麻木，十分邪恶。他没想到仅仅与老婆打了一架后就成了一个熬鹰人。顺顺当当的，就能熬一只大鸟了。看来办什么事都不难。杀人杀顺了手，也就没事了。

这不是一只鹩哥，鹫有着顽强的意志，执拗的个性，勇猛无羁的品格，鹫凶猛，毫不屈服，天生的犟种。在那儿，在高原，它临风怒目，一堆高高的野火中有人投下香料，经幡飞扬，那是整个夏季，湖水平静得像玻璃一样，也温暖得像绸缎一样。偶尔在空中燃烧的阳光，无法灼伤它们的翅膀。那是雄伟的大地，也是平和的大地，有信仰，没有恍惚；它弃绝俗尘，让人遥想，翅膀就是一切，是意志，也是精神；是胆，也是灵心，是飞掠，也是慈航。

“我只有熬你了，现在。”他说。他蘸了盐水给号擦新伤旧痛。然后，他不再管它，到十里外的一个养猪场去，弄些死猪肉来。秋深了，上游的水越来越平，不会有什么东西流来了。在养猪场，他弄来了十斤死猪肉。场长说病死猪肉都埋了，丁连根说我又不是来查你们的，怕什么。你还埋那些，你埋到香肠里去了。果然，丁连根就是在场长的香肠加工车间切的十斤死猪肉。

回来之后，他把这些猪肉用凉井水泡着了。

鹰撞着，且要饿三天。这是饿鹰，要熬，先饿，就是这么，饿得它奄奄一息，再给它吃。吃的东西已经不能叫肉了，用凉井水泡的，要退它的火气，那万丈豪情，还有肠肚里的油水，都将不再，要使它清心寡欲。

十

又一个三天来临的时候，号从鸡笼里走出来。它摇摇晃晃，像大病初愈的老人，它蓬头垢面，血痂累累，如跋涉了万里长途。它走向院子，看看天，天空晕眩，那都差不多恍如隔世了。它贪婪地嗅吸着外面的空气。空气里隐隐透出的那种季节的芬芳，已经与它远离。要穿过那种芬芳，到更远的森林中的草甸，季节是生命的动力，也是它的渴求。而现在，它渴求什么呢？食物。他吃了，他吃木渣一样的死猪肉，白瘆瘆的，吃这种肉除了能填饱肚子，再没有什么用。那是水的味道，就是水，抹布一样的水，没有血性的肉，失去阳气的肉，无须爪子和钩喙的力量，不需要撕扯，不需要抢夺，甚至连咀嚼也不需要。号就这么吃着。

秋天说凉就凉，在晚上，号的同类的唳叫正从远方传来。号和那个熬它的人都在倾听。而落叶正从天空飞下，满院都是。在这样的北风里，传来的是更多的秃鹫迁徙的信息。而侵略和杀戮的信息也隐隐地传来了。

号吃着这样的肉，它看见了那个主人的狞笑了吗？把它熬成像他一样精瘦、没有激情的人？

取下眼罩，不是让它能看见东西，而是看它何时眨眼睛。丁连根不允许号打盹儿，更不允许它睡觉。为此，他与鹫一起熬，熬鹰人就是这么的。他买来了两条烟，一包茶叶，还有一个杂音如雷的收音机。他放着音乐，他抽烟，他用大茶缸喝水。他在晚上披着一件狗皮大衣躺在竹椅里，紧守着号。只要号一打盹儿，他手上的那根竹苗子就会抽到号的身上。号已经浑身无力了，吃着水泡的猪肉，最冷冽的井水使它的心到了冰点，那根竹苗子极有弹性，打在羽上，疼在心上。还有那没毛的秃颈也是打击的对象。晚上不让睡，白天也不让睡。

“我给你讲故事吧，号。”

要磨它的性子，就给它讲故事。丁连根讲了一个许孜的故事说，古时候有个叫许孜的人，他骨瘦如柴，死了双亲，一个人独自运土建坟，又栽上松柏，他哭的时候许多鸟兽都围拢来看，当然也有癞鹰啦！后来，有只鹿来毁树苗，许孜就说，你这畜生你怎么不顾我啊！第二天他再栽树时，发现那头鹿被一只老虎杀死了，放在树苗下。许孜又哭，便把鹿埋葬了。那老虎看到此景，又羞又愧，就一头撞死在坟上。许孜呢，许孜哭了虎，又把虎埋葬了。丁连根又讲了一些稀奇古怪的故事，讲夷岭山里有个八十多岁的老太太洗澡时变成了一个癞头龟。她的儿女们只好在家里挖了个土坑，放满了水来供养她。他还讲了夷岭山里有个乡长，因病要变化成老虎，整天吼叫，有一次要吃他的嫂嫂，终于被人制服了，大家赶快在他身上浇水，才使这乡长没变化成老虎，但这乡长身上的虎毛已生出来了，好看得很。丁连根还给号说，我们县城边有座庙，庙里有个恶和尚，常常呵斥去敬香的老香客。有一天香客们去进香，发现庙里没有了恶和尚，只剩下一条两丈多长的大蛇，蛇缠着一件和尚的僧衣。原来恶和尚变成了蛇。

“这都是实有其事。”丁连根说。

号已经困得实在不行了，可它的主人还在那儿不停地唠叨和用竹苗子戳它。然后，还给它吃一种用马齿苋汁浸了的白水肉，那真是苦涩难咽，是彻底凉血的玩意儿。它不想扑打了，它只想睡觉。如果它跳一下，除了竹苗子外，它的主人还将它的尾巴也缠起来。在困倦中“认食”的记忆是鲜明的，可以记一辈子。那安静的院子里，它的主人除了让它记住吃带马齿苋味的白水肉，还用马齿苋汁擦它的羽毛与伤处。

还有什么可以盼望的呢？没有了。一只鹫，在这片光秃秃的露出血红土色的山岭，为了躲避寒冷，就这么下来了，就这么投降了。面对着比死亡更痛苦的活着，它得忍耐。而且，活着是卑微的，也是卑鄙的。是的，是卑鄙的，它准备着卑鄙。这一切，都是为了卑鄙。

这是漫长的五天五夜，为此，丁连根的老婆也极不情愿地加入了熬鹫的行列。这个女人比男人还残暴，她用草棍撑号的眼皮，她说：“你吃了我的那么多肉，不想为我做一点儿事呀！”号想，我没有吃她的肉，号已经在这些天里，能听懂人的语言了，知道了大致的意思。它想它没吃这女人的肉，虽然它渴望有这么一次嗜血的过程，成团成团的人的血肉让成团成团的鹫抢夺，这是一种壮观的景象。号嗅吸着这女人的血肉气味，可它不再有那种不切实际的冲动。

号在五天五夜的煎熬后不再是它自己了，它在这五天五夜里幻觉不断，已经被折磨得不再是鹫，只有鹫的形象，没有鹫的锐气。是鹫的令人生疑的同类，是一只鹩哥，它虽没捻舌，虽然不会模仿罪恶的人类说话。

它站在空地上，绑着一根细绳子。

手上戴着手套，臂上绑着棉絮的丁连根拿着一块肉，他让号飞来，号就飞来；他唤它，他给它整理羽毛，他让它站到他肩上。他说：“喂，号，过来！”号就过去了，助纣为虐地显示着那个短小主人的威风。它没有威风，只有威风的形象，那钩似的喙与铁似的爪，那让人胆寒的褐中带蓝的眼珠。它服帖了，它听话了，它改变了生的幻想与憧憬，像一个实实在在的事实而不是观念生活在人的肩头。天空遥不可及，南方的草甸与高原的雪山都成了梦境，甚至梦境也稀薄了，冷却了，在马齿苋汁和寒井水泡出的猪肉中它已经毫无尊严可言。那个人不再害怕它，温情脉脉地折磨它，它害怕那个人，一个接一个的噩梦般的记忆告诉它：顺他者昌，逆他者亡。

它从这个村里走过去的时候，它发现它的主人成了村里最骄傲的人。因为一只叫号的秃鹫在他手下成了一只家禽，成了一只十分难得的“诱子”。

十一

丁连根的那条船是偷偷下水直入夷岭河谷的。他给人说他的船将去上游运金矿。据说他的一个兄弟在上游挖金矿发财了，村里的许多人都加入了挖金矿的队伍。夷岭河谷的水因此翻滚着咸毒的热气，全是金矿的废水流下来的。连一只捉鱼的鸬鹚也没有了，所以丁连根将他父亲的鸬鹚船整理好，只能推说是去运矿石，以便躲过乡人的眼睛。其实，他已经将那个罪恶的计划准备付诸实施了。不过村里的人隐隐感觉到他驯这只大鸟并不仅仅是出于对父亲爱好的模仿。从设卡人的虎口里夺下的这只癞鹰一天至少两斤肉的消耗。对于一个山里的农民来说简直比供养一个乡长还艰难。现在，轮到这只癞鹰给他们还债了。

号被缚在船上。这已经很轻松了。当它看到那壮美的河谷和群山的时候，它打着盹儿，因为瞌睡不足，或者老是昏昏欲睡，翅膀已经懒得打开了。船是那种改装过后的鸬鹚船，有较大的艄楼顶，还有一根不算太高也不算太矮的桅杆。艄楼顶，是一头从养猪场买来的瘟猪和从河里捞到的一匹死马。这些令人作呕的死畜，在北风里把它们恶心的气味传得很远。而在船的四周，都布置好了粘网。在艄楼的一个角落，丁连根用一些树枝巧设了一个小棚，刚好容得下他矮小的身子，他的手上现在握有一根大棒。那是一根梨木大棒，光滑，沉手，像铁一样给人信心。

他歪坐在棚子里，他望着这河谷。会有更多的癞鹰来吗，他在想。鹫在往这边飞，这倒是他预料到的。许许多多负伤的黑卷尾和红尾伯劳虽然前仆后继，但已经开始怯阵了。那些伤者的血羽纷飞给了它们太多的恐怖，而且，秃鹫越飞越多，它们没有能力对付这庞大的敌阵了。黑压压的鹫，像令人窒息的浓烟，朝它们呛来，朝这片天空呛来。

可是，对于丁连根来说，有了一个“诱子”，就有了一片天空。这天空是他的，在夷岭的周围，已经有人使用了大棒，来对付那些年年过境的神鹫。现在，天路正在改变，这些像鱼汛一样的天上的鱼群，被暗暗变化的气候驱赶到夷岭，那些赖此为生的打鹰人，正在追随着它们的迁移，将它们置于死地。只是，人们的嗅觉赶不上鸟的灵敏。

这一天，雪崩似的阴影下降了，秃鹫来了。号看见了那么多同类，它高兴吗？它唳叫着，发出“咿——咿——”的清长的叫声，整个河谷在正午的太阳里都响彻着它的回声 ：

“咿——咿——”

饥饿和长途跋涉的秃鹫们要歇一歇了。有同类在呼唤它们，空气中腐尸的气味在引诱着它们。它们的眼睛看到了那船顶上的美餐。这个日子连丁连根也感到有些震惊，有哄抢食物习惯的天上的神鹫，循着号的叫声过来了，它们扑向那瘟猪和死马。可是，它们碰上了粘网。

这么多的秃鹫撞在了他的网里，他的父亲的形象变得渺小了，而他自己却变得高大和愚妄起来。这是属于我的吗？这些大鸟，当它聚集得太多就没有了让自己细想的余地——它们投进了罗网里，它们在网里扑打着，那景象着实让人恐惧。太多的秃鹫会让人恐惧。他还能想什么呢？丁连根，这个男人无法去想清什么了，秃鹫在飞撞，更多的后来者又被网住了。他看呆了，像个白痴，像梦中看到过的那种恶鬼附身的景象。那些鸟都在他的脚下，像黑浪翻滚。真是惊涛骇浪啊！他要征服它们，战胜它们，将它们平息：这惨烈的叫声，争抢的叫声。

他冲出树枝搭的棚子，一棒一棒地击打着它们的脑袋。一棒下去，秃鹫的头就耷拉下来，再补上一棒，秃鹫的爪子就伸直了。一棒又是一棒，有时候一棒可以打倒两只。他只好这么打了，魔鬼附了身。他已经身不由己了。

号像没看见一样，面对着同类的纷纷倒下和身首异处，它依然蹲在桅杆的横桁上，叫着，召唤更多的同类。

秋风像铁一样横过来。而更多的秃鹫此刻正在越过这夷岭高高的山脉，怀着它们温暖的希望向南方的草场飞去，寻找它们的天堂。

手忙脚乱

我是一个乡下人，有一年我来到了城里。我的朋友对我说，在城里你可以得到爱情。我说，城里有爱情吗？我的朋友说城里有爱情，在城里你会爱得死去活来。我说我已经有了老婆和孩子，我还可以爱得死去活来吗？我的朋友说当然可以。只要你爱，你就可以在任何时候、任何年月——不管是婚前或婚后，都会爱得死去活来。我说我这副模样还有人爱我？我的朋友说肯定有，城里有许多等待爱情的女人；女孩或者少妇，还有一些徐娘半老的人，都在等待爱情。我说像我这样一个乡下人，又没有钱，会有人跟我胡搞？我认为婚后便不存在爱情了，只有胡搞。因为在乡下我看见了许多胡搞的人，有我们的县长、局长、乡长和一些开电器商店的老板，都有胡搞行为。我使用了胡搞这个词。我的朋友警告我说，你放清醒点儿，像你这样的抢手货，不要把自己弄昏头了。

我没有昏头。我的朋友叫孟小安，我记得他的名字，他有一个老婆，一个“情况”，有一撇不错的小胡子，眼珠是黄色的，像个夜猫子。我记得他，我就说，我哪是抢手货。我的朋友说，你一来城里就快成为公众人物了，你要放沉静一点儿，不要在演播室里乱放炮，你的普通话讲得又不标准，你的夹克也十分难看，你的头是尖的，特别是后脑勺儿是尖的，一看就是乡下人。而城里的人后脑勺儿是平的，城里的人从小睡米袋子，睡平了，经看，乡下人放任自流，任它长，长成啥样是啥样，结果城里人与乡下人只要看头，就看出来了。于是，我的朋友让我去买了两套休闲服，当然是我的朋友的“情况”带我去的啦。我的朋友的“情况”叫王瑰丽，长得水萝卜似的，谁见了都想咬一口，我也没说的啦。但碍于情面，我叫她嫂子。我说嫂子，你看我穿什么好呢？王瑰丽就说你穿什么你穿什么。那么多衣服，而且她懂那么多穿着打扮的知识，好像她是休闲一条街的税务员似的，我真是佩服她。她就给我买了两套，说是孟小安送给我的，作为我来城里的见面礼，恭敬不如从命，我就受啦。我与王瑰丽像一对“有情况的人在”选衣服，试衣服。我试衣服时她就站在我旁边，帮我抱着我从身上脱下来的裹满乡下气味的衣服。付了款，我的嫂子就说，罗贤民，你这下就光辉灿烂了。我走出服装店，果然有了些光辉。我的嫂子王瑰丽就给我唤了个的士，说你快去电视台吧。我就穿了其中的一套去电视台了。

我参加的这个节目很有意思，是关于一次美发大赛的，让我担任评委。为什么请我担任评委，只有天晓得。担任评委的还有市商委的一个团委书记，一个大学的美学教授，一个搞音乐的，一个一级演员。那个一级演员和搞音乐的都蓄着长头发，都是男的。他们为什么要蓄长头发呢？这有美感吗？我真想请教美学教授。但我认为不美，我无法去看他们，看留长发的男人。那两个男人都很胖，蓄着长头发，是不是变了态呢？我想肯定是变了态了。我无法容忍蓄长头发的男人，不过我坐在美学教授的旁边，我看他亮分，他亮多少我亮多少，我想美学教授总不会错的。美发大赛就那么结束了，许多稀奇古怪的发型都获了奖，我们便鱼贯而上去给获奖选手发奖。获奖选手也大多是男性，也都蓄长头发，而且我在他们身上闻到了女人的气味，一些香水的气味、雪花膏的气味。我在想我是在参加一个同性恋的晚会吗？后来，我的朋友把我狠狠地批评了一顿，说现在男人用香水的多啦。因为现在女人的鼻子都很尖，稍有点不正的气味就把你甩啦，这算什么稀奇。我还是说当时吧，当时我闻着男人香水的气味始终回不过神来，又新奇又恶心，我听到美学教授在台上侃侃而谈，他谈了关于美发的沿革，唐朝是什么发型，宋朝又是什么发型，某个伟人蓄发立志，又讲了留头不留发，留发不留头的革命故事。可我一点儿也没听进去，我的鼻孔里填满了男人香水的气味，好像把我过去的生活割断了似的，好像过去的一切皆是虚幻，而现在才是真实的开始。我没有思想准备，结果在下舞台时一脚踏空，人从台上骨碌碌地滚了下来，摔坏了一只腿，半边脸。这样他们就把我送到了医院。

我的腿（脚踝那儿）摔坏啦，这是我在城里碰到的第一件不顺的事儿。本来是一个“出镜”的好机会，我却跌坏了腿，真是很跌份儿。结果让电视台花了上万元的医药费，电视台台长、文艺部主任、青少部主任、社会经济部主任及副台长、书记等都纷纷来看我，给我买花篮，还派了一个小姐来照顾我。这个小姐是一个过时的播音员，长得并不难看，但大家都觉得她难看，台长有一段时间收到了许多观众的信，说 ×× 有损电视台的形象，电视台上了卫星，全国都能收到了，难道蜀中无大将，廖化做先锋吗？在广大电视观众的强烈要求下，把她给拿下来了，让她担任一些晚会的调度或者干脆是打杂的活。比如，去买一些游戏玩具，去与厂家商家联系奖品，等等。这个女播音员在我看来虽然不上镜，但生活里是一个不错的女人，因为常年远离太阳和劳作，皮肤好，手指尖，说话字正腔圆。我在医院整天抱着脚大喊大叫，疼啊，我又不能走路，最糟糕的是不能在环境静谧的气氛中与她谈一些该谈的话。我抱着脚喊疼，这位女播音员就只好安慰我，并要医生给我吃镇静剂。我先后在这位小姐的强烈要求下吃了鲁米耶、速克眠，估计还被注射过杜冷丁。这样，我看见了这位小姐偷偷地狞笑。因为她给我讲过，她正在上告她们的台长，为何要剥夺她说话的权利。她的心情不好。台长让她来照顾一个病人，一个我们省的名人。是在做一个节目时不慎从舞台上摔下来的。

有一天，这个女播音员问我，罗先生，你究竟写了什么剧本，这么有名？我说我什么也没写，我仅仅写了一个关于下岗职工的上下集电视剧，获得了什么五个一工程奖，他们就把我搞到城里来了。我自己都不知道我是怎么出的名。女播音员说，你们剧作家的脑子是怎么长的，为何脑子里装那么多东西？我说我根本没装什么东西，我写下岗职工就是写我自己，我是个下岗职工，我如实写了我自己，结果写出名了，运气来了门板都挡不住。女播音员说我就很值得写，我的命运出奇地坎坷，我可以写一个二十集的电视剧，罗先生，我们来合作写写我行吗？我反正没事了，又不上节目了，不如写电视剧来点钱，听说你的电视剧两万元一集，有这回事吗？我说当然有这回事，两万元一集还是少的，现在有的剧作家达到十万元一集了。你想一个演员一集拿十几万元，我们作者拿个零头不行吗？女播音员高兴得跳了起来，说，那我们就合作，我只拿十分之四即可，我给你提供炮弹。

她所说的炮弹就是故事。我说你的故事究竟感不感人呢？她说，我的第一个丈夫死了，第二个丈夫死了，第三个丈夫是个脑膜炎后遗症，在他对我的屡次毒打下，我只好同他离婚。我今年才二十七岁，就经历了如此痛苦的磨难，终于挺过来了，这难道不曲折感人吗？我看见她说这些的时候嘤嘤地哭了起来。我就安慰她说，既然事情已经过去了，哭也没用了，倒不如每天大笑三声，以振奋乐观向上的精神。女播音员说，我如何乐观得起来，他们又让我从荧屏上消失了，我没有自杀就是万幸，所以，像我这样的经历换上另外一个人，早就被打垮了。所以，我认为你可以走入我的内心，探寻我的灵魂，看究竟是什么东西在支撑着我。我读到过一段海明威的话，他说人生来就不是被打败的，他打败了，但他不会倒下。我就是这样的一个人。我说好吧，等我的脚好了，我可以考虑与你合作，但要找好愿意投资的，没有人投资，也没有导演相中，你写了等于白写了，顶多把它改编成一部长篇小说，那赚不了几个钱。女播音员说，长篇小说也可以呀，署上我们两个人的名字。我说我又没写过小说，晓得能不能行。她鼓励我说，你一定行，我一看你就是聪明相。我真崇拜你！

在我住院期间，几个电视台的人也来采访了我，他们扛着笨重的摄像机，一副电视人的模样，一看都不是好家伙，都是在外寻花问柳的角色。他们向我提出了稀奇古怪的问题，譬如，你在住院期间你又在构思什么大作吗？你认为中国的舞台是不是一个经常让人摔跟头的地方？然后一个编导对我说，他此时此刻想起了海明威在《老人与海》中的一段话：人不是生来就被打败的，他哪怕打败了，但决不会屈服。又引用了一个尼采或是叔本华或者福柯的话，说，命运就是人类最虚弱的部分。他们可能采访了很多与命运抗争的人物，将一些中外名言都背得滚瓜烂熟了。我笑着说我这谈不上抗争命运，我不过是一次偶然。他们又问，是不是因为你出生在平原，你的上半辈子在平原生活惯了，不知道城里还有一些类似于山区的台阶，没有注意，不适应，才摔了跟头？我说胡扯，完全是偶然。我说我在乡下的小城里就住在六楼，六楼难道没有台阶吗？他们就说但没有聚光灯。是不是灯光使人晕眩？我说你最后一句话是不是哪个名人的话？他们说不是。我说不是就对了，灯光绝对不影响人的大脑。但是另外一个阴阳怪气的人就来反驳我说，不对，在第二次世界大战期间，希特勒就是在牢房里用各种强烈的灯光照犯人的，照上一两天人就死了。城市也有许多灯光，它的灯光污染使许多人都患上了怪病，晕眩只是其中一种。我就对那个人说，你只怕快成为哲学家了。那个人说他的确喜欢哲学，特别是福柯的和维特根斯坦的。再一问，他原来是个博士，学的正是哲学。我说你这么高的学历为何到电视台来，为何宁愿扛这种（摄像）机子？他说哲学博士根本分不出去，我们有两个美学博士自愿要求到殡仪馆化妆去了。他说他是很幸运的。他悄悄给我说，电视台有多好，我第一天上班采访就被人请去洗鸳鸯澡——就是在一个大木桶里一男一女互搓。他说我假如留校任教，有人请你洗澡？他说有一次我被人请去到大学给学生们讲了几个小时的哲学课，报酬竟然是一个值两三块钱的小笔记本。而我现在每天采访两三个会议，一个会议只打两百块钱的红包，一天的小费就是我在大学教书的半个月工资。他说哲学的根本就是研究形而上的，而我们在形而下。就像一个虚弱的人顶着一个大水桶。虚弱的人是我们自己，大水桶是哲学。你说，我是放弃我自己呢，还是放弃水桶？他的比喻深入浅出，让我获益匪浅。

他们走后我深感自己虽然是个名人，但知识结构还是有问题的。我便让女播音员给我找来了一本卡西尔的《人论》。那是一本什么狗屁书呀，我读得头昏脑涨，德国的哲学真是莫名其妙。这一整本书，我只瞧中了一个句子：“人不可能逃避他自己的成就，而只能接受他自己的生活状况。”我只能接受我自己的生活状况，我现在头昏脑涨，脚踝骨折，疼痛，大喊大叫，这就是我的现实。

我的脚很快就好了，只是走远路用不上劲儿，爬楼梯时有点别扭，其他与过去一样。我出院后的第二个月，一个女人就对我说，我有爱情，我想把它给你。那天我们在街头吃着烧烤，那个女人就要把爱情给我。我说算了吧，我有老婆和孩子，还要爱情怎么办？她说你难道不可以与你老婆提出离婚吗？

我说我提出过，我一提出离婚她就口吐白沫，不醒人事，你说怎么办？她说我也不知道怎么办，反正我今生注定要把爱情给你，你就看着办吧。

这样我就接受了这个女人的爱情。我自己也不知道怎么办，在城里。因为我的腿伤刚愈，脸上还有伤疤。

这是一个小学老师，她并不安心她的教学工作，热衷于选美，凡是电视上有出镜的机会，她都会争取。比如，搞公关小姐大赛啦，广告模特大赛啦，普通话大赛啦，流行歌曲擂台赛啦，她都参加。她说，她要用电视改变她的命运。然而她一直未改变命运。发展到后来，电视上只有那种情人速配的节目，她也参加啦。不过她瞧不上那些想速配的男人，只想在镜头前尽情地表现自己。她后来说，电视台又不是配种站，干吗叫速配呢？因为她是小学老师的缘故，长得也不赖，口才尤其好。最后选最佳形象小姐、最佳上镜小姐、最佳辩才小姐时，毫无疑问，她获得了最佳辩才小姐和最佳上镜小姐两项奖，奖给了她一套三千九百九十八元的婚纱套照和价值两千八百多元的淑女屋职业装。不过在最后按按钮的时候她弃权了。一个勇敢的男人走到她的面前说，你愿意嫁给我吗？你愿意跟我在未来的日子里不管是风风雨雨一起过吗？如果愿意，请接受我这份小小的礼物。那个男人拿着一个包装得非常漂亮的礼物递到她的面前，摄像机就盯着了他。因为是上了卫星的节目，我想全国人民甚至全世界人民都在看着他，看着这个向小学老师大胆求婚的男人。可我们的小学老师不为所动。她说，这个礼物原谅我不能收下，我们做个朋友好吗？但是这个男人贼心不死，依然锲而不舍死皮赖脸地再三坚持要她嫁给他。但是小学老师依然不为所动，她委婉地说，我相信你会找到比我更好的女孩子。这个不要脸的男人一点儿都不脸红，说出一句话来让人惊叹不已。他说，感谢你使我获得了一万个机会。小学老师问：此话怎讲？那个想速配的男人说：假如你今天答应了，天下的女人我就不敢爱了。你今天没答应，我所以还有一万个机会，在一万个女人中挑一个。接着就引用了一句古诗：莫愁前路无知己，天下谁人不识君。然后在电视上留下了自己的手机号码，说凡是看中他的女孩都可以给他打电话，他会邀请她共进晚餐。

我那天参加这个节目主要是讲了一个下岗女工的爱情。当时讨论的问题是“贫贱夫妻百事哀”。我当然不赞同这样的观点啦，我的观点是：“有钱夫妻百事哀，贫贱夫妻情基稳。”小学老师极赞同我的观点，节目之后给我留下了手机和学校的电话。她说她的心情不好，迟早会出点儿事的。结果第二天就出了事，她把一个学生的耳朵打聋了。

这位最佳上镜小姐，因为没有得到速配的爱情，就把气发泄到了学生身上。她打聋了学生的耳朵，学生的家长就来找她了。她让我陪她去医院探望学生，是看我块头不小，又是个名人，于是我决定帮她。我们去了医院，这个小学老师就向学生的家长介绍我，说我就是写那个反映下岗工人电视剧《路漫漫》的作家。学生的家长本来是横眉冷对的，一听说我就是那个写《路漫漫》的作者，马上露出惊讶和崇拜的神情，说他就是一个下岗工人，看《路漫漫》时哭了好几场，你真是太了解我们了，他说，没想到你是孩子老师的男朋友，我这孩子也是不听话，该打该打。他说话已经语无伦次了，他激动得不行，于是小学老师就趁机出击了，说打孩子不应该，她愿意拿出钱来赔偿，当即就拿出两千块钱给了那家长，将那套婚纱套照票也赔了出去。套照票加两千元钱，学生家长很满意，小学老师要他立了字据，说这个赔偿是最终赔偿，一次性了断，保证不再上告。

离开了医院，我心里很不是滋味，我对她说，你看看学生家长的眼睛吧，人家那真是善良的眼睛。这种眼睛的人已经不多啦，可往往有这种眼睛的人总是倒霉，他一个月才两百多块钱的下岗工资，现在唯一的儿子又被你给打聋了，难道两千块钱加一个婚纱套照就把自己洗刷清白了吗？你们城里的人怎么这么狠毒，还是女人，这是为什么？我那一顿脾气把小学老师训蒙了，她看着我，不说话，呆呆地看着我，好久不说一个字。我也被她看傻了，我不知道她盯着我看什么，我说，喂，你呆了吗？她好久之后哈哈大笑起来，上前一把抱住我，就说，你真是可爱，罗先生。她那天就表示要跟我好，说不在乎我结婚没结婚。她说我很淳朴，不像个坏男人。现在城里的坏男人特别多，见了有点姿色的女人就想占便宜，只会吹捧女人，而她今天碰到一个公开指责她的男人，所以，她喜欢上了我。她也说，你这种淳朴看你能保持多久。

但纸总是包不住火的，过了两天又有两个家长投诉他们的孩子被老师给打聋了。学校一查，这个班查出了有十五六个孩子，不是左耳便是右耳失聪。我和小学老师在相识不到半个月的时间里，眼睁睁地看着她被警察抓走了，被投进了监狱。我是第一次看到一个漂亮的女性被关进监狱，也是第一次与监狱打交道。我买了许多吃的喝的去监狱探望她，我的朋友孟小安开车把我送到郊区的一个高墙内。

在高墙里我看到了小学老师还是如此地漂亮，穿着囚衣，也满身风度。她说，我对不起你，请你原谅。然后她告诉我，她本来是想让我为她帮忙的，她的哥哥还在几百里外的一个监狱服刑，她听说我认识劳改局的人，所以就与我好上了。然而，她还没开口向我提出帮助，自己又被关进了监狱。她隔着铁窗哭了起来。我说，先别要管你的哥哥吧。先管管你自己。你好好交代问题，争取判决时从宽处理。至于其他，我会帮忙的。

因为我是名人，我就认识劳改局的人吗？我压根儿就不认识他们，公、检、法，我都不认识。我只好找我的朋友孟小安。在从监狱回去的路上我就给孟小安说了。孟小安笑我说，罗贤民，你这小子坠入情网啦。我说，卵子，我才不会坠入情网，我只是可怜她。你说，我认识她没几天，就给抓去了，这比我从舞台上摔下来还让人难受。孟小安说，这样吧，我给你把老黄叫来。

晚上他叫来了老黄，要他的“情况”王瑰丽给老黄斟酒。老黄是市公安局的，估计很有实权。然而老黄先是不答应，后来还是满口答应了帮忙活动。他先不答应是因为他的孙子也被老师打聋了，现在正读聋哑学校。后来说到那个小学老师得过最佳上镜小姐和最佳辩才奖。老黄便满口答应。老黄说他记得那个小学老师，他也爱看婚姻速配节目，每个漂亮的小姐姓甚名谁获过什么奖他都记得，在这方面他的记忆力奇好。我的嫂子王瑰丽频频给老黄也给我们斟酒，酒热耳酣之际，大家就谈起了如今学校体罚学生的社会现象。老黄义愤填膺，老泪纵横。他说他的孙子好漂亮的一个宝宝，如今双耳失聪，老师只判了两年，照我看应该枪毙！我的朋友孟小安说，老师体罚学生比如今干部腐败还严重些普遍些，这是一个巨大的社会问题。学生是弱者，他们没有任何反抗的能力，可以说是任人欺侮，想把他打成怎样就打成怎样。学生的学业又是如此的重，每天考不完的试，升学、升学、升学，初中、高中、大学，这一代孩子是中国历史上最痛苦的一代，最不幸的一代，别看他们吃得好。我认为这一代还是失聪的一代，有多少孩子被他们的老师掴聋了，这个数字绝对不少。失聪还有另一层意思，就是失掉了聪明，变得书呆子气，只会读书，读死书，死记硬背。一点儿社会经验也没有，一点儿生活能力也没有。前两年，咱们省不是一个报到的女大学生被人贩子骗走了，骗到山西成了农民媳妇，还生了两个娃儿。给他们这么大学习压力和被体罚的恐惧，只会让他们变态。咱们市一个重点中学的女高中生，跟奶奶同住，奶奶整天唠叨她的学习，最后不是把奶奶掐死了吗？掐死了不说，放在家里几天像没事儿的，一样在家里吃、住、复习功课，直到奶奶发臭才去投案，你说！去年不是报道浙江一男生用锤子砸死了母亲吗？这么发展下去，不知有多少家长会惨遭孩子的杀戮，也不知道有多少学生被老师打成聋子！

我的朋友孟小安讲得热血沸腾，最后要我去写一篇关于体罚与学生压力的报告文学，或者弄一个专题片。我却在想着老黄说的打聋一个孩子就判两年的事。我不懂法，我的记忆中有期徒刑好像最高只有二十年，二十年以上就是无期，无期上面是死缓，死缓上面……我不敢想了，我的这位女友掴聋了十五六个孩子，判下来，凶多吉少。我当即就封了一个红包给老黄，两千块钱，是我担任一个足球现场直播嘉宾的劳务费。老黄不要，说，这就不好了，这不是逼我犯错误吗。最后我还是悄悄塞进了老黄的口袋。

结果呢，小学老师只判了三年。接着，我又给她跑保外就医和减刑。

这样我就很少去探监了。有一次我去监狱，我的老天爷，小学老师正在指挥一帮女犯人走猫步——她组织了一个“大墙模特队”。我承认，我说真心话，这是我见到的一帮最漂亮最性感的女性。为什么监狱里的女性都这么漂亮呢，为什么漂亮的女人喜欢犯罪呢？这个问题太深奥了，容不得我去多想，我被她们的美和猫步震慑了。我当时心里只是这么结论的：女孩子有了犯罪企图和犯罪行为，就使得她们文武兼备、刚柔并济，因此在审美上她们达到了刚的极致和柔的极致，所以，光彩照人。

小学老师对我说，现在监狱搞创收，监狱长对她的创意很感兴趣。看来，我的事业要从监狱开始，小学老师说。然后她要我帮她赶快联系表演场地，并做好广告宣传。于是，她拿出了一份大墙模特队表演的广告计划。比如，怎样吸纳大型企业商家的赞助、场地上的广告价格、门口的大型氢气球广告价格、条幅价格。最好搞到电视台直播，她对我说。她说了此次活动的意义——以用此打动电视台与商家，说犯人由此走向新生，监狱也要美，等等。监狱长接见了我，开门见山地就说我若联系好了三七分成。我只想帮助我的这位身陷囹圄的女友，没想到会在犯人身上大赚一笔。莫非我的财运来啦？我说，当然啦，全社会都要关心这群人，帮助她们改造，走向新岸啦。监狱长早在小学老师的口中知道了我写过《路漫漫》电视剧，又看到我经常在电视上亮分，便说：我经常看你在电视上亮分，你的分打得很高啊。你们作家是搞精神文明的，你们的作品就是净化人的心灵，给人积极、向上的感染力，你帮助我们把此次活动弄成功了，就是不仅用笔、还用行动挽救了那些迷失的灵魂。监狱长是十分真诚的，他对改造他手下的犯人充满了信心。而他的行为很有人情味，寓教于乐，不像另一些监狱，只会对犯人呵斥，每天让他（她）们挖地、修路。这样下去，不仅监狱没有什么发展，还会让犯人滋生对立情绪，产生越狱和出去后重新犯罪的恶劣后果。

看在小学老师的分儿上，我领受了这台名为“大墙下的白玉兰”服装表演晚会的前期筹备工作。我放下了一个电视剧的创作，全身心地投入到筹备工作之中。我们在市里比较豪华的宾馆租了两间房，房间紧挨着电视台文艺部在此租的房隔壁。这当然是有用意的啦，晚会我初定让电视台直播，文艺部主任跟我关系很熟，我给他说了，事成之后按百分之十提成，如果能赚五十万元，他就是五万元啦，他估算，这场晚会能搞到八十万元，光广告收入就有五十万元，门票三十多万元。而省劳改局不明就里，糊里糊涂地拨给了此台晚会十万元，说是丰富监狱文化生活，宣传劳改的巨大成果。另外，此场转播费由十五万元降到五万元，一是通过宣传部给了他一些压力；二是答应私下给他五千元红包。我知道这位文艺部主任喜欢漂亮女孩，就让监狱长派来了一个模特队最小的女孩，陪文艺部主任去深圳出了一趟差，说是“考察南方监狱文艺活动”。结果回来后文艺部主任染上了艾滋病，估计是那个女孩（因为吸毒逮进去的）传染给他了，这是后话，在此不多说啦。

我们的筹备小组一共四个人，我、小学老师、两个狱警—— 一个管财务、一个管上传下达。监狱长还给我们配了一辆五成新的富康车，想去哪儿就去哪儿，随叫随走，方便极了。然后我们刊登广告，招聘了一批女孩，让她们帮我们去拉广告客户，这些女孩我们一分钱工资都不付，按所拉的广告提成，百分之十。女孩子们真是神通广大，有一次竟拉到省政府信访办，硬是让信访办主任交了一万块钱，订了一块很显目的广告牌，上写八个大字：省信访办，为民做主。

一切都进行得很顺利。虽然我私人拿出百分之十给文艺部主任，但我少去了不少事，都让他干啦，我白得百分之二十，只有傻瓜才不这样干呢。文艺部主任鞍前马后，跑得屁颠屁颠，为了增加可看性，还偷偷通过外省电视台借来了十个服装模特儿，让她们假冒犯人。不过在我看来完全没有必要，因为小学老师组织的大墙模特队都够靓的了。这是一个创意极其新颖的晚会，当女犯人们风情万种地出现在 T 型台上，那触目惊心的美简直打动了每一个观众。舞台背景的设计是一个巨大的铁窗，下面有一枝从墙角悄悄伸出的白玉兰花。最重要的是，小学老师亲自设计的一些服装让人大开眼界，服装的主色调以黑白为主，式样都有囚服的影子，也就是说，服装的基础是囚服。黑白相间，白色象征着对新的生活与世界的幻想，而黑色象征着她们的现实（牢狱之灾）。现实与幻想，铁窗与白玉兰，整台晚会充满了一股凝重的抒情的诗意。我知道，在这队大墙模特中，至少有六位小学老师，经她们的手打聋的孩子不下百余人。就是这些残忍的打手，却表现出了女性登峰造极的美。然后是，那些致聋的学生，都带着鲜花来慰问他们的老师了，祝贺她们的人生重获春天。是否良心的发现，那些老师们都流下了眼泪，那一定是悔恨的泪水吧。而最后戏剧性的是，在模特们集体亮相，大家鼓掌的那一刻，一队警察走上 T 型舞台，将模特们一个个戴上了手铐，整个晚会就在一种让人深思的气氛中结束了。

这一次成功的商业操作，使我意外地得到了一大摞钱。小学老师也顺利地减刑一年。在有限的服刑的时间里，她表示再为监狱做一些贡献，然后不顾疲劳，又策划了一次犯人的速配节目。

我实在不明白小学老师为何在监狱里会获得那么多灵感。如果她早一点儿到监狱来，绝不会把十几个孩子打聋。这次速配爱情的总导演高兴极了，因为电视速配已经到了泛滥的地步，每个台都在搞，收视率直线下降，大家已经麻木不仁了，让犯人来参加电视速配，可以说是非常绝的点子，小学老师钻了我们法律的空子。

五个参与电视速配的犯人中有杀人犯、强奸犯、抢劫犯、贪污犯。但他们都一律地五官端正地角方圆。我自然又成了嘉宾，我们讨论的话题是：如果你发现你的配偶有犯罪行为，你应该怎么办？五个女性均来自大学校园，其中还有一个博士生。这五个女性在此话题中一致表示，如果发现对方有犯罪行为，要用爱去感化他，温暖他。这当然正中五个犯罪分子的下怀。于是我们看见，五个犯罪分子都成了五个女大学生的如意郎君，主持人宣布，今天的速配成功率为百分之百。是该节目自创办以来最高的成功率。特别是那个女博士生，她相中了一个强奸犯。这不是拿自己的人生来制造故事吗？我为这些不谙世事的女大学生感到悲哀，可她们一个个为即将到来的幸福喜极而泣的样子，又让我成了一个多余人，我甚至觉得城里的事情一概不可思议。我看到我身边的小学老师紧紧用指甲掐着我的手臂，她在喃喃而激动地说，我又成功了！

我想我得离开她，她做的一些事情令人匪夷所思，我太累啦，我不能总是在一群犯罪分子中间，不能总是出入于监狱大门，不能总是跟监狱长喝酒。然而一个出版社的资深编辑找到我，看我能不能为他们写一本少女犯罪的纪实长篇。对这个要求我不能答应，我断然回绝，我说，我不能。就这样，我不能。我要写一点儿有用的，远离那些噩梦般的犯罪分子生活的东西，最好是反映底层人民生活的电视剧，这是我的所长。我曾在监狱里住过两夜，当然是监狱长的热情邀请啦，他让我体验体验生活，结果我看到了互掴耳光的女犯人，她们在半夜的黑暗中啪啪地掴打着，因为她们的手痒了，又没有学生可打，就只好自己打自己了。还有男监的犯人们在夜间磨牙，把旁边的犯人咬得哇哇大叫；一个纵火犯竟然把同室犯人的交代材料给烧掉了。监狱长说，改造犯人是一项长期的、艰苦的工作。我实在佩服这些狱警，他们长年累月在郊区的监狱里，很少有同家人团聚的时候。他们忍受着犯人的奚落、唾沫，把他们当朋友，跟他们吃住在一起，他们随时都有被犯罪分子从背后袭击的危险。就在我去监狱小住的前几天，一个狱警就被一个犯人用锄头给砸死了。所以，我说，我还是离开他们吧，这样，我就来到了女播音员的家。

女播音员一再要求我与她合作一本关于她人生的书。她说书名都想好了:《一个女人不是生来就要打败的》。我说这么长的题目就像《××》杂志、《×××》杂志上的那些文章题目，我说与其弄长的，不如弄个万把字的文章在《××》杂志上登登，影响也不小，可女播音员一脸的不屑，说，那是什么杂志呀，下三滥，地摊文学。我无法说服她，我说你不知道我有多忙，如果万一要写的话，顶多只能一个月，我问她能不能请一个月的假，她说完全可以，反正她相当于退休了。我说如果写，这题目太长，不好卖，我给她想了一个题目，就叫《女人三次泪》。她说这个题目不错，有悬念，三次泪，为什么是三次，三次流的什么泪，为什么流泪？好！好！

就这样，我就“住”进了女播音员的家。为什么我要把“住”打引号？因为她让自己睡在下面，盖一床被子，让我睡在那被子上，我再盖一床被子，虽然与她同床共枕，却咫尺天涯，鸡犬之相闻，肉体不相往来。她说，你不要再伤我的心了，莫非让我第四次流泪吗？我其实根本就没有那样的冲动了。在她的房间里挂着她与三个男人的婚纱照，两个男人已去了天堂，第三个男人是脑膜炎后遗症而离开了这里。现在，这三个鬼鬼祟祟的男人在墙上看着我，朝我微笑，他们的身边都依偎着一个女播音员。特别是女播音员没在房间里的时候，剩下我一个人，那三个男人的微笑就发出了声音，三个男人的声音让我觳觫，浑身乱颤，血液凉到冰点，就是女播音员赤条条地站在我面前，我也无能为力了，我最关键的部位都缩短得不成样子了。

我跟她说的我们每天要写一万字，一个月下来三十万字，这才像一本书。我虽然没有写过小说，但我认为小说和电视剧是相通的，小说是细致的电视，电视是简洁的小说。我们的安排是，她拉初稿，把所有的话都堆在稿纸上，想什么写什么，然后交给我，整理、润色。我只要求她写五千字，我再拉成一万字。为此，她买来了大量的面条和香肠，我们每顿饭就吃香肠、面条，准备一个月不出门，完成这部书稿，圆她一个梦。

但是，在这部小说的风格定位上，我们发生了尖锐的冲突。她比较赞同后现代后先锋的那种写法，为此她看了许多书，做了许多准备。但我认为后现代与后先锋完全是狗屁，他们除了挖苦、讽刺我们时代与社会外就没有什么了，他们陷入自我陶醉和玩世不恭的泥淖，一副吊儿郎当、自以为是的模样，他们对真理和道德以及良知的暧昧态度是我不能容忍的。我对女播音员说，难道我们不应该对时代进行义正词严的表态吗？我们活在这个时代，我们绕那么多弯子干什么，难道我们非要说我们退守到了内心而要来边缘化写作，把自己从时代剔除出来？假如——假如你碰到了一个歹徒，你说我已经退守到内心了，我是边缘人，好家伙，这种后现代后先锋还是让它见鬼去吧。我以为这时候不如大吼一声。想想西方现代派，想想金斯伯格的《号叫》，想想凡·高像火一样燃烧的《向日葵》吧，现代派和先锋艺术不是中国一帮小痞子的模样，现代派是战斗的，是激情的，是火器，是前线，不是边缘，不是内心，而是浑身每一个毛孔焚烧的真理！我继续说，叛逆不是吊儿郎当，叛逆不是性变态，说风凉话，叛逆应该是战士的形象。

我与女播音员在艺术追求上的巨大分歧，是我们不愉快的根源，我们争吵了两个晚上，两人的眼睛都通红，燃烧着仇恨和愤怒，我们几乎快成为仇人了，差一点儿兵戎相见，大打出手。有几次我都想从这间房子里逃跑出去。我的手机三番五次地鸣响，我有多少事啊，邀我去电视台当嘉宾的，邀我共进晚餐的，要对我进行采访的，向我约稿的。我最后把手机关掉了，我对女播音员说，请你也把手机关掉，好吗？我们最后达成了协议，按我的来，她想怎么写怎么写，最后我定稿，我说了算。女播音员的余气未消，就拼命抽烟，还要把窗户全部关闭。她说她的写作习惯就是隔绝世界。于是在滚滚的烟雾中我们写作。我的气都快闭了，我不能呼吸。我不知道她有如此古怪的写作方式，要求如此严格。而我，随便，我哪儿都能写，在集贸市场也能写。我常常是在上卫生间时写作，一泡屎拉完了，两千字的美文就出来了。我对她说，请你少抽一点儿烟行不行呢？可她不行，她说她的文章是烟熏出来的，她必须一支接一支抽烟，烟一断，文思就断了。

这是一种贵族式的写作，与我们穷人写作的方式大相径庭，也让我无法容忍，我的身体和我的精神正在遭受双重的折磨。上帝呀，救救我！为什么我要答应这桩苦差事呢，为什么我这么容易同情别人呢？有一次，趁女播音员上厕所之际，我给我的朋友孟小安拨了个电话，诉说了我的苦恼。我的朋友把我好好地嘲笑了一通，他说我早知道，我过去说过，你会死去活来的。我说，但这不是爱得死去活来，而是恨得死去活来。快逃吧！我的朋友说。我的朋友的呵斥提醒了我，于是我提着包、揣着手机、留下了大约五万余字的《女人三次泪》，从女播音员的房间里深夜逃亡了。

我当时窝了一肚子的火，心中郁闷，就在一个大排档喝了半斤白酒，已经是下半夜了，我匆匆地飞跑，生怕女播音员会赶来抓我，结果一头撞在了一个巡夜的警察的摩托上，跌了一跤。我不知道是警察，爬起来就掴了那人一耳光。那人变戏法似的掏出手铐就把我铐住了。我根本不是他们的对手。这是我在城里第二次跌跟头。这一跟头跌得真惨，前一天晚上我还与我们女播音员同枕共眠的（虽然咫尺天涯），但今天就睡在一堆犯罪嫌疑人中间了，睡在一堆稻草里。那稻草里有许多虱子，我浑身痒得不行，我就叫警察，我说你们难道不认识我吗？他们说我们早就认出你来了，你就是那个经常在电视上亮分的家伙，你说说，今天你为你自己亮多少分？我当即就惭愧地低下了头，我知道自己错了，打谁都不能打警察，只好自认倒霉。我对他们说，你们怎么处置我吧，我认啦。于是，他们以我“妨碍执行公务”的罪名将我拘留十天。

我在拘留所的十天真是度日如年，喊天天不应，叫地地不灵。我的手机被他们没收了，我还遭到了拘留所里的几个流窜犯的痛打。打完之后他们推举我为“拐子”（大哥），这样，我鼻青脸肿地就成了他们的拐子，接受他们的膜拜。都说牢友是世界上最好的朋友，那几个流窜犯喊我拐子后，表示出去就是兄弟了，以后都要两肋插刀。这些流窜犯！他们想得太美啦。

我整天面壁思过。我想这是一次机会，塞翁失马，焉知非福，就此调整一下生活节奏，想想我该怎么办也是好的。我认为我的生活节奏应当慢下来，因为城里的人太多，你会碰到许多人，你不能对每个人都施与同情，这不比我们乡下。想想吧，想想这个城市有一千万人，就是把我撕成一百块也不管用。我这么想就知道自己以后该怎么办了。但是，我在有一次放风时，偶然看到从大墙外飘进来一张旧报纸，却意外地读到了那个扛摄像机的美学博士写的一篇吹捧小学老师的文章，说准确一点儿是评“大墙下的白玉兰”晚会的文章。这个电视台的哲学博士引用了劳伦斯的“美是一种奥秘”的名言，还引用了黑格尔最有名的美学观点：“美是理念的感性显性。”以及“美是发现”。这让我无端地升起了一股嫉妒之火。这个美学博士对我的小学老师女友绝对不安好心。我拿着那张从天而降的旧报纸，心里很不是滋味，想马上飞出去，见见小学老师，让她把这件事说清楚。

我的心又乱啦。

十天的拘留终于结束了，我回到单位取了些钱，就直奔郊区的监狱。

等我赶到监狱的时候，一派锣鼓喧天、彩旗飘舞的气氛把我搞得以为走错了地方。这是大街上在搞促销活动吗？这是学校在搞开学典礼吗？都不是，是在进行一个授牌大会，这个监狱被评成全省“模范监狱”啦。我看见有许多领导都来了。我正在看时有人就给我胸前别上了一个“嘉宾”的彩条，我成了嘉宾啦。这个授牌大会表彰了监狱长、副监狱长，还表彰了小学老师及许多犯人，为她们减刑。接着就听见监狱长宣布，结婚典礼正式开始。

又让我大吃一惊。

这真是别开生面的婚礼。在电视上看到的那些罪犯现在不仅得到了爱情，在我们管教人员的亲切关怀下，有了家啦。这就是改造，我说，这是真正的改造。这些判有有期徒刑的犯罪分子，现在，他们在他们的爱人的搀扶下，眼里的荒凉和仇恨一扫而空，剩下的是阳光灿烂的脉脉温情，是回归社会的正常人的微笑。我看见女博士生挽着强奸犯的手，正在窃窃私语。新郎们西装革履，风度翩翩，新娘们长裙曳地，流盼生辉。监狱长让我做了一对新人的证婚人，让我给他们献花，我说了许多祝福的话。我看见他们的红娘，也就是我今天要找的小学老师，因为减刑，因为成全了五对姻缘，受到了新人们的顶礼膜拜。然后，盛大的酒宴就开始了，所有的犯人都吃到了一大钵红烧肉和四颗红烧狮子头。在酒席上，我借着酒胆向小学老师提到了电视台的哲学博士写的吹捧她的文章，并且问到那个博士是不是想打她的主意。小学老师断然否认。不过小学老师是个调皮而狡黠的人，小学老师说，假如我想跟他怎么办？我主动出击怎么办？我说，为什么？她说你又不能跟我结婚，我虽然把爱情给了你，但我并没有把人给你。这话真让我如堕五里雾中。我说爱情是什么，人是什么？小学老师说，爱情就是胡话加献身，献身并不是献人，那么人就是我，我的自由，我现在是一个铁窗里的女人，我需要自由。我说好哇，莫小姐（她姓莫），你在欺骗我。我要结婚，我想当新娘！我听见小学老师用酒气熏天的声音在餐厅里高喊起来，把所有喝酒的贵宾都搞愣了。

我们重归于好当然是在晚上，在监狱的豪华宾馆里。因为小学老师成了有功之臣（这宾馆还是晚会赚的钱新修的呢），她可以自由在监狱出入，只是不能越过大门口的警戒线。她为了表示她依然没有背叛我，对我说，让我陪她一起去另一个数百里外的监狱，为她哥哥的事奔走。我这才记起来，她曾说过她的哥哥也在监狱。这真是一对不幸的兄妹。

第二天我们就出发了，我们带着监狱长写给另一个监狱长的手谕（私人信件）。在路上小学老师告诉我她哥哥是个开车的个体户，因为给几个盗窃分子运了两车赃物，不仅汽车没收了，还被定为盗窃团伙成员，判了十三年。我的哥哥连他们认都不认识，小学老师哭着说。提起她的哥哥，她就泪水盈眶。我说行吧行吧，想办法吧。我们经过一天的长途汽车颠簸，天黑时分就到了那个深山中的监狱。我们以那个监狱长的名义请这个监狱长吃饭。我们只是想把他转到近一点儿的监狱去服刑。哪知道这监狱长很爽快地就答应了。条件也很简单，希望我们给他在省报刊登一个讣告，他的老婆刚死。我当即就打电话给报社的朋友，买下了一大块版面刊登监狱长的讣告，并在讣告中刊登了平常喜欢舞文弄墨的他写的一首悼亡诗。第三天省里的报纸就到了，监狱长手举着报纸在监狱里大喊，我老婆上报啦！接着便向犯人和狱警念他的那首悼亡诗：

抛夫别子情难尽，
一朝骑鹤向鸿蒙。
此生嫁警终不悔，
留待天堂再重逢。

面黄肌瘦的监狱长念着这首诗，声音渐渐哽咽起来。于是我和小学老师都劝他，不要太伤心，要节哀顺变，要保重身体。这个监狱的条件跟小学老师监狱的条件比真是太差啦，房舍破烂，生活艰苦，少有油水，狱警们离家更远，监狱在老山中，周围狼啸虎嗥。有一次大雪封山两个月，山外的粮食蔬菜运不进来，狱警和犯人们硬是刨开雪找五味子果吃，才免于饿死山中。监狱长说，他在这个监狱待了二十五年，自己回家去都像个犯人了，胡子拉碴，头发老长，看人的眼神像野兽。每次回家去儿子都不认他，不敢跟他说话。我哪像个父亲啊！他说我现在不知怎么办，儿子放在家里一个人，我不放心，我想把他接到监狱来，父子在一起，但他整天跟犯人打交道，那不是害了他吗？他说有一个狱警，有一次回去发现老婆跟人胡搞，结果把那人砍死了，自己判了无期徒刑。可悲啊可悲啊，哪比得老 × 的监狱呀，他们在大城市，他们哪是监狱，那就是宾馆嘛！那还不是模范监狱！但这都是莫老师的功劳，我知道啊！监狱长夸着小学老师。他又说，不过监狱我始终认为不能太好，像回家一样那叫监狱？犯罪分子对监狱没一点儿害怕，那他出去了不重新犯罪才怪了！我觉得再抓进来就只当第二次住了宾馆，那怎么行嘛！所以不要事事都听美国的，人家是别有用心。中国按中国的搞法。我完全赞同这个深山监狱长的观点，不给犯罪分子以震慑和恐惧，中国的犯罪分子会更多，事实正是如此。

我们顺利地把小学老师的哥哥带回去了。当然还有一个狱警押着啦。小学老师的哥哥在这个监狱里已经待了五年了，因为不习惯这里的生活，也跟监狱长一样饿得尖嘴猴腮面黄肌瘦了。一出了监狱我们就在一个路边酒店点了五斤卤牛肉。狱警滴酒不尝，我们都喝醉了，在私人旅社睡了两天，然后爬上长途汽车，直奔小学老师的监狱而去。

我回到单位，我的朋友孟小安就找来了。他说你深夜逃跑后女播音员已经找过我几次了，找我要人。她说，莫非在他（指我）腿摔坏之后我给他端屎端尿喂汤喂药的一片好心都让狗给叼走了吗？我赶快打电话给这位女播音员，把我那天深夜的倒霉事告诉了她。哪知道她说我活该。她说我依然不计前嫌，与你合作。她告诉我一个好消息，有一个导演相中了她这个本子（只能说还是个故事），表示可以投拍，他已经跟广州的一个公司谈好了，对方愿意先期投入两百万。我们只要两万元一集的钱就是啦！女播音员在电话里兴奋地对我说。她又说二十集的本子必须在两个月拖出来，然后就由他们分镜头。分一集拍一集，年底推向市场。为了保险起见，广州方面说他们去请两个香港地区的导演，最后剪片由香港导演剪，他们有很强的市场操作意识，他们拍出的东西好看，有卖点，他们是真正的市场机制。

好吧，两万元一集，二十集，四十万元，一人二十万元。不过基本上要压在我的头上。一集一万二千字，二十集二十四万字。一集三天，十集三十天，二十集刚好两个月。一切都不想啦，写，为了钱，为了报答女播音员在我脚摔坏后的无微不至的照顾。

那天晚上导演请我们吃饭，我看导演像个不三不四的人。如今我来到城里，看一些有知识的文化人怎么看都像些不三不四的人，不是游手好闲的就是登徒子，不是坑蒙拐骗的就是一些撮白聊谎的人，这与我们在乡下对乡里教书先生的尊敬相差太远了啦，对这样的先生们我无法从心底升起一股崇敬之情来。吃着吃着我的脾气就来了，我就说可能我编不好，我是乡下人，编一个城里的爱情故事那不要瞎编吗？导演说，你只把故事编精彩就行了，难道你编故事的能力都没有吗？你还是国家一级编剧。我们省有几个一级编剧！一级编剧就是正高，正高就是正教授级，你一个正教授还没有编故事的能力？那不是笑话！他当时就把我的脸说红了。我都不知道我这个一级编剧是怎么来的，我写了我自己的下岗生活的艰辛，他们就评了我一级编剧，其实我连小学拼音都认不全。他们完全是看在我获了那个五个一工程奖，就这样糊里糊涂给了我一个一级编剧，然后又给了我省管优秀中青年专家，又办了能到三个医院看病、全额报销的医疗红本本，还给我分了一百二十平方米的住房，在城里来住一百二十平方米的住房这是我打掉脑壳也没想到的，我不过是个下岗工人。导演那么一说我只好硬着头皮答应了，说，行行，我试试看吧。

这样我又回到了女播音员的家。可是每天我对着两张遗像和一个脑膜炎患者的照片简直不能提笔，我怕他们随时从墙上走下来揍我一顿，他们就是那种随时走下来的样子，他们笑眯眯的，可笑里藏刀。为什么呢？女播音员的叙述让我产生了这种幻觉，原来这三个男人都是暴徒，他们都痛打过女播音员。她声泪俱下地讲了第一个男人怎样，第二个男人怎样，第三个脑膜炎患者又怎样，全是一样的货色，使用拳头，手段之残忍、之恶劣、之稀奇古怪举世罕见。他们使用了烟头烫、抓头发、掐、关在卫生间、用铁丝捆，还有用打火机烫阴部，学日本三级片用胡萝卜摧残她的下体，令人发指。这怎么可能呢，我边听边看着漂亮年轻的女播音员，这可能吗？这样的事在城里也有？我是乡下人，我只看见乡下有严重的家庭暴力，乡下的男人是人，乡下的女人简直不是人，她们没有经济来源，没有经济来源就没有独立性，就任人宰割，她们晚上是男人泄欲的工具，白天是奴隶，带孩子、喂猪喂鸡打猪草、下地干活、做饭洗衣，还要承担为男人传宗接代的繁重任务，如果生个女孩就要遭殃了，如果一碗菜稍不合胃口就要挨打了，打得鼻青脸肿后抹了眼泪还得做事，还得下地干活，晚上还得伺候男人过瘾。在城里这么漂亮的女播音员莫非也是跟乡下女人一样的命运？她有钱，她有工作，她不依附男人。当她笑意吟吟地在电视上出镜播送我们时代每天改革开放的新气象时，哪知道她满身是被几个男人打的伤痕与血泪。这是怎么啦？话又说回来，一个每天只给男人吃香肠、面条的女人，不被男人打得死去活来才怪哩，我若是她的男人，我也会打她个贱骨头。

我在寻思着把这个故事弄成一部反家庭暴力的电视剧，在我们国家还没有过，绝对是第一，绝对能引起全社会的广泛同情，让女人们哭得惨兮兮的。看电视剧的本来大多是家庭妇女嘛，男人有几个看连续剧的，不是到外面打麻将就是到发廊按摩去了，所以这部二十集的反映家庭暴力的连续剧肯定会引起轰动。这也适合我写，我把我在乡下见到的各种家庭暴力稍加改造移植到这部城市家庭暴力的戏里来，城里女人乡下女人都是中国女人，这样想思想性也有了，也很深刻了。很容易唤起我的想象力。我要女播音员赶快把导演唤来，导演就来了。导演听了我上气不接下气的激动想法后，他一点儿也不激动。他对我说，还是不要搞这样敏感的社会问题吧。你拍了，上级通不过，封杀了，不让播，我几百万元的投资找谁要去，哭皇天！我们请的是香港导演，他们也一致认为，搞成爱情加武打。又有卖点又有收视率，人家已经搞出经验了，这点上听人家的为妙。我说，那我们叫什么作者，不就是枪手吗？导演说，就是枪手嘛，不是枪手是什么。他要你怎么写，你就怎么写，反正钱又不少你一分。

香港导演就来了。第二天我们就去见香港导演，香港导演为每集的梗概出主意。我们看到香港导演侃侃而谈，用不流利的广东普通话说，像在讲一个香港的爱情故事。他们说的是三个男人同时爱上了一个女播音员。三个男人分别来自红、白、黑三道。这四个男女是小学同学。第一集一开始就是红道男人与女播音员在公园游玩，被一股人莫名其妙地追杀，当然是误会啦，追杀错了人，于是遇到黑道男人，黑道男人救红道男人和女播音员，怎么救，只有开打啦！戏就这样来了。两个香港导演一胖一瘦，胖香港和瘦香港都喷满了香水。我这才知道城里男人喷香水的不良习气是从哪儿学来的。在剧本讨论会上两个香港男人一身的香风迷雾，把人都熏软了的男人还搞什么武打！我说我可写不了武打，我最讨厌武打，我从来不看武打片，那是些什么玩意儿呀，现在连小孩都知道在天上飞来飞去的武打高手是用细钢丝绑着的，人胸前背后打出一股股血来是一个个装了红墨水的小包。就像一个魔术，大家都知道是怎么变来的之后，你还在电视里没完没了地表演，谁还看呢。可是我们的来自广州的投资商马上就反驳了我的这个观点，他说怎么没人看？你以为中国的电视观众个个都是一级编剧吗？他的阴阳怪气让我十分难受。我就跟他对着干，我说武打片是给弱智看的，港台言情片是给弱智看的，我们为什么不可以编一点儿有社会意义的东西，现在中国该有多少现实问题，盲目学港台只是害了自己。投资商说如今大陆的电视剧都很有意义，就是没人看。电视剧为什么要讲意义？电视剧是娱乐，我投资我要赚钱。管它是弱智还是强智，投资收回来，赚一笔就是胜利。我们这边的导演也劝我，罗大编剧你就尝试一下嘛，说不定你会写得一发而不可收拾的。

我说好吧好吧，我就写吧，朝两万一集看，反正是枪手，我怕什么呢。我说我不懂武打，香港导演就说你写到武打场面时就这么写："于是，他们打了起来——以下请导演处理。"广州来的投资商介绍说，× 导演 × 导演在香港地区搞过许多武打设计，内地的《水浒传》和《西游记》的武打都是他们参与设计的。× 导演还是搞赌片的大师，他设计的赌博场面在香港电影电视中多啦，少说有近百部，所以，这个《女人三次泪》也有赌博场面。罗大编剧你若不懂赌博，也可以这么写："于是，他们就赌了起来——以下请导演处理。"

我说好吧好吧，我就写吧，朝二万一集看，反正是枪手，我怕什么呢。可是写着写着我就不写"以下请导演处理"了。我边写边在卫生间大解时看了两本古龙的书，就成了武打设计高手了。红打黑、黑打白、白再打红，以及三人一起大打出手。谁不能编哪，一拳下去，转眼那人的眼圈就成了乌紫，我也能搞笑，十八般武艺我也样样皆能，我完全可以成搞笑大王，有笑声也有哭声，爱得死去活来，红的死了黑的上，黑与白再争女播音员，还有吸毒、走私，不是宾馆就是饭馆，不是饭馆就是赌馆，不是赌馆就是武馆，反正离不开这四馆。我想我以后怕要从这方面发展了。我对女播音员说，我们可以先到报纸上搞连载，然后再改编成小说，与电视剧同期发行，影响就大啦，还可以再赚两次稿费。女播音员高兴得跳了起来，说，看那台长还欺不欺负我。

这是我在来城里后写的第一部大部头作品，我不仅写了这么大的作品，还能与我的合作者同床共寝，真是创作艳遇双丰收。两个月头昏脑涨地把它搞完了，闭上眼睛全是武打，全是红道与黑道，黑道与白道三个男人为一个女播音员争风吃醋打得死去活来。这完全已经不是女播音员的故事了，只要了一个女播音员的身份且是香港的女播音员。我的妈呀，香港在哪里，怎么走？我哪知道啊，我是个乡下人，我怎么知道香港在哪里。香港在这个世界存不存在我都有疑问。我的看法是，我没去过的地方就是不存在，美国不存在，欧洲不存在，小布什不存在，本·拉登也不存在。这是乡下人的一种看法，这没有办法。

我写完了我就去找导演要钱，我与女播音员一起去。找一次找两次，找三次都说没钱。我说你们搞电视的完全是流氓，我原以为北京那帮子搞电视的是流氓的（他们本来就自称流氓嘛），哪知道咱们省搞电视的也是流氓。你为什么不给钱呢，你说好了一手交稿一手交钱，稿给了你你已经投拍了却不给我们钱。他说我请你吃龙虾，我请你吃龙虾还不行吗？于是，我们就到大家乐海鲜城去吃龙虾。我抱着龙虾腿还在骂导演是流氓。我说你们是流氓你们是流氓，导演烦了，掴了我一嘴巴，把我含在口里的龙虾腿掴掉了。我说行啊，导演，我要告你们！我的嘴上沾着龙虾的汤汁就跑出来了。

我的心里很不是滋味，我知道搞电视的都是流氓，他打了你白打，你敢怎么样，他是流氓他怕谁。我想我能咽下这口气吗，我决不能咽下这口气，还有两万块钱哪。我打手机叫来了我的朋友孟小安和他的“情况”王瑰丽。他们来了，一个劲儿地劝我，说，搞电视的那班人你敢缠？你胆子真大呀，在城里不要瞎闯瞎撞。后来女播音员也跟来了，女播音员骂我没有教养，说你这是自讨的，在那种庄重的吃龙虾的场合你说别人流氓，别人的面子哪里搁嘛。她这么一说也不是没有道理。我说那怎么办？她说我去找他们要就行了。我说你找他要钱你得做出牺牲。她说我做出什么牺牲？我说陪他睡觉呀。我流里流气地这么说。我发现我一来城里就变得流里流气了。哪知女播音员说：没听说导演跟编剧睡的，导演只跟女主角睡。万一他要睡，那我只有做出牺牲啦。她的话让我目瞪口呆。

这件事就这么解决了，摄制组只给了我们十万块钱，并且写明给女播音员六万，我四万。而且他们一致决定只署女播音员的名，不署我的名。说署名可以，只署笔名，因为我曾极力贬低爱情加武打的模式，为了保持我的名节，就这么定了。我一听肺都气炸了。我给导演打电话说了两件事：1. 你们尚欠我几十万元；2. 如果不署我的名我要告你们。告吧告吧，导演说，我们不怕。我们要反诉你，合同订的两个月交稿，结果你两个月超了四天，四天我们摄制组每天的开销是二十万元，四天共八十万元，你耽误了我们时间还损失了八十万元，你看着办吧。

正当我把诉状递上去的时候我就接到了法院的传票，他们真的反诉我了。我只好赶快找我的律师研究看怎么办。律师是我的朋友孟小安的朋友，他们都来了，都说，摄制组肯定赢，你误了合同你肯定输。他们说搞电视的总是要与人打官司的，一个电视七八个官司，他们是打官司的老手啦，而且一打官司报上一登就给他们的电视剧免费做了广告，正好炒作一番。你跟他们打官司那不是自己往火坑里跳？商量了半天对策，最后认为只有低下架子与他们私了。他们说，你现在是省里的名人，是国家一级编剧，跟那伙流氓搞完全是降了自己的格调，所以不必要跟他们顶真，能忍则忍。他们使用阿Q的精神胜利法来安慰我。我想这口气也就忍了。署不署名无所谓，只求把十万块钱拿到手，脱祸求财，只要他们不反诉我，我就算了。这样我就剥了自己的面子买了一提酒和一条烟上门去导演的家。哪知导演拒绝与我谈话，他的恶狠狠的老婆说，我们奉陪到底。

可能我的诉状伤了他们的心，现在我是没有挽回的余地啦，那就打呗，打官司呗。两个官司在一起开庭，双方进行了激烈的辩论，法官最后问双方愿不愿意调解，我同意调解，可摄制组不同意调解。最后只好经合议庭合议后开庭宣判。宣判的结果是我违约，赔偿摄制组损失计十万元，诉讼费两千元双方共同承担。我那十万元的稿费没啦，我还得当庭交出一千元诉讼费。我只好把我前天担任电视评委的一千元拿了出来，在荷包里还没捂热，就献给了庄严的法庭。

我走出法院我看到了导演的狞笑，还看到了女播音员的狞笑。这个女播音员与导演搅到一起啦，她估计拿到了钱，所以，她当然跟他们走了。等着瞧吧，女播音员，你还会有第四次眼泪的！我在心里愤怒地说。

这个电视连续剧最后判决只能署我的笔名，摄制组的人给我署了一个笔名：阿根。至于为何让我叫阿根，只有天晓得！

我的心里当然不好受，就像俗话说的，赔了夫人又折兵。为什么我自己写的稿费要赔给他们呢？为什么？这何其荒唐！为什么女播音员干亲者痛仇者快的事，一下就投进了导演的怀抱？在这两个月里我跟她已经有了事实的关系。我那天晚上很烦躁，就喝了几口酒壮着胆子去了女播音员的家。我去摁女播音员的门铃。她开了门，我说你放我进去。她说我为什么要放你进去，我与你没有任何关系。我说算了吧，你与我没有任何关系吗？我说没有关系你为何要在半夜时候那样叫唤呢？莫非你是手淫？我非常流气了，我认为来城里没几天，我的流气就很自然很生动很幽默了。我说这话的时候从里面走出来一个男人，那就是导演。导演朝我抡着拳头说，阿根先生，你骨头痒了？我说请你把眼睛睁大点儿，我不是阿根，我姓罗。你就叫阿根。他一拳打过来，从铁门里伸出手来打的，边打边说，我打的就是阿根，《女人三次泪》的第二作者。阿根就是阿根，小心你裆里的阿根。我被打得眼冒金星，我才知道阿根这名字的来历了，这个流氓！我揉着乌紫的眼圈落荒而逃——这个细节我经常在《女人三次泪》中用过，现在该我自己受用啦。

我真是痛苦万分，只好跑到监狱去找小学老师。我当天晚上就去了监狱，看到小学老师正和她的哥哥喝酒。他们说，来一杯，来一杯。我接过酒，夹着热气腾腾的菜，才找到了回家的温暖的感觉。心细的小学老师看到了我的眼圈，说，是谁打了你，是不是你撩祸了？我端着酒杯，感慨万端，抱着小学老师就号啕痛哭起来。小学老师和她哥哥都陪着我流泪。小学老师说，有什么委屈你就说吧。于是，我把这件事的前因后果说了。他们只能安慰我，又没有什么别的办法。小学老师说，你这样在外忙忙碌碌，钱也被人骗了，情也被骗了，不如住到我这儿来，我反正也只有三个月就出狱了，你只当陪了我三个月。我是监狱的有功之臣，他们对我很宽待的，这儿有你吃有你喝的，你也好好调养一下，何乐而不为呢？等于是疗养了三个月。我当时因为喝了酒，说了一句笑话，说，好哇，你们把我收监啊。小学老师马上当了真，就去找监狱长。监狱长咱们也是老朋友啦，我也算个监狱的有功之臣，监狱长当即就答应了，说让大编剧来这里住，真是蓬荜生辉。当即就给我安排了一间单人号子，铺上了洁白的床单。

就这样，我就在监狱住下来啦，有酒喝，有饭吃，少不了与小学老师卿卿我我，打情骂俏。我真是乐不思蜀，但我的老婆来找我了。我的老婆是怎么知道我在监狱住的，我至今都不清楚。我的老婆见到我就说，好啊，罗贤民，你真该判个十年八年了，你想把我们母子甩了不是？你想当陈世美？我的老婆穿着大红大绿的俗气衣服，满脸憔悴，我的儿子站在她的身后，对我瞪着仇恨的眼睛。我看着他们，我就知道我与老婆的关系结束了。我说，我们离婚吧。我知道这句话迟说不如早说。我看见我老婆咬着嘴唇，没有发作，没有让泪流出来。我的老婆是个争强好胜的人。我老婆说，你在报纸上发表文章，说我对你支持很大，说你的电视剧《路漫漫》的成功应该有我的一半，难道这话都是假的吗？我说是真的，全是真的，今天我想跟你离婚也是真的。“我不会让你得逞的！”我的老婆一跺脚牵着我十岁的儿子就跑了。

我不知道他们跑到哪儿去了。过不了一会儿，我的手机就哗啦哗啦地响了，就听见女播音员在电话里骂我，说，你还不把你的老婆带走，我的名誉你要全面负责。电话断了。我只好拔腿就往城里跑，跑到女播音员家里，她家里的门早被踢坏啦。估计是我那浑身是劲儿的老婆干的。我又接着往电视台跑，在电视台门口，我看见围了一大堆人。中间就是我那老婆和女播音员。她们两人正打得难解难分。女播音员秀秀气气的哪是我乡下老婆的对手。女播音员眼镜也被打掉啦，衣裳也被撕破啦，两个眼圈都乌紫啦，像个熊猫，对着看热闹的人大喊，你们还不拉拉这个乡巴佬，泼妇！我的老婆边打边朝女播音员吐唾沫，说，看你还偷人，看你还偷我男人，我今天把你的逼撕烂了它！我看见了我的十岁的儿子，站在一旁。我说儿子，你怎么不劝劝你妈？我儿子也不说话，朝我吐了一口痰。嘿——呸！就这么，一口痰正好吐到我额角上。我站在那里呆了，我看着儿子，我流下泪来。我最后决定走开，我叫了一辆的士，一个人就上去了。司机说，去哪儿呀，我说随便吧，你想去哪儿去哪儿。我发现城市没有我的家，没有我可以喘气、闭目、养神的地方，到处都是陌生的，到处都是虚幻的。我的心里十二万分的忐忐忑忑，仓仓皇皇，急急忙忙如丧家之犬，不知我将在哪儿停下来。

我后来停在一个河边了。我坐在河边，已是暮色降临。城市的灯光全燃了起来，全倒映在河上。我想起故乡的小河，想起与老婆在河边当年的海誓山盟。想起河边所有所有的生活，泅水、划船、摸螺蛳、放网，想起河边看书、背粮食棉花匣子，与可爱的儿子放风筝。这一切都远去啦，都不能回来啦。我只有与老婆离婚。我说，老婆，我对不起你们了。我不能与你们再过下去了，外面的世界太精彩了。只要你来到城里，你就只能走这条路。那我就走这条路吧。

我就跟我的老婆谈判。我说我可以把你们搞到城里来，我保证把儿子安排好，把你安排好。儿子以后你就不要管了，虽然他跟你，但经济上的事，你就不要操心了。我的老婆说，你只答应我你不要跟那个女播音员结婚，我就同意跟你离婚，把字签了。我的深明大义的老婆红着眼睛说，我自己倒无所谓了，我知道自己老了，与你不般配了，你现在是大名人，是一级编剧，又得过五个一工程奖，我呢，我与你差距太大了。只是别害了你，我调查了那个女播音员是个克夫的货，克死了三个男人，我怕她克你，儿子不能没有你这个爸爸，哪怕离了婚，你还是他的爸爸，他还是跟你姓，还是你的血肉，你万一有个三长两短，我们母子更不好受。我的老婆真是太好啦，到这个时候她还在为我着想，让我羞愧难当。我就说，我听你的，我若跟你离了婚，决不跟女播音员结婚，现在可以立字为凭，我若今生跟女播音员结婚，你可以把你娘家人全喊来打我一顿，让我不得安宁。于是，我提起笔就写了这样一个保证书，我的老婆接过去终于破涕为笑了，说，我心上的一块石头终于落地了。

于是，我就到处拉关系，请客送礼，把我的老婆儿子弄到城里来。我把他们终于弄来了，我跑了整整三个月，小学老师出狱我也没去接她。我跑得腿都细了，过去微瘸的腿现在更瘸了。喝了不晓得多少酒，把胃都喝变形了，总算把他们归到位了。我又给老婆买衣服打扮她，使她去一身土气变成个城市人。

可是我的老婆是个不知天高地厚的十分贪婪的女人。她来到了城里，我给她灌输人总是要离婚的这个道理。我说城里人离婚就跟我们乡下在野地里撒泡尿那么随便。她接是接受了这个观念，但不接受她只能到工厂去的观念，她坚持要坐办公室，否则，再随便也不离婚。我的老婆说，你是个名人，名人的老婆难道应该去那种要死不活的工厂穿脏兮兮的工作服，还要愁下岗的问题，你的责任尽到了吗？我说你本来就是小工厂出来的，一下进机关，你能成吗？你没看你写的字，鸡爪子画的。我的老婆说年纪来了病也来了，在工厂医药费也不能报销，就凭这一点也要把我搞到坐办公室去。

这是一个艰巨的任务。我只好封红包，给这个送那个送，请这个吃脚鱼火锅请那个吃牛鞭火锅。过去把她的户口搞来我的胃喝变形了，现在让她坐办公室我的脸又喝变形了。我的脸一边大一边小，我天天去扎钢针。有一天从医院扎了钢针出来经过市政府的一个办公室，看办公室的人坐得很舒服，我就鼓起胆子闯进去，问他们说，你们要不要我的老婆，我的老婆到你们这儿来坐办公室行吗？因为他们经常在电视里看到我，就说，行肯定是行的，但这要领导表态。我就去找他们的一个领导。我找到了一个老领导，退休了的，我知道了这个老领导管现在的领导，也就是说现在的领导是老领导提拔上来的，所以把老领导说通了，现在的领导就没有问题了。这个老领导是个老八路，一只手瘸了，被日本鬼子打瘸的，就一只手，退休后还闲不住，还坚持在搞业余创作，写他的回忆录。他对我说，小罗呀，酒你提回去，酒我就不要了。你不要把这种社会上的不良风气带到我家里来了，我只想要你帮我把回忆录整理整理。

两袖清风一身正气的老领导让我肃然起敬。整理回忆录对我来说太容易了，也很对我的路，我当时满口就答应了。于是，我跟着老领导去了山东山西河北河南，从孟良崮到抱犊崮，从沂蒙山到太行山，从太行山到大别山，从胶东半岛到华北平原。我们沿着老领导当年战斗和工作过的地方走了一遭，走了两个多月。半路上我的胃病发了，老领导就让老乡扎了个担架抬着我。他说当年他负伤了老乡就是这么抬着他穿过十二道敌人封锁线的，现在没有封锁线啦。

我被担架抬回来时足足掉了十斤肉，还依然遭到了老领导的慈祥而严厉的批评，说我们这一代人比他们老一代不如啦，身体这个样了再打起仗来哪有战斗力？我只好住进了医院，住院的第三天医生就把我的胃切除了三分之二，我的老婆来照顾我，小学老师也来看了我两次。我疼得冷汗直冒，整整三天死去活来。我对我的老婆说还不是为了你坐办公室，你不坐办公室到工厂去上班会有今天这个事吗。我现在已经成了个半残之人了，你就看着办吧，莫非你还不跟我离婚？她说你这个样子了我更不敢跟你离婚。我照顾你照顾得好好的，每天热茶热饭地递到你手上，在家里你横草不拈竖草不拿，以后你再找一个，有谁这么好伺候你？城里的女人一个比一个懒，你胃也没有了，你还要伺候你的新老婆，要给她做饭、洗衣、洗碗，让你好受的日子在后头啊！我说你别说了，我已经铁了心，好马不吃回头草，开弓没有回头箭，我跟你把办公室搞好了，咱们就分开。

老领导也派他一个趾高气扬的秘书来看我了，并交给我一摞乱七八糟的回忆录初稿，说老领导让你参考参考，再帮他整理出来，还要结合这两个月采访的情况，都要加进去。秘书说，开人大会只有一个半月了，老领导要赶在人大会上分发他的回忆录，所以你辛苦一点儿，半个月把稿子搞完，然后送印刷厂付印。

那真是十万火急，为了我的老婆能坐上办公室，为了把我的老婆安排好了之后与她离婚，还没有拆线我就在病床上开始写起这本回忆录来，基本上是重写，因为老领导的回忆录狗屁不通，词不达意，东一榔头西一棒子，全是干巴巴的文件上的话，没一点儿文学色彩。

我疼啊，想着老婆的事八字还没有一撇，我这胃等于是献给了老领导的回忆录，不行，我得把事情做妥，这个我在城里摔打一些时间后有经验啦。我在病床上就给那老家伙打电话，我说你的回忆录我会按期给您，我老婆的事您也要给我操操心啊。我老婆整天跟我吵，把我吵得头昏脑涨，三分之一的胃只怕都保不住啦。我说不是我逼您老人家，是我老婆逼我。老领导在电话里说，小罗，好啊，跟我玩交易啊。我心里在说，谁跟谁玩交易呀，分明是你这老家伙跟我玩交易。

我疼啊疼啊疼啊，我吃着流汁食物开始走进硝烟弥漫的抗日战争，开始与日本鬼子打仗，开始军民鱼水情，开始越过封锁线，端炮楼、化装、除奸、打土围子，开始负伤并认真学习毛主席的《论持久战》。这么我就把回忆录拉出来啦，把老家伙的回忆录写得雄浑壮丽，写得慷慨激昂，写得仪表堂堂，我调动了我所有歌颂的语言，加上我又写过武打电视剧，在与日寇和汉奸的一些打斗回合中，我写得山重水复，刀光剑影。我交给了他的秘书，第二天老家伙就打电话来说，小罗啊小罗，你是个人才。这样老领导把我老婆的事忘记了，把我调到市政府办公室去了。

这真是阴差阳错，我说我压根就不会坐办公室，我是个野惯了的人，自由主义分子，平常一觉睡到十一点的吊儿郎当的角色，服装又很随便，不喜欢穿西服打领带，见了领导没有打招呼的习惯，也不会打开水和抹桌子，更不会参加每个星期四下午的政治学习。老领导说，哪是要你坐那样的办公室呀，是要你牵头成立一个战史编辑室，即八路军第 × 师战史编辑室，编制十五人，你当主任。八路军第 × 师的师长就是我们老领导。

我一下就成了市政府什么战史编辑室的主任，我升官啦，我一下就是正处级啦，我管十四个人，人员由我寻找。我把我的朋友孟小安、女播音员、小学老师以及孟小安的“情况”王瑰丽都弄来了，我成了战史编辑室的笔杆子。我的老婆呢，不能弄来，弄来又要开打的，那样真成了战史编辑室啦。我把老婆弄到市政府接待办公室去了，总算坐了办公室。我的老婆乐呵呵地坐在市政府的办公室里，每天抱着一个茶杯，每天接电话，打电话，穿着职业装，还有人请去中午吃饭，一下就到了天堂啦。想想吧，这个过去玛钢厂搬铁的下岗女工，现在与市长们平起平坐（就在市长办公室旁边），该是一种什么样的感觉。

我把儿子送到一所私立学校去了，那是我写了另一个武打连续剧的稿费。因为有过教训，我又向老领导学了“不见鬼子不挂弦”的战略战术思想，一手交剧本一手交钱，没有定金不动笔，所以二十万块钱顺顺当当地到手啦。儿子去了私立学校住读，我良心的欠债也就还了。儿子提出每个星期五晚上不愿坐出租车回家，说他的同学们都是坐私家车，于是我让我的司机每个星期五晚上去接他。现在我有司机啦？有了，老领导给我们编辑室配了一辆歪歪瘪瘪的桑塔纳，那也很满足啦。

我跟我的妻子双双都住进了市政府。应该叫前妻啦，我与她办妥了离婚手续，然后我跟小学老师结婚了。

写起来一句话，做起来难上难。我要离婚的消息传出去之后，老领导以及市长都狠狠地批评了我。老领导说你要注意影响啊，上面有规定，处级以上干部离婚要有正当的理由。我说那我就回剧团去，还是搞我的专业编剧去。

老领导说，剧团要死不活有什么好，剧团七八十个人一年才拨八十万元，你十五个人我拨你六十万元，吃也吃不完，喝也喝不完，而且以后还有前途，还可以继续升嘛，又不要你坐班，想去哪儿去哪儿，实报实销，你想想吧，你不要辜负了我老头子的期望，我赏识你，你也要给我面子嘛。我说面子是要给，婚也要离。老领导就拍桌子了，这是他一生的习惯。他说，我老婆是大字不识的小脚女人，我也没离婚呢，两人现在还相亲相爱。你们呀，跟当年进城的土八路一个模样，看见了几个女洋学生就想一脚把糟糠之妻踢了，我现在假如有权的话，一定把你遣送回乡，开除你的工作籍与党籍，让你成双开干部！

老领导发火了，发真火。老领导批评我时高血压都犯了。他的秘书、他的医生、他的家人忙成一团，对我横眉冷对。可我铁了心，我要离婚！

就这样，我离婚了，我不想升了，对于我这样一个下岗职工来说，如今的正处够了。我跟小学老师结了婚。可结婚的那三个夜晚，我的前妻在我新婚的房子外整整唱了三个晚上的山歌。她唱的全是我们那儿的土调，唱得哀哀切切，声泪俱下。她肯定是哪根神经犯了毛病。她的夜半歌声又唤起了我与她在一起的美好回忆。当年我与她谈恋爱，我们就是对山歌搞成的，现在她又唱起了那些情歌，唱得我心乱如麻。我开了门对她说，别唱了吧，梅枝。她叫梅枝。我说过去的事都过去了，就让它过去吧。我现在把你和儿子都安排好了，你们等于上了天堂，下半辈子就给我一点儿自由吧。一个人就一辈子，你放过我好不好？我这么一说我的前妻就抹着泪走了。我的前妻之所以没大吵大闹演出全武行，还在于她看到我终没同女播音员结婚，这对她是一个安慰。但女播音员却跟我闹得不可开交。她看我升官了，看我跟老婆离婚了，就非要跟我结婚。她说我跟你挨了你老婆的打，还坏了名声，你要对我负责。我说你跟那个导演不是很快活吗？我把你弄到战史编辑室来还是看了过去咱们的旧情，我是个乡下人，还是懂良心的，只要想到那天晚上那个导演给我的一拳，我就不好受。我不管你，让你整天赋闲在家，又不能上镜又窝了气，你敢说半个不字？还想结婚，你这不是得寸进尺吗？因为我现在成了她的领导，她也没办法了。

现在要说到小学老师啦，小学老师的脾气好多了，我跟她约法三章，第一条就是不准掴人耳光，谁都不行，不准掴我，不准掴我的儿子，也不准掴我的三番五次来闹事唱歌的前妻。她答应了这一条我才同她结婚的。我跟小学老师结婚后因为她看不惯女播音员那一张哭丧脸，执意要停薪留职离开了战史编辑室。她自己成立了一个旅行社，开展了一项独一无二的旅游项目：监狱二日游。我的新婚的小学老师的妻子真是个天才，是个点子大王，敢想敢干。她说过去靠山吃山靠水吃水靠学生就吃学生，吃他们的补课费、豆奶费、资料费，这几年跟监狱打了交道，就要靠监狱吃监狱了。这个女劳改释放犯，对监狱了如指掌，如鱼得水，她的点子又得到了监狱长的同意，又开始合伙搞创收了。

去监狱的游客当晚可以住八人间也可以住单人间，当然是号子啦，甚至可以住死仓，就是死囚的号子。晚上与犯人一起吃饭，举行篝火晚会。第二天早晨与犯人一起放风，下午返回市区。监狱是个神秘的地方，不比风景区，风景区电视上放得多啦，差不多全国的风景区都在电视上放过，你再去，也没个新鲜感没个激动。监狱就不同，监狱没在电视上放过，因此有吸引力。于是监狱二日游的活动异常火爆，人就图个新鲜和刺激。我的小学老师的妻子忙得不亦乐乎，把她假释出狱的哥哥也拉进去当了副经理，并怂恿我辞职算了。妻子的哥哥说他过去服刑的那个监狱也可以搞旅游，在深山老林里，搞四日游和五日游都很棒。但是我没有辞职，我恋着我那个位置哪，好歹是个正处级。我没辞职不表明我没参与监狱旅游的工作，我一样帮他们策划、联系。我们在省劳改局租了一间办公室，成立了全省第一家“大墙下的白玉兰监狱旅游总公司”，开展全省十五个模范监狱的旅游连锁接待业务。并把“大墙下的白玉兰”在国家工商局注册为各类商标，开发了“大墙下的白玉兰太阳帽”“大墙下的白玉兰矿泉水”“大墙下的白玉兰润肤霜”等产品。

然后呢，然后我说我吃不住了，我的身体不行了。我酒不能喝，烟不能抽，每天靠稀饭度日，有气无力，我这个半残之人还有什么用呢。忙忙乎乎的我的小学老师的妻子，在带领旅游团去很远一个监狱的途中，将我的女儿生在了一个单人号子里。我的妻子根本没有察觉就生了，剪了脐带又爬起来跟游客讲解。我可怜的女儿!

为了防止我爱掴耳光的妻子把我的女儿打聋，我请了一个小保姆照顾。我们战史编辑室也清闲啦，老领导的战争故事也挖得差不多了，十几个人在办公室里你看着我、我看着你。后来便有人脱岗，偷偷跑出去炒股啦，卖羊肉串啦，拉广告赞助啦，我睁一只眼闭一只眼。没能出去做生意的就在办公室关了门“斗地主”，斗得死去活来，赢的赢红了眼，输的也输红了眼，时常会发生摩擦，每天都有打得鼻青脸肿的人。我是管不了啦，我基本上病休在家了，我也懒得写什么电视剧了，已经没有创作的激情了。我妻子忙于监狱二日游或五日游，我就整天在家与女儿玩耍。我的心到现在才真正地闲了。因为我基本上成了废人，只能与女儿玩拍手的游戏，连玩老鹰抓小鸡的气力也没有啦。

男人之间

这天下小雪的时候，孙家富去敲雷主任的门。孙家富揌门铃，门铃挺棒，一揌就响，一响就没完，死唱歌。孙家富痛恨万分，骂电铃惹事，孙家富心里骂着，手端烟，眼朝上，一副又瘦又威武的样子。孙家富穿四个“荷包”的中山服，这件中山服把孙家富的爹抓来还能塞进去，挺大的，挺好玩的。

“我等你唱完，”孙家富心里说。后来门就开了，雷主任的老婆眯眼瞧他哪。雷主任老婆穿滑雪衫，吃温室黄瓜，眯着眼，吊一对泪囊，是个间歇性癫痫病患者，发起病来三个男人也扯不住，说要到北京找光绪皇帝算账去。不发病，照常上课，告诉小学生造句，描写春天。

“孙家富，烤火吗，快来烤火。”

“我不烤火，”孙家富甩着长长的中山服袖子说：“我虽然瘦，却不喜欢烤火，我喊雷主任上车去。”

“喔喔，”人民教师说，“老雷发完火就下楼了，火正旺哪，火一燃起来，就像春风和煦的三月了。”人民教师说。

“嗯嗯，王老师，我与雷主任走错过了。”孙家富甩着袖子说谎话，孙家富其实看见了雷主任。

“那就一定错过了，这是……唔，失之交臂。”人民教师说，“孙家富，这么冷的天，到乡下寻雪兔去哪？”

“雪兔？王老师，雪白的兔子？”孙家富假模假样地幽默说。

“下雪啦，麦子盖被啦，兔子寻食嘛。这冷的天，还是不去的好。”

“雷主任要在乡下过一夜呐。”孙家富说，孙家富的泥鳅眼滑来滑去，看人民教师怎么说。

“喔喔，我不管老雷，我管我自己。”

“顶多明天回来。”孙家富又说，“您晚上把门关好，小心强盗就是。”

“强盗走错门也不会摸到我们家来，你说呢，孙家富？”人民教师伸出有了些黑斑的手在孙家富肩上拍了拍，笑着闭门。

孙家富提着尖细的屁股下楼来，发现烟烧着手了，孙家富掐灭烟屁股，用舌头舔指头。后来孙家富再抬头时，舔到了一片雪花。孙家富不笼袖，昂着头走，想老婆冰天雪地的谋划。老婆每天都要谋划孙家富的衣食住行，孙家富是个孙子，孙家富穿衣也要受老婆管制。老婆说，不当科长休想穿皮夹克，于是孙家富只有穿中山服棉袄。孙家富看着别人“吱儿吱儿”地拉拉链，吱儿吱儿的，孙家富只有看的份儿。孙家富扣风纪扣，孙家富抗议说，我又不是纪检干部！可老婆不睬。老婆昨天在冰天雪地中说，一定要找个借口把雷主任拉到家里吃顿饭，时间就定在今晚。于是，孙家富早晨踏雪街市，买白菜，买龙虾，买烧梅。孙家富买好这些乌七八糟的菜，回来时瞅到雷主任在车库前涮茶杯。孙家富绕了个圈，便来给雷主任老婆谎报军情了。

雪花飞舞，孙家富不笼袖走无花的花坛，孙家富心里突然鼓荡起一股想唱歌的渴望，雪花一飘，情绪就好。孙家富很久没唱歌了，孙家富二十岁时还唱过，当时的办公室主任对他说，孙家富，你不小了哪，于是孙家富发誓不再唱歌。孙家富不唱歌，果然顺利地成了国家干部，和丈人的女儿结了婚。

小雪充满了意味，小雪像川味餐馆，让人产生些不好的想法，想唱歌，想写信，想玩女人。孙家富不由回忆起十九年前的一场大雪。那一天晚上，孙家富吸着冷气出来撒尿，见天色大明，就去敲铃，孙家富是通讯员，负责敲起床铃，孙家富叮叮当当地敲了一阵儿，又回到被窝暖手暖脚，结果是，整个政府大院的人都叮叮当当地起了床。瞅瞅天，不对劲儿，看看表，四点半钟。跑来叮叮当当地拍孙家富的窗户，问孙家富究竟发生了什么事，孙家富说没什么事。孙家富如此臭不可闻，谁不爱拍他的乡巴佬平头！把雪地上的反光当成了曙光，日夜不分的孙家富，人见人爱。

现在走着的孙家富没这么臭啰，孙家富有了胡子和吃烟的黄牙齿，孙家富是干事，往街上一走，遍地是人问他“吃了吗，好了吗”。孙家富唯一不满足的就是个干事，当务之急是要当穿皮夹克的科长。干事算什么哪，孙家富的老婆一针见血，说干事算个狗卵。

昨天在食堂吃饭，孙家富听到司机班谈游老忠，说游老忠不踩油门了，游老忠当行政科科长，游老忠马上要吃黄鹤楼了。

孙家富白了脸，孙家富把自己反关在办公室，左瞅右瞅。孙家富想，还是开桑塔纳好，不开桑塔纳，就不能当科长吃黄鹤楼。开桑塔纳，穿大水靴洗车子，谁见了，都要回头留恋地张望。女人也好，领导也好，有汽油把他们烧炉子，有机油把他们洗链条，领导的岳母死了，一直送他们到坟头磕头，到头来，就能升科长，吃黄鹤楼了。

游老忠不就爱跟雷主任背煤气罐吗，游老忠还是个聋子哪。

回去老婆正在打扫卫生，听到孙家富的汇报，仰八叉坐在地上说：“孙家富你好，我吃你一百五十块钱工资，我啃你这身骨头。”

孙家富说：“别逼我了，我叫你娘，我叫你娘还不行吗！”

老婆说：“共产党的官，不当白不当。当官不带长，打屁都不响。是我呐，是别人，早把你休了，讨县长去。”

孙家富见老婆越说越没辙了，嘀咕说：“县长也不会讨你这种人做小老婆，屁股像钉锤。”

老婆忽然泪水四溅，号叫着说：“还不是你给整的，你这种男人，只会整老婆。男不跟女斗，有种的，孙家富你去撩别人的帽子，撩倒一个俘虏一个。”

“你以为我不会撩？”孙家富看着地上撒泼的女人，把她往床上抱，“我撩你试试看……”

车子在冰天雪地中开到沙湖坝渔场。

雷主任与渔场场长谈工作去了，把孙家富和游老忠搁在锦旗四布的接待室烤火。游老忠在外面，木匠一样地盯着往自己的车子落的雪花。孙家富喊：

“在外观景哪！”

“你喊我？”游老忠横着头，游老忠聋，只有横着头听话。

“我要你来烤火。”孙家富说，还比画了一下。孙家富想，猪八戒一样，还当科长！领导就喜欢这种呆子？

游老忠走进来坐下，像身份证照片的样子，坐看火。孙家富说：

“你车开得好吗。”

游老忠横着头听清了，说：“你说开车吗，喔，开车就这么开，宁停三分，不抢一秒，你说咧！”

孙家富说：“那是，那是。”好半天，研究游老忠的额角，也不见官相，口里说：

“老忠你是福相，你不怕冷哪，你，我佩服你。”

游老忠把横着的头摆了摆说：“猪都怕冷我不怕冷？我是个人哪！我闻汽油闻多了，一闻多，就不怕冷，孙干事你一闻多，也不怕。”

“喔哪喔哪，”孙家富说，“那我学开车去，我接你的班。”

“你说什么哪，接……我的，班？接班？老孙你是才子，你会开车，嘿嘿……”游老忠憨笑。

孙家富想这家伙什么话都套不出，这家伙滴水不漏，大智若愚，真没发现呐。

“老忠，你笑什么？你鄙屑我哪，你可不能这样，哪一天领导我，我就要尊重你，你就要爱护下级。”

游老忠噎着喉咙说：“我领导你？还是吃豺鱼片去，嘿，你这都是饿的。”

孙家富说：“我饿又没饿出胡话！我吃豺鱼片，话还得这么说，丁是丁，卯是卯。”

孙家富朝火上啐了一口涎，什么也没问出来。“我会输他？这世界颠倒了？”

中午吃火锅宴，五个火锅，死煮。煤油炉煮鲶鱼，柴炭炉煮蹄筋，酒精炉煮鸡，电炉煮王八，煤炉煮豺鱼。

“吃呀吃呀，”场长指着咕嘟咕嘟的火锅说，“就没捞到鳖，从昨天到今天，下午一定吃鳖！”

“不错，很有生气了。”雷主任搛着咕嘟咕嘟的王八说。

场长站起来，杯举过顶，“我先罚三杯，派人捞鳖去了！”咕嘟咕嘟，吞了。

孙家富也站起来说：“吓我们！场长，三杯我代表县里，回敬！下午不吃鳖了，下午我们回去，雷主任还有重要工作哪。”硬起筋脖，咕嘟咕嘟，吞了。

雷主任说：“下午是要回去。”

孙家富说：“场长，有心让雷主任吃鳖，就让主任提两只回去，家里吃一样。”

雷主任忙说：“我不要鳖，我坚决不要鳖！”

孙家富说：“给钱嘛，不要鳖，场长不放您回县里，看您怎么办。”

雷主任这才说：“好，要了，照章办事，付款。”

吃了饭，三个人脸红脖子粗地往回赶。天近傍黑，深巷狗叫，县城灯火渐暖。

游老忠回到了车库，孙家富拎鳖跟着雷主任。

“你回去呐，鳖我又不是拎不动，还怕鳖吃了我！”雷主任说。

“我拎，我喜欢拎鳖。我说雷主任，王老师肯定没为您备晚饭，不如去我家吃点，有小米粥，刚好今天孩子他外公要来。”

“小米？”雷主任说，“小米是个好东西！”雷主任是南下干部，见了小米腿就软。

“这样嘛，”孙家富说，“我帮您把鳖拎回去，要是王老师等着您吃饭，我就走；如果王老师吃了，您就无条件跟我去吃小米。”

“行喔。”雷主任说。

上了三楼，又按那只电铃。人民教师一开门，两只鳖张牙舞爪在眼前晃。

“鳖！鳖！”人民教师跳起来，“吓我哪！”

雷主任说：“孙干事提一只去。”

孙家富说：“我不吃鳖，从来我不吃，鳖我不能吸收。”

“有没有晚饭哪？”雷主任问。

“以为你们不回来了嘛。”人民教师说。

孙家富用手一拦，“雷主任，请，吃小米去。”

“吃就吃。”雷主任说。

吃小米，还吃酒。

“我只吃小米，不吃酒，给我块大头菜就行了，孩子他外公呢？”

“外公没来，小米该您吃了，酒也该您吃了，您就是孩子他外公。”孙家富的老婆说。孙家富老婆描了眉毛，一笑眉毛就掉粉。

“我不吃酒，我说过只吃小米。酒吃多了不好。我这一辈子就被酒害了，我酒精中毒。”雷主任说。

“酒要吃，是竹叶青哪，一路风寒，您一定要吃，您是头一次到我家吃饭，不吃酒我们不依，您是北方人哪，北方人豪爽，必吃酒无疑。”孙家富说，“老忠的车开得太慢，手脚都冻麻木了咧！”

“那就喝？”雷主任说。

“喝。”孙家富和他老婆一起喊。

“喝就喝。”雷主任在嘴边一滋，酒就完了。

看着雷主任沾染了酒气，孙家富说：“车太慢，老忠主要是耳聋的问题。”

“也不是原则问题。”雷主任说。

“那是么。上次开车经过车管站，车管站打铃要老忠停车，老忠不停，说他听见铃了，单位开饭的铃。您瞧哪，老忠闯了红灯也不停，老忠又聋又犟，一犟就聋，一聋就犟，相辅相成。”

“是嘛。”雷主任笑，孙家富见雷主任笑，一挥手，向厨房指挥道：

“端粥！”

“来了——”老婆说。

“拿小米来！”

“来了——”

老婆用塑料袋装的小米，四五斤呐。雷主任见了说：“又吃又带，我算什么哪！”

“您不吃谁吃？我们又不是北方人，孩子他外公拿来的，您不吃我们只好给鸡吃。”

“好，我帮你们家鸡吃。”雷主任说，“南方人不吃小米，我想不通，我日思夜想，不得其解。”

孙家富说：“不吃小米也硬实，您看我这身铁骨膘。”孙家富捏起一只骨头拳说，“二十年我不吃小米，照样生儿子，照样赶文件一赶一夜，不吃小米我党龄还是比别人高。雷主任，我这人老觉得任务重，担子轻，雷主任您给我压担子吧，您怎么压，我也不怕！”

雷主任喝着粥说：“年轻人当然要压。”

“您也是压出来的嘛，我最佩服您，我就佩服北方人，身大力不亏，说话办事一阵风，我虽是南方人，但我瞧不起南方人。”

“南方人也不错嘛，南方人很聪明嘛。”

“湖北不行，湖北不南不北，夹生货！”

“北方人蠢哪。”

“湖北人才蠢，生来就蠢。”

“好了好了，我喝了蠢酒，回家睡觉去。”雷主任提起小米说。

“用电热毯哪。”孙家富送出去说。

上班之后他看见马三海在那儿写文件。孙家富看见马三海。孙家富想给马三海一撮茶叶，孙家富突然想拉拢马三海。马三海四十五岁了，马三海不行了，马三海爱哭，一个男人爱哭，顶多只能当干事。马三海爱哭，也爱指点江山，东一点，西一点，瞎造蛋。马三海泪汪汪的眼睛，一哭，嘴就瘪了，人称“婆婆嘴”，有话则长，无话也则长。马三海未必不想提？不想提的男人绝对不是好男人。如果马三海听到游老忠要提的消息，未必会坐怀不乱？马三海，你要出山，你出山瞎闹，我孙家富就有利了。

谁都瞧不起马三海，马三海为报销五分钱车船费让三人写证明，船票洗碎了。马三海过去是区里的统计员，统计员会统计让领导满意的数据，就上调了。马三海上调后一贯做干事，一贯挨批评，一贯哭，四十五岁了，蜡炬成灰泪始干，谁知道马三海走什么运哪。

“马三海，行政科长的事，这次应该提你了。”孙家富直截了当。

马三海泪眼凝噎，眨出一层雾来说：“你怎么讲这种缺德话？”

“我讲什么话，我实事求是，又不是吹捧你。”孙家富说。

“这就不对了，无缘无故，说提我，你冻出的病咧。”

“是你说的提游老忠。”孙家富说。

“我没说，活天的冤枉！我知道提哪个？我知道也不会说！我无组织无纪律？我们都是党员哪。”马三海大喊道。

“你没说就算了，是我说的好嘛，我听别人说的。”孙家富说。

“那你扯我做什么？”

“我也这么想，我心里一杆秤，我不能不称吗，游老忠聋哪，又是个司机，凭什么提他不提你？你还不向他学习去，帮领导背煤气罐去。你去呀，马三海，你看我做什么，背气去呀。”

“我不背，我四十五岁了，我帮哪个背！我写文件，你赶我到哪里去？”

“你不帮领导背，今后看哪个帮你背，一代一代嘛。”

“我自己背，我血压一百三，我要哪个背！”

“好，你背。好事都让人家占了哪，人家升科长，玩女人……”

“不须放屁！”马三海说，“我打抱不平了，你无根无据，做什么说人家玩女人，咱们是共产党员哪。”

“这事也是你说的。”

“信口雌黄！”

“你上次说老忠给化肥厂那个女的拖煤。”

“拖煤是拖煤，又不是……”

“你说拖的是蜂窝煤，你说蜂窝煤……”

“我说蜂窝煤是女的呐？蜂窝煤又不是女人！老孙我开了句玩笑，都一年了，老孙你的记性不能这么好。”马三海好像要流泪了，“我当时说蜂窝煤……”

“好了，”孙家富说，“我是为你哪，我管哪个女人弄不弄成蜂窝煤，我为你不平哪。”

“我已经跟游老忠吵了，你还要我跟他吵？”马三海泪水真出了。

马三海一急，腹就胀，腹一胀，就想拉。

马三海捏了一团文件初稿，冒着风雪去厕所。

厕所里风声鹤唳，马三海褪了裤子蹲下去，风打屁股透心凉，完全没有舒畅的机会。马三海想，不是拉屎的日子。马三海准备把纸扔了拍屁股就走，这时候杨先锋闯进来了，正往洞里蹲哪。

杨先锋才是马三海的对头。杨先锋损人，杨先锋谁也不损，就损马三海，杨先锋说马三海肾虚，还有一些更难听的话，反正杨先锋爱损马三海。杨先锋仗着他年轻，能洗冷水澡，就这么损马三海，马三海本来不想搭理杨先锋，杨先锋在洞子里却喊起来：

“快把张纸！”

“我没纸，我哪有纸，我又不是造纸厂厂长。”马三海把手上的那团纸丢进屎坑了。我情愿丢，也不会给你。

杨先锋说：“撕一半给我，你总是来拉屎的嘛，你未必蹲着尿尿？”

马三海说：“我想怎么尿就怎么尿，百花齐放，推陈出新，哪个规定男人不能蹲着尿了？”马三海窝了一肚子气，马三海刚才急哭了一场，也不怕杨先锋了，看谁损谁呐，都有一张嘴，于是继续干蹲着说：

“杨先锋，拉完屎就进山搞年关物资去？”

杨先锋吭哧吭哧地说：“唔唔，提你哪，哭出的江山。”

马三海说：“真以为是你了，要提也提不到你头上。”

“那不一定。”杨先峰吭哧吭哧地说，“跟你比，还有希望。”

“不就是有个电大文凭哪，瞧你那样，不就是星期天在实验小学的小板凳上混的一张纸吗，今天正好派用场。”

“马三海，拿纸来！”

“你用文凭揩嘛！”

“你听到什么啦？行政科长的事？”

“你还问我，你明知故问。”

“究竟是哪个？”

“哪个聋就是哪个，不是我说的，是孙家富说的。”

“好嘛，喔，聋子有福嘛。”杨先锋阴阳怪气地掏出张手帕净了屁股。“好嘛好嘛”地走了。

马三海很舒服，马三海出了口气，马三海正待站起来，却感到下面一阵舒服的坠意，不好了，把气一出，气脉通了，屎呼之欲出，可纸却丢了。

“杨先锋，还我的气！”马三海暗暗叫苦。

“我不要你们扶，我又不是七老八十了，扶我做什么！”

杨先锋看见他的干爹步入会场。他的干爹老秦刚刚中风不久，拖着一条腿，扒开雷主任和孙家富的手。

“扶我做什么，我能走哪！”干爹喉咙里酝酿着一口痰，呼呼作响。

干爹终于坐到他的位置上了，干爹接过孙家富泡来的茶说：“我讲什么哪，还是雷主任讲，喔喔，我今天就不讲了。”

干爹只能讲这么几句话，干爹讲这几句话之后，舌头就硬了。

“好，我们开会，既然秦主任不说，我就说了。噢，快春节了，大家要小心火烛，是嘛，该干的事都把它干完，今年的工作都干得不错，下面学习《人民日报》社论，请孙干事念。”

接着杨先锋看见干爹打起瞌睡来，干爹的头一啄一啄，干爹的老涎也从嘴角淌出来了。参加什么会咧，这个样子。杨先锋上前去对雷主任说：“让我把秦主任送回去。”

“好嘛。”雷主任说。

杨先锋去扯干爹，干爹似醒非醒，站起来说：“你扶我做什么，送我回去？喔喔我回家去。”

杨先锋用轮椅推着干爹，干爹住在城西的小楼里，杨先锋在冰天雪地中推干爹，杨先锋推到一个水果摊前，放了干爹，去称水果。

“我不吃水果，先锋，你做什么？”

“干爹怎么不吃水果！”杨先锋说。

杨先锋要买水果，给干爹吃。干爹吃了说不定一句话就帮他弄个行政科长，行政科长空了，行政科长刚调到劳改局去了，怎么一下就属游老忠了咧？杨先锋认干爹，没讨到一点儿好。干爹过去是县长，中风后就到这个“大办”挂名主任了。挂名不管事，只爱参加会议。杨先锋过去驻队跟干爹当秘书。干爹不识字，杨先锋给他写发言稿，杨先锋的发言稿有时通顺，有时干爹怎么念怎么拗口，干爹就骂他，他被骂烦了，说，我认您做干爹，后来秦老倌就做了他的干爹。刚做干爹，就中风了。人一中风，百事不顺，任人把他的轮椅推到东，推到西，推到南，推到北。

“干爹，我给你买了橘子，败火的。”杨先锋说。

轮椅又开始走。干爹说：“先锋呀，我没火，冰天雪地的，给我败什么火哪。”

杨先锋说：“干爹，我有火。”

“什么火哪？”干爹说。

“行政科长您不考虑我，要提游老忠？”杨先锋说。

“哪个游老忠？”

“就是游司机嘛。”

“我认识游司机，我不认识游老忠。他提什么哪？”

杨先锋说：“干爹不知道？”

“我知道什么！我天天在家看电视，我不管单位的事，他们架空了我哪！”

“喔喔。”杨先锋看着干爹稀稀朗朗的后脑勺儿。“喔喔。”干爹大势已去，干爹老哪，干爹日薄西山了。靠干爹靠不住，还是靠自己吧！杨先锋这么悲哀地一想，就把轮椅推得乌溜溜转。

干爹在轮椅上说：“先锋，慢点推，又不是亚运会。”

杨先锋说：“快到了哪，干爹，快去看《新闻联播》。”

马三海去雷主任家时，不知道雷主任正在看一封匿名信哪。

马三海决定找雷主任交心谈心。

马三海在冰天雪地中培养感情，准备一见到雷主任就哭一点儿试试。这很难，可马三海行。冰天雪地，马三海想到自己的一生，是苦难的历程。

马三海提着一壶白云边酒，在冰天雪地中回忆。马三海过去拿锄头，后来拿算盘。马三海负责机关的财务，马三海只差任命了，眼看快爬上财务科长的位置了。可马三海是井底之蛙，那一年马三海想好好表现一番，为机关节约了两万元。马三海捞到财政局的一纸奖状，可是第二天领导就通知他别管财务了。“这是为什么哪？”马三海莫名其妙，我为单位争了荣誉怎么还挨霉哪？原因其实很简单，马三海应该超支两万元才对，马三海不能节约，超支了就找财政局追补经费，节约了来年就砍你的经费。就这样，马三海整整干了十年干事。

在冰天雪地中马三海寻思自己的一生，马三海心寒齿冷。马三海吊着一壶白云边酒，摁响了雷主任的电门。

电门大开。雷主任老婆见了白云边，说：“提酒做什么？我可从来不收学生家长的东西。”

马三海说：“给雷主任追风寒的。”

马三海被请到雷主任房里，雷主任正在把两张纸折在一起，往枕头底下塞。马三海常以泪洗面，眼也洗成火眼金睛了，只当没有见着。

“老马来了，老马坐，老马喝茶不？”

马三海说：“我喝了，我不喝。”

“喔喔，有什么事哪？”

马三海低着头说：“时间不早了，我坐坐就走。”

雷主任笑着说：“你只莫哭。”

马三海被这句笑话撩起了性，颤着音说：“我想不通，我人生去了一大半，我背着沉重的包袱哪！”

雷主任说：“放下包袱，开动机器。”

马三海说：“我放不下哪！”马三海果然揪起鼻子来。

雷主任说：“瞧瞧，说哭就哭，像电影演员。”

马三海说：“我怎么不哭？我心潮难平。我老婆老怀疑我不是犯了作风错误就是犯了经济错误……”

“她怀疑你做什么？”

“她说我怎么一辈子就是个干事，我不好给老婆解释，我哭倒长城……”

“好了好了，你是不是说游老忠……”

“那就是，都在议论哪。我不议论，我讲纪律么，我四十多岁了，四十五岁；按理说还没满四十五岁，四十四岁零十个月。四十不惑，我议论什么！我只想找您哭一场。”

“好好干嘛，你这些年干得不错嘛。行政科长究竟是谁，是领导的事，下面不许议论。”

“喔喔，我没议论，我只求您给我点儿担子，我不有些关系嘛，弄年关物资……我五岁就收鸡屎，我是个闲不住的命。”

“行嘛，这很好嘛，主动积极工作，这样我们单位就有希望了。”

“行，”马三海倏地站起来说，“就是这，我哭了，失态了，我放心大胆地走了。”

“坚强些，身体是革命的本钱！”雷主任在他背后大喊。

眼泪不用一钱买！马三海在冰天雪地的大院破涕为笑。马三海想到雷主任鬼鬼祟祟往枕头下塞纸片，使劲回忆，终于记起了“游老忠”“化肥厂”这样一些字。是封揭发信哪！

“游老忠，有人眼馋你了。游老忠，抓住那只作痒的手！”马三海在冰天雪地中心里喊。火拼的时候已经到了，这一身腥，假的也会是真的，只有搞女人的事，才是真的哪！

马三海决定去敲游老忠的门。马三海说敲就敲。马三海心里说：“游老忠，我雪中送炭来了。”

“什么哪？”游老忠正在啃鸡爪，手爪流油说，“你吃不吃凤爪？”

“我不吃凤爪，我告诉你事哪。”

“那你进来嘛，你进来，啃两只凤爪嘛。”

“你出来，重大的事情……”

“国家……？”

“管哪个国家……！”

游老忠横着头一听，脸就白了，“什么事？”

“你还有心思吃，吃凤爪，你蒙在鼓里哪……”

游老忠朝屋里瞄老婆，瞄了，就跟马三海走到楼梯口。“你干脆说出来。”

“我说了，我说了你要冷静……”

“你说嘛……”

“你要挺住……”

“你有屁就放……”

“我也是，刚听人讲的，我义不容辞来告诉你……”

“你放开喉咙……”

“你脸都白了，我等你慢慢恢复红润……”

“你说，我老婆马上就要喊我……”

“好，说就说，就是我跟你开玩笑的哪门子事，有人借题发挥，捕风捉影写到领导那儿去了，整你哪！”

“我日他妹妹！”

“你不能骂人，你这样让我……”

“我又不是日……”

“你犟哪，你平时……”

“我没把车哪个用？我随叫随到哪……”

“你要节哀……”

“你放屁！我就是要闹……”

“我走了，就是这，你保重哪，你别说是我说的就是了。兄弟，我不能坐视不管，我给你通个气儿……”

“老马，我谢你，老马你是了解我的……”

“互相关心互相爱护互相帮助嘛……”

马三海下一级楼梯挥一下手。

游老忠横着头骂人。游老忠唾沫横飞。游老忠把车库门一锁，一直骂到办公室。

孙家富看到这幕景色，孙家富吃烟，坐在椅子上看《湖北日报》副刊。

“我开车，我老老实实地开车，我一年两次年检，我修尾灯，我得罪谁了，啊？我不开车了，另请高明去。”游老忠拍打着汽车钥匙，钥匙上还有个金鱼，尾巴左摆右摆。

“婊子养的偷了人！我怎么会偷人哪，我还偷人？人贵有自知之明。”

“人正不怕影子歪，”孙家富说，“事实胜于雄辩。”

“没事实嘛，无中生有！”游老忠说。

“人善被人欺，马善被人骑，咱也不是这样的吗！”孙家富说。

杨先锋见他们说得很亢奋，便拍了下孙家富的肩说：“事情还没查到底哪，说不定是台湾特务干的。”

孙家富说：“杨干事这还值得你幸灾乐祸？”

杨先锋说：“又不是什么大事！哪个说我弄女人，我高兴死了，我反正还差个女人。”

孙家富说：“我们又不差！我们再弄就要受到法律制裁。”

杨先锋说：“法律也没这么规定，敢这么规定，我看十有八九都得抓进去。”

孙家富说：“你太悲观了，都是好同志嘛，受党教育多年，都是模范丈夫么，中国的男人体质都弱，都心有余而力不足。”

游老忠说：“对嘛！孙干事说得对！很对！”

孙家富说：“太卑鄙了，这还不清楚吗，人家老忠要提科长……”

游老忠把脑袋横着算听清楚了。“你是说我当科长？我不当科长，我只求恢复名誉，大家为我鸣不平。”

杨先锋说：“不就是个女人吗，谁现在还要女人！我打单身，我抱谷壳枕头睡觉。女人不就是晚上的事吗，晚上我多读点儿哲学著作，不就过去了。”

孙家富说：“杨先锋，你不要火上加油！”

杨先锋说：“孙家富，你也不要趁火打劫！”

游老忠在冰天雪地中被叫到雷主任办公室。

“车不开了？”

“油箱冻裂了，我不开了。我背了污哪雷主任。”

“瞧你犟的。”

“这还不犟，这时不犟什么时候犟哪雷主任？雷主任您是领导，您领导一切，我听您的。”

“哪个告诉了你？”

游老忠说：“您别问，您问了我也不说，我不能供出朋友。”

“你说听我的……”

“好，我招供，是马三海说的，马三海路见不平……”

“邪了！”雷主任站起来拍桌子，把游老忠震得一颤。“邪了！完全没有谱了！”

“那，那我不管，雷主任，您得为我平反昭雪。”

“昭什么雪，下雪哪！又没哪个说你有问题，改革开放这多年……事情是你张扬出去的嘛，你怪哪个？怪鬼！老忠你糊涂蛋，老忠这由不得我了，不是我一个人能……”

“我要昭雪……”声音软球了。

“你自己的责任。还不出车去，快去乡下接徐主任回来。”

雷主任夹着皮包怒气冲冲地回家。回到家，人民教师劈头盖脸就说：

“游老忠还不来背煤气罐？”

雷主任说：“你凶什么哪，要我背我去背。”

人民教师扑哧一笑说：“老雷你背？”

“不能让游老忠背了，这关头，人家说我袒护他哪，我宁愿吃生鱼片。”

“游老忠怎么啦？”

“游老忠别人写他的信，昨晚被马三海在我们家瞅见了，这事由不得我了，我只好把信交给徐主任处理，我不管了。”

“给老徐？老徐回来了？老徐不正好借整他来报复你吗？你老糊涂了，老徐知道游老忠是你的人……游老忠对你这么好，你怎么能……”

“你只配当老师，”雷主任说，“你什么也不懂。”

“你懂哪，你害了游老忠，看你以后还好意思要他背罐子！”

“我自己背。”

“老雷，人家是年轻人哪，你要爱护人家，你怎么……”

"年轻时吃点儿亏怕什么哪，吃点儿亏成熟得更快。我年轻时挨了那么多不明不白的批斗，还不是照样挺过来了！"

游老忠第二天就被他拉回的徐主任请去了。徐主任正打坐在椅子上，拔胡子。

"徐主任回来也没说休息两天？"游老忠说。

"休息什么哪，县里乡里一样忙，老忠你坐。"

老忠就坐。老忠等徐主任先拔完胡子。徐主任稀疏的黄胡子，拔一根，少一根。徐主任老是蹲点，可现在徐主任回来了，据说不再蹲点了。

"这事我刚听说，老忠，时间紧，我就不准备细问。我也不太喜欢关心别人的那种事。我回来就胃疼，我要搞钡餐造影去的。"徐主任说。

游老忠总算听清"这事""那事"是什么事了，说："我没什么事，我又不是现代派，我开车，搞年检，修尾灯，我没什么可说的，我相信组织。"游老忠没想到雷主任这么快就让徐主任知道了。

"唔唔，那是。我老徐不了解情况，我是雷主任安排的，你晓得吗？"老徐说"安排"，老徐把"安排"说得意味深长，可游老忠的脑袋里一团漆黑。耳朵深处传来一阵阵飞机投弹时的怪啸。

"我控诉！"游老忠糊里糊涂地喊，"你们要先查哪个写的！"

"可我现在是问你哪。"

"我给她拖了一次煤，是捎带的。这事我还跟马三海吵过一架。这都是驴年马月的事了。我出汽油钱，扣我的工资。"

"你认为是马三海写的？"

"我不知道。马三海写了会告诉我？你们不要乱怀疑。"

"我们谁都不怀疑，我去搞钡餐造影了，你把情况写一个东西吧，老忠，你按事实写，不要躲避，不要生造。我去了，我不想管这号事，可谁叫我当领导！"

"恶人要得到惩罚！"游老忠站在那里，最后振臂高呼。

雷主任看到马三海在洗手帕，说："你来一下。"

马三海怔怔地看看拧眉的雷主任，马三海心怦怦跳。又要批评我了，人倒霉，喝凉水都塞牙。

马三海硬着头皮见主任。

主任不说话，马三海没办法。

"你怎知道有一封信？"主任单刀直入。

"我不知道，我哪知道。"马三海嘴硬。

"游老忠说……"

"游老忠听哪个讲的？游老忠真是，游老忠这人很不是个……"

"你没说？"

"我什么也没说。"嘴硬，共产党就是这样过来的，刀刃架脖子不承认。

"你没汲取教训哪老马，你这是……"

"我跟他吵过，我还哪壶不开提哪壶？我不是找上门去让他骂吗？我从不惹是生非。"

"你如果说了，后果由你负责！"

"活天的冤枉！"马三海又要哭了，"我不怕领导批评？我冤枉！我……"

"好了好了，"主任说，"你一哭，六月都要下雪。"

雷主任把他推出门外。

马三海泪花成了冰凌花。

马三海脸挂着花，一拐弯，就碰见了孙家富。孙家富看马三海脸挂了花，就说：

"马三海，你吃烟不？你吃刘三姐还是五朵金花？"

马三海突然暴跳如雷，"孙家富，你手痒！"马三海想到那些字，是孙家富的味道，马三海欲哭无泪，就这样喊出来了。

孙家富说："马三海，你猪八戒上城墙——倒打一耙。"

"是你，你害人哪！你让我受牵连！"

“马三海，话不能这么说。”

“来明的，不来暗的，君子坦荡荡，小人长戚戚！”

“就像是说我哪！我虽然瘦点儿，又不失眠，又不脱发，又不夜梦盗汗。我正想跟你说哪，我猜想八成是杨先锋干的。这小子偷鸡摸狗的事不是一两回了。上次驻队，先进驻队干部名单没他，他不是擦了别人名字，换上自己给报上去了么。”

“你猜准了？”

“你反正别外传，内部掌握。”

“我传什么，我嘴紧得很。”

“还听说，这事交给回来的徐主任处理了，雷主任要平衡关系哪。”

“未必真有那回事不成！”马三海说。

“有没有，那倒无关紧要。事情闹到县委那儿去，雷主任难堪哪。雷主任是挥泪斩马谡，要安定嘛。”

“当然了，”马三海说，“我为游老忠伤心。科长是你了，孙家富，请吃糖哪！”

“我才不想当这个科长。”孙家富说。

“我也不想当。”马三海说。

孙家富拿着两张电影票。孙家富把自己的一张准备给徐主任，孙家富认为把票给徐主任是对的。徐主任只要不再下乡蹲点，这单位有一半的天下就是他的。

“徐主任，看电影！”孙家富人未进门声进门。

“这冷的天，看什么电影哪！”

“好看，好看，《巴黎情仇》。”

“冰天雪地，我有胃病，我回来是看病的。三九四九冰上走，我的村蚕豆打巅，油菜施腊肥，温室育苗的事还没完哩。”徐主任旋着一支双色铅笔说。

瞧他一口的假话！孙家富心里好笑，明明是假话，偏要说，怎么整！人都不要脸了。男人都像婊子，好，都说假话嘛。于是找个椅子坐下说：

“徐主任您就挂记着乡下哪，徐主任您工作太认真，把心都全部投进去了。”

“有什么办法！胃病都犯了。”

“胃病？我可是半个专家。我治胃病有绝招。”

“那你说说嘛。”徐主任拔着胡子。

“您就把肥肉割半斤，非要用肥肉治！胃病服油！您把带皮的肥肉割半斤，皮越厚越好，加鱼头一个，黄酒二两，生姜少许，炖着吃，先文火后武火，炖烂了，一口吞！”

徐主任笑起来，说：“老孙这是什么疗法？稀奇！”

“就是猪肉疗法。我过去疼得杀猪一样叫么！医生说，像什么叫，就吃什么；像狗叫，就吃狗，像猪叫，就吃猪。一口吞，就好了。”

“那我试试。”

“包好，包好！”孙家富说，“瞧县委也应当考虑，您有胃病，不能老是在乡下睡凉床哪，我们办公室这么多人，也应该轮换去。办公室少不得您哪。雷主任年岁大了，秦主任又重病在身。就您年富力强，应该回来主事哪。单位没个主事的，都乱了套。”

“喔喔，孙干事，你说说，乱了什么套？”

“您还不清楚吗，考虑全盘的。这事儿不都明摆着吗！群龙无首呐！”

“喔喔，慢慢来嘛，慢慢来嘛。”徐主任闭起了眼睛。

孙家富知趣地走了。

“马三海，你吃烟不？马三海，我把你当作朋友。”游老忠按着额角对马三海说。

游老忠在车库的台钳上吃烟，马三海说：

“你的难处就是我的难处嘛。既是朋友，有福同享，有难同当。”

“马三海，我把你当作兄弟。”游老忠说，游老忠扳螺丝，一圈一圈扳。

马三海说：“兄弟，你别扳了，你这么扳，我就要感动了。”

“那你说我告是不告？”游老忠说了之后横过头去等着听回话。

“告啊，游老忠，你要告！告他们！”马三海跳起来，最后跳到汽车的后盖上。“你告，不告白不告。老忠，你真行，依法治国嘛！”

“法？现在一百八十多个法，不如毛主席的一个三大纪律八项注意有办法。”

“那更要告。”

“华山一条路，告！”

“我支持你。我吵跟你吵了，不打不成交，我现在反戈一击。可游老忠，你怎在雷主任面前供出我了？这你就不够朋友了。”

“我……我逼急了，我跟雷主任不敢讲假话，他待我像父亲哪。”

“你很不对，游老忠，你对不起我，我为你作了牺牲哪。我现在为你两肋插刀。我陪你上法院去。”

游老忠说：“三海，你是我兄弟，我现在就去写状纸，看哪个犟得过法律，诬陷是要坐牢的！”

“我恨不得哭一场。这个世界，我恨不得与你抱头痛哭。”马三海说。

“你说大概是哪个手痒？”

“杨先锋你上次给他运冰箱没有？”

“我还没运！我运得红汗白流。”

“孙家富你给他送丈人没有？”

“送了！我车陷泥巴里，用肩扛的哪。我只吃了他丈人两根红金龙。”

“喔喔，你越跟他们帮忙，他们越没良心恩将仇报哪，不是他们是哪个！”

“查出来让他们坐牢去。”

“让他们坐牢！吃三两米，让他们讨狱霸打去，让狱霸给他们屎吃，这样办公室就安静了。”

“三海我再帮你拖东西，随叫随到。你要我拖什么我就拖什么。三海开春了我把你拖到沙湖坝渔场钓鱼去好吗？三海我送你根日本钓鱼竿，我这人有恩必报。”

“喔喔，兄弟，你不记仇，我们去法院，法院有我表哥哪！”

“患难之中见人心。”游老忠说，“你现在要不要车？我跟他们说车坏了，你要，车就好了。”

马三海说：“冰天雪地我要车做什么？我到哪里兜风去？老忠你太好了，你是老实人，哪天，我们喝点儿酒，好好倾诉一场。”

游老忠叮咛他说：“革命者流血不流泪。”

徐主任正式回来了，开欢迎会。

开会吃瓜子、吃糖、吃黄鹤楼，烤白炭火，气氛很热烈。

秦老倌来了，杨先锋让他落座在会场中央，秦老倌嘴里扯一颗牛皮糖。

“欢迎，喔，欢迎欢迎。”他的干爹说。

“欢迎欢迎。”雷主任说，“欢迎徐主任在冰天雪地中踏雪而归，辛苦啊，农村工作辛苦啊，徐主任回来没有休息就上班了，还是带病坚持工作。我们这些人呐，应该向徐主任学习，少说话，多干事，对嘛，徐主任对嘛？大家说，大家说，对我们领导班子有什么要求也可以提嘛，畅所欲言！”

杨先锋看到游老忠的白脸，游老忠看到孙家富的黑脸，孙家富看到马三海的苦脸，马三海看到杨先锋的鬼脸。

“都说嘛，都说嘛，吃归吃，说归说。”雷主任又催。

“你们不说我说了。”徐主任弹着几根黄胡子，“我喜欢下乡蹲点，乡下的改革形势很好，瑞雪兆丰年，明年的麦子又是大丰收。既然领导要我回来，我就得听从安排。我是党的干部哪，秦主任雷主任在家里担子也是很重的嘛，我回来了，一百斤的担子几个人分，我愿意为大家服务，团结一心向前看，明年更上一层楼！”

“好，徐主任说得好，为我们鼓了劲儿，时间也不早了，后面还有秦主任给我们做重要指示，现在大家还有什么要说的没有？”

问游老忠，游老忠说没有。

问孙家富，孙家富说没有。

问马三海，马三海说没有。

问杨先锋，杨先锋说没有。

问了所有的人都说没有。

“好，大家都没什么意见，下面请秦主任给我们做重要指示。”

大家拍巴掌。

杨先锋看着干爹清痰，干爹咳着，鸦雀无声，大家以为他会把痰吐出来的，可他把痰放在喉咙的某一个地方，开始说了：

“我……我该说什么呢我想，喔，徐主任雷主任要放手大胆地工作，喔，你们要认真总结经验，怎样把工作做得更好，喔……这个这个，要联系群众，从历史的经验来看，我们不依靠群众就寸步难行，喔，要，要……你们还不快把我推到厕所里去！”

最后，杨先锋听见干爹捶着轮椅扶手大吼起来。

干爹尿裤子啦。

游老忠在汽车里写状纸，游老忠冻得手不是手，脚不是脚，写写停停，总算写满了一张。

我交给马三海？马三海干吗这积极？又不是他的事，马三海算什么东西哪？还是得征求雷主任的意见去，我服雷主任，不服不行。

游老忠揣好状纸，就头顶冰天脚踏雪地去寻雷主任。

“啊呀，老忠这伢，可把你盼来了。”雷主任的老婆只差拥抱了。

“盼我哪？”游老忠莫名其妙。

“还有什么好事！找你，背煤气罐嘛。”雷主任老婆说。

游老忠白着脸软着脖子有气无力地说：“王老师，我是找雷主任递状纸的，我被他们害了。”

“喔？你犯了什么错误？你说清楚就完事，要诚实嘛，知错就改了，浪子回头金不换。孩子，你记住了吗？”人民教师说。

“我记住了，可我没有错误，我焦头烂额，我有什么错误！我……”

“老雷，还不起床，游老忠来了。”人民教师向房里喊。

雷主任趿着棉拖鞋走出来。“老忠，你不激动，慢慢说。”

“徐主任找了我。”

“喔喔。”雷主任眼睛看游老忠的翻毛皮鞋。

"我写了状纸，我告那些杂种日的。"

"你激动什么哪，你要冷静。"雷主任说，"你上楼来谁看到没有？徐主任看到没有？好，没看到，你接着说……喔喔，告状要不得，你把状纸交上来，领导查就是了嘛。"

"是要相信组织，老忠呀，你要沉着冷静，知错必改嘛。"人民教师在一旁说。

"我没有错！"游老忠横着头喊冤。

"老王你一边去。"雷主任对人民教师说。

"好好，我不插嘴，我准备煤气罐去。"

"给我。"雷主任对游老忠很严肃伸过手。

游老忠只好把状纸递过去。

"没事了，你回去吧。"

"我没错，我要昭雪，恶人要受惩罚！"游老忠的青筋一暴一暴。

"在这儿叫嚷什么！你拆我的台！"雷主任变了脸，看着镇住了游老忠，口气又软了："你当回什么事哪！领导都不当事你当事？你开你的车，你得克制一下自己嘛。"

"我，我这样开车我轧死人了怎么办？我心有千秋结……"

"不许你再提这事，都过去了，还提什么！一切以大局为重。"

"那，那我就背煤气罐。"

"晚上来背。"

杨先锋听鸡叫。杨先锋在鸡叫声中还在想，我哪边的人都不是，我总要抱只粗腿哪，雷或者徐。我什么都不参与？我隔岸观火，做闲云野鹤？扯个卵球，我是在行政单位混哪，又不是在业务单位，我不当官做什么？我坐实验小学的小板凳，我考试前抄资料，摸信息，我把答案藏在笔套里，我不当官我弄电大做什么哪！我年轻，我要讨老婆，买席梦思，我又不做生意，不当个官，活在世上打鬼！我生就是喊别人干爹的？我要别人喊我干爹，干爹谁不会做！鱼有鱼路，虾有虾路。趁他们斗得火热时我投靠别人去！干爹算个鸡鸡，干爹尿裤子哪。

天一亮，滴水成冰，杨先锋用冷水冲澡。冷水上身，嗞嗞地冒热气。洗出一个干净身子，怀揣一盒茶叶去组织部。

“马克你好呀。”杨先锋走进干部科就揪别人的耳朵。揪马克，马克是他电大的同学。

马克被人揪了，回过头见是杨先锋，说：“鬼早鬼早，揪我做什么？”

杨先锋说：“揪当权派嘛。”

马克说：“先喝茶。”

杨先锋从怀里掏出揣热了的茶叶说：“泡我的新茶。”

“又没有开春，哪有新茶？”

“要你泡你就泡，只管喝，看新不新。”

马克张开两扇酒渣鼻，闻了闻，“好茶，好茶，归我了。”

“刮你的油水去。”杨先锋把茶叶塞进了他的抽屉。

马克说：“杨先锋，是不是送帖子来的？”

“送什么帖子？”

“结婚嘛，跟女人上床嘛。”

“我结黄昏。先立业，后成家。”

马克说：“到时老同学都得贺贺哪，我跟你准备点儿什么？”

杨先锋挤眉弄眼地说：“你么，你送点儿组织部的土特产。”

“你说……”

“送个科长么，科长局长，不都在你们田里长着吗，责任田哪！”

马克的酒渣鼻笑开了花，“哈哈……杨先锋你个婊子养的有水平，电大没白读。”

“马克，告诉你出事啦，我们办公室大事不好……”

“什么事？”

“还不是裆里的事！游老忠司机天天在写检查哪！”

“这算什么事，简直不是事！我也想干哪，就没哪个找我。”

“你也……操他的，都想干这事，心往一处想，劲儿往一处使。”

马克说："完了，完了，流氓之国哪！"

杨先锋说："咱们是纸上谈兵。可人家真干了，你们还提他哪，你们的工作是怎么做的？"

"哪个提他了？你听谁说的？"

"没有？没有就好，我就有一线希望了。"杨先锋后悔没早到这里来。

"自己争取么，也没哪个送上你的门。杨先锋，你今天来得正好。你今天陪黄部长搓麻将去，三差一。你带十斤苹果，一条黄鹤楼去。进了黄部长的门，就说我们自带干粮，东西就送进门了。你只管输，输得卵屌精光，输得越臭越好。"

"行嘛，我输嘛。我大和都不和，把他们和去。"

临开生活会之前，马三海把游老忠死死拽到花坛那儿，扫雪让他坐。

"状纸哪？"

"兄弟，我不告了。我写了。雷主任要我不告我就不告。"

"是嘛，我给我表哥都说了啊。"马三海眨着眼睛，"我表哥同情你，我一本奏上了。"

"我不告，我身不由己。"游老忠说。

"你就咽下这口气？"

"兄弟，我有苦难言。"

"你就说吧，老忠，雷主任怎么……"

"我不说，我一言难尽。不谈了，我又不是女人，我是男子汉哪，我放在自己心里磨。"

"磨出病来的！老忠，你有话尽管说。"

"我不说，我认了，人不就是个命吗。我自己把自己弄通，开车才不会出事故。"游老忠说。

"可你说出来强些……"

"沉默是金。"游老忠说。

两人就这样走到会场。

会场上没提到年关物资的采购计划。可年关还是要过的哪。

“互相提意见嘛。”徐主任招呼大家说。

“都表现不错。”大家说。

“好，我来谈一点儿，我是个人的意见，没同秦主任徐主任商量，我作为一名普通党员，来谈谈咱们办公室的作风问题。”雷主任说，“大家，喔，大家都是男同志。喔，我是北方人，这个这个，我们讲耿直、坦荡、大度，喔，不在背后说是非搞小动作。大家做自己分内的事，不要婆婆妈妈的嘛。毛主席说的搞光明正大，这是千真万确的真理，现在也要这样么。当然了，我不是说我们办公室有这个这个……嘿，我只是提醒大家注意，防微杜渐，我的话说完了。”

大家你看我，我看你，揉着眼屎离开会场。

孙家富看见马三海在揉眼睛，孙家富想幽默一下，杨先锋早就在那儿对孙家富怪笑了。

笑哪个？笑马三海？笑我？他笑我？他抓住我了？他知道是我写的信？雷主任的不点名批评是说我哪？晓得说哪个！一个比一个厉害，我算什么哪，天下男人一个样，于是不示弱地也挤着笑看杨先锋。

“杨先锋，穿马皮靴？”

杨先锋还是怪笑。

“杨先锋……”

“注意形象，喔，你也学马三海，把眼角擦一擦嘛。”

孙家富尴尬地去擦眼角。“烟抽多了生的眼屎，这有什么笑的？哪个开会不生眼屎！”

“干干净净过新年么。”杨先锋说。

马三海挤过来，说：“杨先锋，你不要损人了。”

杨先锋说：“不要哭，不要闹，欢欢喜喜放鞭炮。”

马三海说：“我哭什么？我是个病哪。我小时候家穷，烧草把熏成双风眼了。”

孙家富说："都是穷苦人出身。马三海是个老实人。雷主任今天说那些话，是什么意思啊？"

杨先锋说："你还在想这件事？"

"又不是说我！"孙家富大声说。

"心中无鬼不怕鬼！"马三海说。

"不要在这儿议论。三人成群，五人成党。我劝你们一到晚上搓麻将去。"杨先锋说。

"你搓你的，你寻快活去，你走得越远越好。"马三海说。

两人看见杨先锋穿着马皮靴咯吱咯吱地踏雪而去，两人想：他心里高兴什么哪？他肯定听见了什么消息。

老婆要吃鱼，只好去买鱼。孙家富提着篮子，走到街上，眼睛一亮。孙家富见到了小兰，小兰是游老忠的爱人。小兰笑也有酒窝，不笑也有酒窝，酒窝里装的是茅台酒，孙家富的眼就亮了。孙家富心里骂游老忠，好好的一盅茅台酒，让你个聋子独吞了。孙家富又想到自己老婆，万事不如人。老婆浑身一股鸡粪味，抹了珍珠膏，还是臭。老婆穿高跟鞋崴了脚，穿低跟鞋屁股坠地，老婆没有茅台酒，工业酒精兑的。老婆不让他喝酒，所以没有刺激性，写的信也像石沉大海，冬天无刺激，简直不是人过的日子。于是，就上前这么说：

"小兰，眼睛怎么肿了？"

小兰说："我哪肿了呀？"

小兰的牙齿也是茅台酒，孙家富说："肯定是跟游老忠怄气了。"

小兰说："看你说的！"

"唔。"孙家富想，游老忠守口如瓶，游老忠不敢跟小兰说，说了就有好戏唱了。"小兰小兰，游老忠这几天在家怎么样？"

"没怎么样呀。"

"游老忠你得劝劝他，心要放宽些，不要低沉嘛。"

"出了什么事？"

“你问他去，我们不大清楚，我们劝不顶事，还是你这贤惠妻子劝好，要他保重身体嘛。”

“你说，老孙，是什么事哪？”小兰逼着问，小兰的脸白了。

“也没什么事。”孙家富想，我赶快抽腿，我溜。孙家富提着两条死鱼，在冰天雪地中走了。

“我又没说什么，我什么也没讲。”孙家富眯眯笑地自语。

回去老婆见了两条死鱼，露出狰狞的面孔，说：“买鱼不买姜，煎起来也不香，你丢魂了，又看见哪个漂亮女人了！”

“我见了谁？你这人！”孙家富说。这种女人，只有穿中山服把她看。当了科长，我还穿中山服，气死她！

“还不买姜去！”

“我还去哪？冰天雪地，想冻死我不成？”

“冻死你，我再嫁人，我嫁个局长。”

“你又逼我！逼我狗急跳墙，逼出事来看有你好的。什么都是机会，撞上就撞上了，撞不上就撞不上。我买姜去，我不跟你说了。我宁愿顶风冒雪去买姜，还不成吗？”

孙家富用烟屁股又追了一支烟，甩着袖子钻进漫天风雪。

“不是人过的日子。”孙家富对自己说。

黄昏时分，楼里就打了起来。

北风呼啸，游老忠打得正紧。

游老忠出车回来，小兰正在饿肚子睡觉。游老忠感觉不对，游老忠不能跟着感觉走，想找热饭热菜候着他的小兰。

“怄的什么气哪？”游老忠说。

“你把事给我闷着，游老忠，你今天老实交代！”

“又不是‘文化大革命’，我交代什么哪？”

“有人给我说了，你还瞒着我！”小兰翻身起床。

游老忠怵了，游老忠拧出几滴笑说 :“找我的什么歪？”

“今天你躲不过！”

“看你，能有什么事！身上的寒毛都被你数清了，我还瞒你。有人跟领导瞎说……说我，喔喔，你真能相信了不成！”

“快讲清楚！”

“说我跟化肥厂的小 × 有事，谅你也……”

“好哪，是这种事！游聋子，你闷头鸡子啄白米。你这个流氓！我要找那个婊子算账去！”

“我看你欠修养哪！你信？人家这是故意挑拨我们夫妻和睦……”

“游老忠，别人会没的说出有的来？你们开车的十个有九个是流氓！你说，你究竟跟那个婊子干了些什么？”

“首先声明，别人不是婊子。我就跟她拖了一次煤，还是一年前的事儿哪……”

“喔，长期的哪！你照顾得好周到。后来咧？拖了煤后来……”

“你还逼我说出上床了不成！我是那号人嘛！”

“上床，呀，你跟小 × 上床！好丑！”小兰跳下床就去砸杯子，一个又两个，两个又三个。

“我看你砸！你这女人，你砸！”

“乒！”“乓！”“乒！”“乓！”

“好，游聋子，你欺负我哪，我喊我哥来打死你！我五个哥，打死你这流氓犯！”

“我怕什么！你喊去！”

“我打婊子去，我把婊子嫖客一串游街！让别人看游聋子身残志不残哪！”小兰敞开棉衣，光着脚就往外跑。

游老忠去拉，拉脱了小兰棉衣，又拉毛衣，毛衣也脱了，露出汗褂子，两坨奶在里面怒气冲冲。

“我打婊子去，你莫拉！”

“疯了！你这女人，你疯了吗！”

“我打婊子，又不要你管，我喊我哥打婊子，我五个哥哪！”

女人咬老忠手，老忠只好放手，女人开了门，赤足走在雪地上。“还不回来！像王老师了咧！来人，快来人帮我拉一把！”

看着有妇人与男人跑过来，游老忠才舒了口气。女人说疯就疯哪，女人真不是玩意儿！游老忠伤心地想。

孙家富正在楼顶观风景。孙家富住楼顶，孙家富抢占有利地形观战。

孙家富端着烟，一口一口枯吸。孙家富看小兰用脚刨地，孙家富看小兰的两坨奶在衣里东躲西藏。隔衣看奶，犹如雾里观花。孙家富看小兰疯了。“又疯了一个！”后来，孙家富又看见游老忠用拳捶小兰头，小兰驴打滚，滚得雪花翻飞梨花落。

再后来孙家富又听见有人喊：“还不去叫雷主任来……”

孙家富左一支右一支地吃烟，他老婆说：“你也不去劝劝？”

孙家富说：“你好糊涂！我劝什么？劝得好就好，劝得不好惹一身腥。”

“那有什么看头，还不扫鱼刺去！”

“我看看事态的发展。”

“你是黄鹤楼上看翻船，男人好阴险。可是他们从来不吵架的嘞！”

“不吵架，算什么夫妻！”

雷主任来了，雷主任的老婆王老师也来了。

王老师拉小兰说：“影响不好，影响不好，要互助互爱嘛！”在地上收集散乱的衣物，拽起小兰就走。

进得屋去，遭匪一般，乱七八糟。

“老雷，把游老忠拉一边去，拉到办公室我给小兰说话哪！”又说，“小兰，我帮你穿衣，又不是原始社会！”

雷主任一干人马牵着游老忠往外走。游老忠不走，说：“我看她还砸什么！我不走，我自已的家，我有家不能归哪……”

雷主任说：“游老忠你是男人，男不跟女斗，你算什么东西！”

强行把游老忠带走了。

王老师给小兰擦脸，抹雪花膏，说：“男人全不是好货色！男人就晓得欺负女人！”

小兰说：“男人偷人。”

王老师说：“男人一肚子坏水。他偷你也偷，以牙还牙，以眼还眼！”

小兰说：“那还要家庭干什么？”

王老师说：“对嘛，家庭安定了，社会就安定了。你不吵不闹，你暗暗地抓他把柄，抓住了，他就一辈子乖乖听你的调遣。我们老雷年轻时……我不说了，响鼓不用重锤，意思你明白就行。”

小兰说：“防不胜防。”

王老师说：“这些年，电影电视，报纸杂志，都在教坏男人哪，不扫黄怎么得了！中央看得很清哪……”

小兰说：“我有五个哥……”

王老师说：“娘家人少掺和，还是依靠组织。”

小兰说：“那就……”

王老师说：“让组织整他！”

小兰连忙说：“王老师，我们游老忠不会干那号事的！我跟他吵，是敲他的警钟哪！”

王老师说：“对嘛，对嘛，你们演的什么戏哪！”

腊月初八煮腊八粥，没有红枣和桂花。是时候了，领导还不想任命，领导棘手了？可年还得过嘛，成败就在这几天。孙家富静候消息，心咚咚地往喉咙眼外跳。孙家富寝食难安。

孙家富去食堂买早点，马三海在那儿灌开水。孙家富笑嘻嘻地说：

“马三海，找你谈话了哪，还不请吃糖！”

马三海从热气中挣出来说：“我为什么请你吃糖？你不请我吃，还敲诈我做什么？”

“老马你是行政科长的候选人嘛，你年富力强。”

“你不要讽刺我了，游老忠一打架，徐主任说要整顿，一整顿，雷主任就难堪了。看哪个能从中讨好，以后的事，怎么发展说不准哪！”

“老马我真心实意拥护你，老马你为人正派，你应该当科长。”

“我也拥护你。还谈什么！今年过年看别人吃穿山甲。”

“好，”孙家富说，“过一个革命化的春节。”

孙家富边说边走，孙家富含着肉包子去别的办公室给土产公司打电话。

“赶快行动！”孙家富悄悄地就联系好了一批便宜的黄花木耳，然后随即去找徐主任。

徐主任像没看到他走进来一样，徐主任看一份文件，手抱暖水袋，脚穿厚棉鞋。

“徐主任。”

“喔，什么事？”

“刚才我土产公司有个朋友，告诉我说他们那儿有一批黄花木耳，问我们要不要，价钱蛮便宜。”

“喔喔，过年还早哪，孙干事，急什么，车到山前必有路。”

“大家都说今年的年关物资比往年……”孙家富口里干枯，他发现今天完全不能对话。

“喔，为领导分忧是好的嘛，也不能太急嘛。”

“那黄花木耳……”

“研究了再说。”

“好，好，按您的意思给别人回话去……”

孙家富想，姓徐的才真深哪。姓徐的你究竟想栽培哪个？你不识抬举，不让我投奔？姓徐的驻队时也听说发展过村主任的女儿入党，女人入党还不是要经过你一次“性”处理！走着瞧，到时候一封信……

雷主任的老婆把一摞作业本丢到雷主任桌上，说：

“老雷，那个写信的还没查出来哪？你像没事一般了！没事帮我改作业本。”

雷主任说：“老得没涎了，你还不拿走，用红笔改去！”

王老师说：“红笔是你们当官的霸占了哪！红笔判官，想把别人怎么就怎么。人家小兰也催我说这个事，总要给个回话吧？”

“你找老徐去。”

“老徐老徐，巴不得你早点儿下台，是他的一统天下！”

“那就对了，欺老不欺少，我跟他斗得赢？”

“你先得管管游老忠，人家不明不白！”

“徐主任去化肥厂了，那边说没有。”

“那就宣布是捏造！那就请公检法的人来查哪个手痒！”

“谁也不敢宣布没有，这号事！你去查哪个写的？兴师动众？这一点，我跟老徐是一致的。”

“你们只顾自己哪！”

“怎么说顾自己！一个单位哪，得讲安定……”

“老雷你们男人怎么……”

“男人？男人可怜……”

化雪的那天宣布组织部任命文件，杨先锋的眼睛睁不开。杨先锋撑着眼皮听徐主任念文件，徐主任宣布他为行政科长。杨先锋不激动，杨先锋搓了两整夜麻将，眼搓红了，激动不起来了。杨先锋说：“吃烟吃烟。”便让大家吃红塔山。

大家吃着黄鹤楼，各吃各的味道。一律的麻苦；烟怎么吃，都苦。杨先锋吃着也苦。杨先锋吃不出味儿了，杨先锋吃了两整夜黄鹤楼，他有中华吃了。

“喔喔，我来讲几句，”干爹说。干爹坐在轮椅上，“说到底，这个世界是你们年轻人的哪，你们像早晨八九点钟的太阳，你们要多学习，要戒骄戒躁。喔，你们这个这个任重道远……帝国主义这个这个……”

杨先锋撑着眼皮连连点头。杨先锋看干爹的嘴歪了。杨先锋想床，想凉水澡。干爹我掐死你，干爹快放我回去睡觉哪，科长又不是你任命的。

最后杨先锋还得说几句，杨先锋睁着红通通的眼睛说：“感谢党和组织的培养，感谢大家的信任。我经验不足，能力有限。不过我会好好学习，好好工作，决不辜负领导和同志们的期望，为大家办实事，管好车，管好生活！反正，过年有鱼吃吧。”他一脸憨厚地笑着说。

接着大家拍巴掌，各拍各的心事。轻重缓急，由自己拍。

当下散会后马三海就从抽屉里拿出一张函授大学的招生表来，要雷主任签字。

“我读书去，我混文凭去，电大人人都能读。我不是嫉妒哪，我要活到老学到老！”

雷主任说：“老马你没看文件，有新精神哪，老马你读书可以，新精神说单位不再负担学费，老马你自己掏钱。”

“喔？自己掏钱？喔自己掏钱我还要领导签什么字！我买个文凭来。我有钱我买电大文凭？我买教授！看我哪有钱？又不是老板，单位学习不出钱，住院哪？住院出不出钱？”马三海说。

“有病住院那当然出钱。老马你是怎么啦？”雷主任说。

“好，我住院去！我一身病！我治红眼病去！”

马三海就去收捡办公桌。马三海把一些废纸、书全丢进铁簸箕里。马三海找游老忠搞废油来淋了烧。

结果马三海看见游老忠春风拂面。下雪不冷化雪冷，游老忠是怎么啦？游老忠只怕听错了，以为是他当科长哪！

“兄弟，你笑？”马三海十分惊讶。

“我还是开我的车，我怎么不笑哪。”游老忠横着一颗轻松的头说。

“兄弟，我想与你抱头痛哭，可我没泪了，你也，不准备哭了？”

“我好高兴。”游老忠脚踩油门说。

“你高兴什么，又不是你当……”

“徐主任说我没事了，徐主任说组织相信我是正派的。雷主任也这么说，雷主任是北方人，他待我像……”

“兄弟你臭，我们怎么没听见徐主任在会上宣布哪，兄弟，我恨不得……”

“老马，算了！徐主任说领导给我表态就行了，这点儿小事犯不着在会上说。我这下一身轻。我没情绪，就不怕轧死人了。我正月初一送徐主任回沙市过年去。我好高兴。”

“兄弟，我恨，恨铁不成钢。兄弟我明天住院去。人有病，天知否……”

化雪了，孙家富依然穿中山服走泥泞。孙家富只有穿中山服的命，孙家富甩着袖子，端着烟看化雪。孙家富本来听说到原本有提他的意向，后来在游老忠的问题上有嫌，再后来，为了平衡关系，阴错阳差把杨先锋推上去了。

“如果我不操之过急……”这样一想，马上阻止了没志气的后悔。“药铺不卖后悔药。”孙家富又想起了十九年前的那场大雪，那个日夜不分的敲铃人，那个造蛋的家伙。“我多么可爱。”孙家富想。

化雪啦，到处滴滴答答。立春了，立春在年尾，明年是寡妇年，大家都这么传。

“明年……”他想。

回乡知青春雁

古建设十九岁，就成了县委工作队队员。他是下乡知青，没有招工，被抽到县里搞亦工亦农，却被看中去驻队。他驻了几个月队，春雁从公社中学毕业回来了。有一天，工作队在春雁家开会，春雁父亲是三队的财经队长。突然家里多了个年轻女子，见人羞涩地笑，一歪头一扭身，实在惹人怜。在学校里没见什么日头，脸白白的，手也白白的。工作队看到的是财经队长老柳背着女孩的行李卷儿，进屋就说："这是我闺女，毕业回乡了。"

工作队的雷队长是个麻子，四十多岁，长期搞农村工作，在县里是农委的副主任，看着春雁，嘴都合不拢了，对老柳说："柳队长，你可有福气啊，姑娘都成人啦。"

老柳说："可不是，回来正好顶个劳动力。"大队的丁书记说："春雁算是咱们大队文化水平最高的女孩子了，有知识、有文化，又漂亮，才貌双全啊，大队现在农业学大寨，要建设咱们社会主义新农村，缺的就是有知识的人才。"

雷队长摸着麻子脸问春雁是不是团员，春雁说是，还得知春雁能歌善舞，对丁书记说："老丁啊，我看春雁就是棵好苗子，要注意培养妇女干部，我们不能老待在这儿，工作队一走，仓道大队还得靠你们自己建设。"老丁说，是的是的是的。

雷队长说："说句掏心窝子的话，你们大队那些武汉沙市下放知青，都是准备随时离开的，这地方留不住他们，所以有的人偷鸡摸狗是故意想让你们把他们撵走。要改变面貌，还得靠当地的回乡知青，自己的家乡才有感情。"

不久后的一天，雷队长让古建设去通知春雁，要她来工作队。从三队叫到大队部，春雁戴着一顶草帽，裤腿还是卷起的，白得像藕。古建设与她走在一起，跟一个漂亮的女孩子结伴，古建设是第一次，也没有什么经验，就问了她在学校的事情。古建设早春雁一届，跟她说，说周总理有意在应届高中毕业生中直接招百分之三的人读大学，他说自己的成绩在全班是第一，应该是有希望的。春雁笑着说，百分之五十她才有希望。古建设说，雷队长有可能是给你重任，今后工农兵推荐上大学肯定让你挑，我家条件不好，没有什么关系，推荐轮不到我。我想如果有直接升大学那样的好事，总是要选成绩最好的上吧，谁知道呢。

到了大队，在座的有丁书记。雷队长要春雁坐，春雁左手勾右手地站着，不肯坐。雷队长说："高中生呀，要大方。春雁，我们跟大队支部研究，决定你任大队团支书，怎么样？有什么想法？"

春雁就笑起来，好半天不说话。她还真不好说，有点害羞地说出了几个字："我干不好。"

"学中干，干中学嘛。"丁书记说。雷队长麻子红彤彤的，像喝了酒一样，说："春雁，丫头呀，当了干部，更要大方，要把青年人团结起来，组织他们赛诗，搞文艺节目，推动村里的学大寨运动，领导相信你能抓好！"

春雁还是谦虚地说："我实在干不好。"雷队长说："还有我们哩，有丁书记。还有大队民兵连长九高，都协助你嘛。刘胡兰牺牲的时候才十五岁，还不是妇救会主任！"

当上团支书的春雁，才从学校回来一个星期。

古建设想的是，他哪天在野猫湖边的水田里插秧或者割谷时，他的同学从远远的田埂上跑来，举着大学录取通知书，最好是他在中学心仪的女同学，喊着他的名字，来告诉他，他被大学录取了，然后他就洗脚上岸，与这个工作队和乡村告别了。这种幼稚的幻想是他的希望，在当时，他真的以为这会实现的。

古建设就驻三队，就是春雁家的那个生产队。全队为了搞原田化，将所有村民搬到了干渠两边。干渠上有木桥相连。

古建设本来是在水利局搞堤防的白蚁防治，每天挖白蚁窝，但水利局见他能写会画，就抽调他在局里搞宣传搞专案，又碰上县里抽人下乡驻队，就派他下乡了。问题是，古建设还是个知青，农村户口，没有正式招工，是个“背米袋子”的临时工，叫亦工亦农。

雷队长让古建设配合春雁把大队的宣传队搞起来，参加全公社会演，争取拿个名次，为大队争光。

民兵连长九高是春雁初中的同学，初中没毕业就回家参加生产了，党员，家境又好，被母亲带着到春雁家去过两次，当然是节日，也拿了礼品。春雁父母好像认了这个未来的女婿。大家都说春雁要嫁，必是九高无疑。

民兵连长九高，很瘦，形象举止就像个女孩，没有民兵连长的气派。宣传队排练在大队队屋，九高四处借夜壶，灌了柴油当灯。九高文化不高，也没有唱歌跳舞的兴趣，就是搞后勤，看身材很好的春雁教大队的女孩子们节目，一招一式地教。春雁身段真的好，长相也好。九高每晚排练都来，其实就是来看准未婚妻春雁的。但春雁好像有点懵懵懂懂，好像没有这方面的心思，既不对九高热情，也不对九高冷淡，就像一个工作的同事一样。一个团支书，一个民兵连长，都是前途无量的，至少在大队里，都是当作接班人培养的，堪称金童玉女。果然，不到两个月，雷队长就强迫春雁递交了入党申请书。

古建设与春雁当导演，春雁也作为领舞上场。男孩子们演的是《四个老头逛新城》，表现丰收之后的喜悦；女孩子们演的是《公社好风光》。都是小歌舞，古建设创作的。

有个胖姑娘腊梅怯场，她也是春雁的发小，但只读了个小学，因为她总是与大家不协调，古建设和九高就在一旁用巴掌打拍子，打着打着腊梅就溜出来了，捧着脸连连说：“好丑，好丑啊！”

怎么劝也不肯再进场，又没有女孩子愿意来演，一个晚上加五分工，才两毛多钱，基本是义务。但春雁唬得住腊梅，九高动用了两个民兵，采用强制手段将腊梅架回屋里，由春雁示范，一遍又一遍。古建设对春雁的迷恋就是示范时产生的。这女孩真的有一身的文艺细胞，跳得好。跳热了，脱了外衣，身段就显出来了，有发育完整的胸，臀部，脚也不大不小，虽是布鞋，穿着也那么好看。脸上有红是白，额上有汗，手一甩，头发一扬，光洁的额头就像玉石一样，额上和鬓旁的细茸短发，再用发夹夹着，脸就显得像是个娃娃，像是他的小妹妹，就有想去亲一口的欲望。古建设心思开了小差，拿着节目稿子呆傻在一边，心想她根本不是乡下的女孩，比他小镇上的所有同学都漂亮。

在排练的那些日子，古建设也经常借故到春雁家去，修改节目是最好的借口。春雁呢，也会到古建设住的家里来。都在一条河渠边，相隔就十几户人家，两个人挨着头凑在煤油灯下，边哼边修改词儿和音乐。有时候，春雁从家里抓几把炒花生来，两人放下曲谱，就边聊天边吃花生，满屋有余香。古建设谈起学校的趣事，都是乡镇中学，都是在学校搭伙睡上下铺，都是一样的课本。只不过小古出生在小镇上，父亲是有单位的，在税务所收税，母亲是个家庭妇女，比春雁家兄弟姐妹还多，只不过春雁是老大，古建设是老幺。春雁问他找没找女朋友，古建设连连摇头说没有没有，他在高中时在全班最小。他们那个班是四届合在一起的，“文化大革命”后的首届高中班，有的同学大他五六岁。

“书没得读，工没得招，在乡下不谈那些。”古建设说。

“可你们有希望，我们乡下人就回乡务农了，就是一辈子农民，上帝好不公平啊，唉！”

古建设说：“喂，是你叹气还是我叹气？你明摆着是要推荐读大学的，大队和工作队这么培养你，我们才是没有希望。”

“可你们至少能招工走啊！就算都不行，你在县水利局还可以转正，你这么有才。”春雁说。

“你不懂，”古建设说，“现在要有后台。不过，只要周总理的指示能执行，我想还是有读书的希望的，我只想读书。”

古建设把想问的说出口了：“听说你跟九高在谈？是你……还是你父母他们的意思？……”

“父母他们这样想的，我从来没答应，我还小啊！”春雁说。

其实古建设看出了春雁眼里的复杂心思，虽然外人看他们两家蛮般配，两个人都是大队重点培养对象，可春雁并不想在农村待一辈子。

古建设经常到春雁家去，春雁的娘也很喜欢古建设，看着春雁与古建设在一起，她就让春雁的两个妹妹出来带上房门，让他们去说话。

春雁娘见古建设来，总是留他吃饭，不是腊肉就是鸡。杀了鸡、端上桌来，连连往古建设碗里夹，问长问短。还要古建设换洗的衣裳、被子，都拿来她洗。春雁娘说："小古，跟你爸爸说，给我们春雁在你们镇上找个临时工，行不行啊？"又说，"春雁是我最心疼的闺女，以后要转个城镇户口就好了，在这野猫湖没啥出息，水田乡，农活太累，一年四季栽秧割谷，春雁受不了，这几个月都累得起不了床。"

小古说："只怕丁书记不放她走。"春雁娘说："团支书顶个屁用啊，看穿了不值半文钱，不如到小学代个课，农活我丫头受不了，唉……"

全公社的会演，竟然拿了个第二名，公社有二十个大队参赛。节目还拿了一个一等奖，两个二等奖，还有一个创作奖，一个个人表演奖。个人表演奖是春雁，她演的是表演唱《野猫湖上闹春耕》，创作奖是奖给古建设的。大队领导和工作队非常高兴，这在仓道大队是破天荒的，头一次，在大队渔场请了所有参加演出的人吃鱼，搞表彰大会，一大锅鳜鱼煮萝卜，还喝了酒。古建设和九高都喝得一塌糊涂。

演出完了，宣传队就散了。可古建设的心突然很空落，跟农民一起在水田里干活时，他总是盼望有一个高中女同学扬着大学录取通知书来他这里，每天望穿秋水。

古建设想复习下课本，比如背诵英语单词，没有心思，拿上书，春雁的影子就出现了，他忍不住还是往春雁家跑。他住的那家人家，房东是个老实人，篾匠，编筲箕编鱼篓，房东的老婆有手抖病，弄饭吃常把开水烫到自己，每天在厨房忙，不忙也在厨房坐，有个儿子在外地教书。古建设跟篾匠没有话说，生活寂寞无聊，无家可回，没电影可看，晚上守着油灯抽闷烟。他去了春雁家，跟春雁说说话，就是最好的享受和消磨时间的办法。

春雁的爹在队里太忙，经常不在家，春雁的娘巴不得古建设与春雁在一起。古建设是县委工作队队员，水利局干部，比女儿大一岁，白白净净，说话脸红的那种，春雁娘很放心。房门开着，也不会干出格的事。

有一天，春雁问古建设穿多大的鞋？小古很敏感，心想该不是给我做鞋吧？送鞋就是有了那个心事。他还是说了。可那几天，古建设看到歇晌时，春雁跟腊梅几个女孩子一起绣着鞋垫儿。腊梅是老师，她手巧，挑花绣朵很在行。可腊梅看到春雁绣的鞋垫很大，就问："给哪个绣的？你爹？九高？"

春雁笑嘻嘻地说："我自己呀。"

腊梅说："鬼扯，你哪来的这大一双脚！九高的也没这大……是给小古绣的？"

春雁说不是不是，脸先红了。腊梅心里很高兴，她想追九高，你春雁外嫁，九高就是我的了，胖女孩总是这么想的。他们还是亲戚，想两家亲上加亲，口里就说："春雁，你命好呀。"

春雁要她莫嚼舌根，就是跟她学绣花，好玩的。

将鞋垫给古建设的那天，是 1 月 11 日。古建设和一些社员在生产队禾场上打营养土，就见几个外地的学生到这里，他们的袖子上戴着黑纱。出什么事了？谁死了？他们跟古建设说，周总理去世了，你们不知道？

可他们到这乡下来干什么呢？他们问古建设，现在北京天安门贴了很多诗，问这生产队有没有写悼念周总理的诗？他们拿出去刻印散发。他们一脸严肃，感到天下出大事了一样。古建设也没有收音机，竟然不知道周总理离世几天了。他当时的感觉就是：他读书的事儿黄了。

等他们走了，春雁就把他叫到牛棚那边，塞给了他一双绣的鞋垫，绣得大红大绿，有花朵，有鸟。他揣上这双鞋垫，心中有暖流，也有寒流，但失落的预感十分强烈。

这双鞋垫让古建设纠结了好几天，他考虑着以后的前途，顶多就是招工了，他要尽快招工。百分之三直接上大学的梦算是破灭了，没有可能。总理一死，万事难料。

可是春雁送鞋垫的事让腊梅说了出去。这话传到了九高耳里，有一天，九高要划船到公社买谷种，让春雁陪他去，春雁不答应。春雁明明也是要到公社领学习资料的，春雁不仅不去，还没好声相。九高就直截了当地说："古建设约你去，你去不去？"春雁说："你提他干啥？"九高说："你与古建设的事以为别人不知道，这事我管不了，但工作队没几天就走的，是不是玩弄你啊？你当心点儿。"

春雁气得脸发白了，大声说："你好无聊，九高！"春雁看着瘦弱的九高上船，匆匆地跑了。在剅闸那儿见到古建设，对他说："晚上我找你有点事儿，在队屋禾场那里。"

古建设见春雁气鼓鼓地走了，也没弄明白出了什么事。到了晚上，古建设故意绕了几条道，才来到空无一人的禾场，小声咳嗽着，这时有电筒光亮了，春雁从草垛后头走出来 ，摁熄了电筒。古建设在黑暗中说："你也不怕啊，这么黑。"

春雁说："怕鬼吧？我不怕鬼。明天我去公社领学习资料，你能跟我一起去吗？我还要去我同学那儿，她写信来了。"古建设说："明天下午工作队要开会，恐怕不能……你约我出来就这事吗？"春雁拔腿要走，说："算了，算了。"竟然哭了起来。

古建设暗想，这女孩性格有点硬，任性，父母惯肆了她。只好说："去吧去吧。"他有些期待，晚上出来时还刷了牙，可能有鼓起勇气吻她的好事，但春雁已经走了，留下他一个人在黑暗的禾场上站着，与黑魆魆的草垛站在一起。乡村真的好荒凉，特别到了晚上。野猫湖的湖水在远远的地方扑打，发出瘆人的浪涛声。

"我去！好吧！"他大喊。

回去他跟房东说，明天工作队要找他，就说上公社理发买书去了。第二天早晨起了个大早，在春雁门口等到她出门。到公社办完事，理了发，春雁就把古建设带到她同学家。同学在街道的一个小藤编厂做事，叫马小兰，见到马小兰，春雁就介绍说这是我们大队县委工作队的小古，县水利局的。等于是将古建设给她同学看的。马小兰心里明白，就在家里给他们做饭吃。

古建设想的是工作队要开会，在镇上吃了饭，回去起码是收晚工的时间。古建设拦住做饭的马小兰说，饭就不吃了，我们回去吧。但马小兰不干，春雁也没有走的意思，只好眼巴巴地等着吃饭。做了不少菜，还买了酒。古建设不喝酒，只想把一碗饭送进肚里赶快回去。吃饭时，春雁故意不停地给古建设夹菜，都是做给马小兰看的，意思很明白，古建设是春雁男朋友。古建设只得装着憨傻傻的不知道，公事公办的样子，不是来玩的，就是在镇上理发的，两个人同行而已。

看到马小兰的宽脸和短身材，春雁的美也就衬托出来了。马小兰很聪明，在古建设面前不停地夸春雁在学校是校花，演铁梅和常宝的，标致可爱，老师喜欢，同学追求。这样一顿饭吃到两三点，再回去，夕阳西下，百鸟归林。

古建设一想到麻脸雷队长平时那张冷漠阴暗的脸就有点后怕，心里发虚。可春雁的目的达到了，显得很开心，在湖堤上见没人，就挽着古建设的胳臂，过一个树林的时候，春雁说走累了，要坐坐，古建设只好坐下来。四野无人，薄烟浮升，古建设见春雁真的很疲倦，就揽着春雁的腰，春雁就倒在古建设怀里了。古建设嗅着春雁的头发，春雁的头发有一些是白的，他早发现了。春雁说：“我的头发怎么白得这么快啊？”古建设说：“你这是少年白，在学校读书时营养没跟上。”春雁说：“没跟上我咋长这么高？比镇上的马小兰她们不会矮嘛，也不瘦啊！”

果真不瘦，古建设的手就移到了春雁胸前，但他不敢动，手在发抖，说：“白头发等我回单位去给你开药治，反正是公费医疗。”

春雁枕着他的腿仰着头看他，古建设就俯下头亲了她的脸和嘴。两张嘴贴一起就分不开了，也不管什么工作队开会的事儿。亲了好一会儿，听到田埂的牛叫才分开，天已经黑了。

回到房东家里，房东果然说，工作队来找过他，要他到大队开会去，没找着他的人，说明天继续开，房东说我告诉他们你到公社剃头去了。

少不了一顿批评是肯定的，但在人生里，古建设走出了第一步，接触到了女性的身体，亲吻了女性。这滋味在口腔里飞扬回旋，要好好品尝回味。手上还有那种抚摸女性胸脯的奇异感觉，虽然是隔着衣裳。他心想，要是往里面摸，她也不会反对。可人生第一次，这样的胆子就不错了，这真是开天辟地，这太幸福了。老抱怨领导将他安排到这血吸虫湖区来驻队，等于流放，可哪知发生了这样幸福的事，春雁真是上天派来安慰我的尤物啊！一整夜古建设都在甜水里荡漾，手没洗，口没漱，睡在床上精神亢奋。水中鸭子游，天上喜鹊飞，湖里白帆飘，全是美景泡着。

第二天古建设去了大队。到了开会的地点，工作队员都在，都不同古建设说话，用异样的眼神看他。雷队长放下笔和笔记本，问他："古建设，昨天上哪儿去了？"古建设说："公社理发去了，还买了些书。"他是做了准备的，把从县里带来的书拿上了一本，让雷队长看，是一本列宁的《哲学笔记》，人民出版社出版的，全新的，是他在水利局图书室借的。

雷队长瞄了瞄书，没有兴趣，又看了看古建设理得清清爽爽的头，绷着坑坑洼洼的麻脸说："也不至于要一天吧？"古建设无法回答。雷队长接着说："我们工作队下来，主要的任务是组织贫下中农学大寨。小古呀，我们也有过年轻的时候，不能没了组织纪律咧！也不能把县城的资产阶级小资产阶级思想和作风带到农村来，影响农村正在上进的女青年，让她们沾染不良的习气，如果出了什么问题，你不好交代，我老雷也不好向县委交代……"

古建设无地自容地坐在那儿。可雷队长又说："小古，你下来时交了入党申请书吧？"古建设说："是交了。"雷队长说："那就更要严格地要求自己。放下政治学习不参加，不请假，无组织无纪律，遵照毛主席开展批评与自我批评的指示，本着惩前毖后、治病救人的态度，现在大家发言，对古建设同志进行批评教育和帮助。"

雷队长一说，竟然平时关系很好的队员们，一个个争先恐后地发言，指责批评古建设，什么难听的话都有，让古建设像个犯人一样恭恭敬敬地做着笔记，等于是开了一个批斗会。古建设心里乱糟糟的，心想入党的事儿算完了，原想下来吃一年苦解决个组织问题，招工招生和转正有点资本，看起来也泡了汤。

接受了大家的批评帮助，好几天古建设心情郁闷，快快不乐，想法躲着春雁。有一天，他托人到公社卫生院，还是开了几盒乌发的女贞子糖浆，悄悄送给了春雁。

有一天傍晚，春雁突然找到古建设，把他拉到屋后的菜园边，神色惊慌痛苦，古建设问她有什么事，她哭起来，说：“你们雷队长是个流氓。他打我的主意。”古建设问是什么情况，春雁说：“雷麻子让我去谈事，我以为是工作上的事。他在大队的工作队办公室里，问了几句工作上的话，就掏出我的入党申请书说和丁书记商量，希望尽快让我入党，以后搞大队党支部副书记。说着说着就把我抱住要亲我摸我，我就拼命挣扎不让，他后来住手了，说是好玩的，要我不当真，不要说出去。那个烂雷麻子去死！去死！我才不想当什么副书记！哇……”

春雁哭得凶，古建设就抱住她安慰她，问她跟父母讲了没有。她说没有，还没有回家。古建设抱着她也没主意，她得罪了那个雷队长可有她好的，雷麻子听说是造反起来的，过去是个一般工人，因为麻子，单身到四十岁。后来造反，把老县长的腿都打断过，整了农林水系统许多人，把手下的一个造反派的老婆抢夺过来，把她原来的丈夫送去劳改了，罪名是反革命。

古建设说：“你怎么办？”春雁说，她不想搞团支书了。古建设怕她跟她父母亲说了，她父亲会把事闹大，事情就复杂了。古建设跟她说，暂时不要告诉你家里人，他遇到了你的反抗拒绝，他不会再敢的。但你入党的事就会搁下。推荐上大学，如果他还在这儿，你有点险。尽量跟丁书记把关系搞好。她说：“丁书记不是完全听雷麻子的吗？是雷麻子扶他起来的，对雷麻子言听计从，就是个跟屁虫。”

他们在那儿商议，找不出一点儿办法。古建设只是说，驻队的队长一年一换，他滚蛋了就好了。

古建设想，原来雷麻子盯着我，是他在打春雁的主意，这麻子太恶心，太坏，老浑蛋，渣滓。

哪知，更坏的在后头。过了一段时间，春雁当财经队长的父亲，被大队和工作队查了，说有贪污行为。要查总有问题，总能查出一点儿问题。春雁父亲当了十多年财经队长，查的是他有一笔队里卖的菜籽没上账，有二十多块钱。还在原田化划新宅基地时，给自己的自留地多划了两分地。因此，春雁父亲的财经队长撤了，还受到了留党察看的处分。就算你认为是打击报复，说他曾对春雁有流氓行为，但他先出了手，你再说他你就是诬陷栽赃，你再怎么也是哑巴吃黄连，你一个农民斗不过一个县城的官员。

有一个受到党内处分的父亲，也就终结了春雁的前途。虽然春雁的团支书没有撸，搁在那儿，什么读书、入党、提干，基本就黄了，团支部的活动有时让副书记干，把春雁给晾在一边了。

古建设总觉得，春雁家庭的变故，是与他有关的，但他说不出口。他也没做什么，仅仅是两个同龄人的正常交往，就算是睡了觉，与他雷麻子有什么关系呢？那一把年纪了，还麻子脸，什么东西啊！

好在，恶人自有报应。雷队长突然不见了，听说是回县城办学习班去了，他跟八队的妇女队长大白天睡觉，被妇女队长的丈夫逮了个正着，揍了一顿，开除党籍是一定的。这是让古建设和春雁高兴的事儿。

九月，工作队正在公社集中学习，刚去报到，就听到广播里传来了沉重的哀乐，说是毛主席逝世了，这真是晴天霹雳。每个工作队不再学习，而是戴白花，佩黑纱，开会悼念毛主席。大家哭得死去活来，讲述各自家里旧社会是如何苦，毛主席是如何让我们过上了幸福的生活。古建设见大家哭，也就哭着发言。本来家里成分是贫农，也就说起大人讲过的，旧社会家里吃不饱。一个工作队员诉苦时，把过年时地主吃糍粑鸡蛋，说成地主吃糍蛋鸡粑，也没有人敢笑。开了两天会，全是哭哭哭哭。回到生产队没几天，晚上传来了消息，中央一举粉碎了“四人帮”，全大队连夜游行庆祝，举着火把，在田埂上走，许多人掉进了水田。

过了两天，接到通知，工作队撤离，各自回原单位。

工作队突然要撤了，古建设心里说不清是高兴还是失落，离开这里，规划自己的未来，也许是个不错的选择，当工作队员太辛苦了，天天一身泥，一身汗，都是白忙活的。这个野猫湖并非他下放和工作的地方，世道大变，生活也许会有翻天覆地的改变。

收拾东西时，春雁来说她娘要请他吃个饭。一去，她娘杀了一只鸡，专为古建设送行。春雁的两个妹妹不让上桌，春雁父亲也没在家，就古建设与春雁母女吃。春雁娘也没自已吃，全让古建设吃。春雁娘一个劲儿地往古建设碗里夹鸡，说："小古呀，你还为春雁的白头发买了这么多药，我们春雁好感谢你。你这娃子待人太好了，这一走，不知几时再到仓道来，山高路远的。"

古建设说："也没那么难吧，有车，车一搭，就来了。再说，我骑自行车也就三四个小时，很快的。"

春雁娘叹着气，看看坐在古建设身旁闷声不响的春雁，又说："小古，拜托你了呀，我们春雁，托你爸给她找个临时工作，我们都很感谢了。如果你有同事，给我们春雁说个婆家，让她离开野猫湖，那就太好了，在这里，有人害她爹，让她抬不起头来……"

春雁不让她娘说，说您啰唆个什么呀，还让不让人吃饭？我有什么抬不起头来的？野猫湖的人就不是人？

古建设就笑，就说："伯妈你不要担心，现在时局有变，我的同学给我来信说，国家要有大变化的，肯定是往好的方面变，我们都是有希望的，读了这么多书不会白读，国家肯定会用我们，有我们的用武之地。春雁又漂亮又聪明，一定会有出息的，这事不要您吩咐，我在心里。"

"要常走动啊！"春雁娘说。

就像攀了个亲戚，古建设感到春雁娘的好，就是丈母娘对女婿的样子，吃着吃着，古建设都想哭，但他忍住了，没让泪掉下来。

吃完了饭，春雁娘要春雁送送古建设，走到禾场，天色已暗，两人坐在干枯的谷草里。古建设握着她的手说："回去后我会写信给你的，也会找时间来看你。我希望你不要消沉，书要捡起来，特别是数理化，包括英语，都不能丢，如果有恢复高考的一天咧？"

春雁说："我父亲处分了，我这辈子注定了没有出头之日。"古建设说："几十块钱，那算什么事啊！我没有给你说的，我爸也有个历史污点背在身上，我也是怕影响我入党、招工招生。他在旧社会读中学时集体参加了三青团，全班同学登记，将他登上了，就这么参加的，所以，我也靠不了家里，我们都要互相鼓励，努力奋斗吧……”

不知怎么的，春雁在古建设怀里又哭起来，哭得很伤心，古建设的心里也不是滋味。这村子的夜晚很荒寂，像是这地方没有人一样。古建设就把手放进春雁里面抚拍她的背，两人抱着亲时，古建设就吃了她的奶。后来，他看到一个小说说，吃了女人的奶，走遍天下忘不了她，就觉得这真是锥心的肺腑之言。而且是第一次与女人的乳房接触，那种手上的感觉和嘴里的触觉说不清楚，却一辈子无法释怀。

拖拉机把工作队全部拉走了。送行的人很多，春雁没来。古建设交代要春雁不要来，古建设说分别场面心里受不住，其实古建设是为自己的前途着想。

春雁站在远远的树丛中，看拖拉机开动。古建设走了，坐在行李上，他也想最后看到春雁，但没有看到，他的心里突然一阵儿如释重负。

回去他果真给春雁写了一封信。春雁接到古建设的信，拿到房里着看。称呼是“雁”。但内容很简单克制，语言有点干瘪瘪的，说是他去了下放的队里一趟，都说知青要全部返城。他招工是有望了，只是单位好坏问题。但水利局如果转正，肯定比招工好，他现在在局里搞宣传工作，如果招工的话，按他这样的情况，没有任何后台，就是个集体单位，不可能进国营单位，进政府机关。在水利局搞了十年亦工亦农的也有的没有转正，还是个“背米袋子”的临时工，他想靠转正成为政府机关人，也不现实。他用了一个词：瞻念前途，不寒而栗。

春雁回信说，你前途远大，虽然都是知青，你们叫下乡知青，我们叫回乡知青，但下乡知青却可以招工，回乡知青就永远是农民，你们在天上，我们在地下，这世上太不公平，为什么要把人分成几等呢？身在农村就像是五类分子，永远地判了苦刑，世世代代就搓泥巴了。

古建设再回信安慰她，并邀请她到县城玩。春雁就告诉她娘和父亲，娘说可以去看看，但得找个人陪着。于是，春雁就约了马小兰，问她去不去县城玩一趟？马小兰没去过县城，就答应了。于是，两个没去过县城的乡下姑娘就坐车去了县城。

这是四月春暖花开的时候，出现在古建设面前的春雁，还有个同学马小兰。春雁挽着个竹篮子，篮子里是几十个鸡蛋和一只活鸡。

活鸡咋办咧？住在集体宿舍里，两人住的，碗才一个，吃食堂。好在旁边有一对结婚的同事，有灶有刀，杀鸡剁鸡，再炒、炖，炖了一大锅，还煮了些鸡蛋。三个人在院子里吃了一顿鸡肉。吃是吃了，古建设有点抱怨春雁不该拿鸡来，好麻烦。乡下来的女孩在县城总是让人感觉不适应。在野猫湖乡下，他咋觉得春雁那么漂亮，漂亮得像天仙呢？而现在一看，春雁就是个乡下女孩。我未必就找个乡下人结婚？这不可。

晚上给古建设洗衣服，去到单位大院后头花圃旁的自来水管前，见没有人，古建设放下水桶就抱着春雁亲。春雁说："你好像有什么心事一样的？我不该来？"

古建设说："没说你不该来，你把马小兰带来干啥，人家不上班？"春雁说："我怕找不到路，多个人安全些，我又没来过县城，觉得县城是外国哩。"古建设说："怕我吃了你？"春雁说："不是的，真不是的。"

当时古建设对春雁有些冷淡，甚至不好向单位的人介绍，只说是他驻队地方的团支书，她们出差来的。再者，中间横了个马小兰，让他跟春雁讲话也不方便。玩了一天，看了一个电影，第三天他就给她们买了车票让她们回去了。没有挽留，说要上堤去采访一个白蚁防治工，不能陪她们，这样等于就是下逐客令了。

两个女孩在车上很闷，春雁什么也不想说，心里怅怅的。在公社下了车，走回仓道村，暮鸦乱叫，春雁手里挽着个空篮子，想起古建设的不冷不热，走着走着，突然哭出声来。

走到村口，擦干了泪，闲来无事地踏进家门。春雁娘正在喂鸡，见春雁回来了，忙给她拂肩上的尘，两个妹妹以为姐姐带回了什么酥食点心，瞧瞧姐姐放下的空篮子，好失望。她娘问："小古怎么样？还好吧？"春雁说："还好。"她娘又问："你跟小古谈了什么？他没带你去他家吗？"春雁不耐烦地说："他家在好远的小镇，我是去县城。带着个马小兰能去哪儿？您的主意呀！”

话中有话，春雁娘听出了女儿的心情不畅，带了个女友一同去，是有点不方便，怪只怪自己出的馊主意，怕女儿没见过世面路上受骗。

工作队一走，开会就没了，民兵也不再搞什么集训，团支部也不再组织排练节目，演唱赛诗。春雁不过挂了个团支书，照样早晨出工，晚上收工，点灯吃饭，洗脚上床。

到了深秋，红薯挖了，留一部分进窖，储着自己吃，其余的就卖掉。腊梅就邀春雁结伴，一人挑了一扁篮红薯去公社镇上卖。春雁不好意思，怕镇上的同学看见，躲在人背后，让腊梅一个人掌秤。中午卖完了，两人说去照张相吧，就挑着空扁篮上照相馆。两人照了张合影，又各自照了张单的。

过了几天，照片请人带回来了。在村头，一群女孩都抢着看她们的照片。有的说，腊梅好富态，就是脸板着，笑就好了。有的说，春雁好洋气。腊梅说："还敢笑，灯一打，眼睛都睁不开，心跳得紧呢，像打鼓，还敢笑！还是春雁会照，照得就像电影演员。"并悄悄问她："准备送给哪个呀？小古还是九高？"

春雁不高兴了，说："哪个小古，哪个九高？"腊梅说："你上次不是到县城去了一趟吗，是小古请你去的，队里都晓得。"春雁说："我是到县里看白头发去的，跟我同学马小兰一起去的好不好。"腊梅说："那就是送九高啰。"春雁低声对腊梅说："腊梅，你喜欢九高，我知道。反正我五年之内不会嫁。我只告诉你一个人，请为我保密，我有个同学在部队上当兵，你明白了吧，你放心了吧。"腊梅指着她的鼻子说："春雁，军婚啊，你沉得住气，以后随军呀。春雁你嘴好紧，好了好了，我不会跟人说的。"

晚上，春雁在房里拿着自己的照片端详，这个照片上的人真的有几分电影演员的派。眼睛大，嘴巴小，鼻子正，瓜子脸，胸脯不大不小。嘴被古建设吻过，胸被他摸过吃过。古建设还喜欢咬她的舌头，她也咬他……想到这些，春雁就觉得浑身发热，顾不了那些，摊开信纸，给古建设写了一封长信，把她的思念，一股脑儿地泻在信上，她说她爱他，爱得神思恍惚，吃不下饭，想起过去在一起的日子，总是甜蜜、思念和伤心掺杂在一起，忍不住流泪。这封信一直写到鸡叫三遍。她夹了一张照片，赶快找饭粒把信封上。第二天一早，不管三七二十一，就跑到大队部的邮筒那儿，毅然地投了进去，管他冷热、嫌弃还是回心转意，总得把话说出来，这样不死不活得太折磨人了。

她投出了信，心情反倒轻松了。可是等啊等啊，等到树叶落尽了，等到下雪冻凌，还没有收到回信。一想，后悔了，心太急，人家怎么回答？一个女孩子，怎么先表白呢，让人家看不起，认为轻浮，语文成绩又一般，在能写会画的古建设面前，肯定班门弄斧用词不当让他笑话了，轻贱了。何况你是个乡下姑娘，回乡知青，就是个农民，父亲还处分了，在他的眼里我该有多贱啊？活该活该！柳春雁，你这是自作孽，不可活，恨不得投河死了算了。

转眼到了春节，打糍粑的那天晚上，正在生病的春雁爹说："打糍粑的劳力活我一个人干不了，能不能把九高叫来帮个忙？"在灶膛前填火的春雁听到了，黄蜂蜇了一样跳起来说："不要不要，我不能帮您打吗？"

打糍粑就是在碓窝里用木棍杵蒸熟了糯米，要很大的劲儿，都是男人干的活儿。家里三个女儿，不是干这个的料儿，杵不烂，糍粑就不好吃。春雁坚称不要九高来，父亲母亲也没办法。母亲对她说："春雁，不要九高来，你究竟是咋想的？小古答应没有，有没个准信让父母踏实？"春雁吼："我的事不要你们管！"

春雁与父亲拼了命地杵碓窝，糍粑还是杵好了，没有男人一样办得成事。只是，干完后，双臂酸痛了好久，一夜不能睡。

可打完糍粑的晚上，娘还在嘀咕说，九高人不错，以后是大队书记的料儿，人又老实，咱们出生在农村，就认这个命，认了命，是福气。但春雁爹说："春雁还是个孩子，不急不急，是她的事，她长大了，她自己做主。没有命不命的，乡下人又不少吃少穿，别羡慕别人。"

可春雁娘说："我们春雁长得这么标致，就是托生托错了，你到公社街上走一圈，有几个长得跟我们春雁这样灵醒的丫头？凭什么当营业员读书教书的事就轮不到她？……"

到了正月初二，春雁还在睡懒觉，就听见有来客的声音，往堂屋里一看，竟然是九高和他娘来家里拜年了。春雁娘很热情，赶快喊春雁要她起来，还要春雁的两个妹妹叫“九高哥”。桌上摆了酥食点心，泡了茶。

春雁磨磨蹭蹭地起床，看到九高已经在院子里帮春雁家劈柴了。春雁与九高娘打了招呼，就到厨房帮厨。一会儿饭熟了，春雁爹叫九高吃饭，春雁娘见九高脸上劈出了汗水，就对春雁说：“还不快给九高打盆水洗脸！”春雁打了一盆水放到台阶上就走开了。两家人吃饭喝酒，九高也不会喝酒，喝了几口脸就红得像猴屁股，连连说不斟了不斟了，可春雁故意要用大杯给九高斟。春雁爹说：“当民兵连长不喝酒，打起仗来了哪能冲锋陷阵？”好歹被逼不过喝了几杯。春雁娘看九高站立不稳要摔倒的样子就说算了算了，不能喝就不喝，对春雁说：“放下酒，九高不能喝了。”又对九高娘说：我们春雁不懂事，翻过年来就十九进二十啦。”九高娘说：“属鸡的？”春雁娘说：“对呀对呀。九高属什么的？”九高说：“属猴的。”九高娘说：“都不小啦，旧社会像他们这么大，儿女都成行了。”春雁娘说：“说得在理呀，嫂子，六队顺德家，他娘大他十三岁，十三岁就生了顺德，十二岁怀的。”九高醉眼蒙眬地说：“您们莫说旧社会了，现在是共产党领导的新社会。”九高娘说：“国民党共产党，都是人，都要成家，生儿育女，共产党就不要后代啦？”春雁娘说：“早栽秧，早收谷，早养儿子早享福，走遍天下都是这个理。”九高娘说：“是呀是呀。”两个娘演双簧一样的，见春雁放下筷子下桌了往外走，九高娘说：“春雁不吃啦？”春雁说：“您们慢吃，我吃饱了。”

桌上的话就冷了。春雁娘忙赔礼说：“我们家春雁从小娇惯坏了，嫂子，您别往心里去呀！”九高娘说：“没事没事，春雁我看着她长大的，前几年还只这么高，一蹿就像苞谷蹿这么高了。女娃儿是娇气些，我喜欢，我就是喜欢这样的。”又对手足无措的九高说：“九高不能喝了，快去陪陪春雁，跟她说说话，这娃子，呆木头一块，还愣着干什么，快去呀！”

九高这才起身出去。春雁娘摇着头，说：“娃儿们大了，跟他们操不完的心。”九高娘说：“做大人的为儿女，还前世的债啊！”春雁爹说：“你们也别讲太多了，年轻人不想听的。”

春雁往干渠沿上走的，风还很冷，田野肃黄。她性子一来，什么都不顾。

她的这个变化也没多久，过去其实是很顺从父母的，不会当面让人难堪，但现在她突然变了，变得连自己也认不出自己。她跑出来，只有一个强烈的想法：一个大男人，一个民兵连长，过年还让他娘带着，真好意思！这样的男人她绝对瞧不起。

九高满身酒气歪歪斜斜地从后面跑来喊她，她也没停下来，还越走越快。专走小田埂，看九高摔下田去。果然，九高摔倒了。再爬起来，再喊，再追。春雁觉着做过头了，就站在原地看后头的九高说：“你不是在喝酒吗？”九高喘着气说：“喝、喝不下了，过了量。你跑出来干什么？我又没说什么，全是他们嚼舌根，大人们的话，旧脑筋，你也生气？”

春雁盯着九高的红脸看，有些可怜，说：“我没有生气呀。九高，你现在清不清醒？”九高说：“清醒。”春雁说：“那我有话就要说了，九高，我知道你的心事，但我直言一句，我不可能跟你谈朋友。”

九高一把死死抓住春雁的手，说：“怎么不可能？未必我会喜欢别人吗？”春雁抽出手说：“但我会喜欢别人，我有个同学在部队当兵……”九高马上打断说：“你别哄我了，腊梅都告诉我了。我调查过，根本没这回事，你是诓腊梅的。你只有一个同学在内蒙古当兵，是榨油湾的，人家在村里早定了亲。”

春雁见戳穿了，就说：“腊梅比我强，她那么喜欢你，皮肤又好，白白胖胖，哪个男人不喜欢这类型的？你们还是亲戚，以后亲上加亲……”

九高说：“不不，腊梅是送照片给我了，我退给她了，不可能，就是不可能，你心里清楚我只喜欢哪个。”春雁说：“我真的有男朋友。”九高说：“古建设？他是在这里骗吃骗喝的，一走就没影了。我也去调查了的，他早就谈了女朋友，是他们水利局一个科长的姑娘。你就死了这个心吧，你好单纯，我早就想告诉你，你快快丢掉幻想。我说了一句假话，天打五雷轰！”

春雁傻了，春雁的耳朵嗡嗡直响，头发涨，她扯下脖子上的红纱巾，揪成一团，拔腿就跑。

春开地暖，桃红柳绿。在春耕犁耙水响的辛苦季节到来之前，人比较闲散，沤肥施肥，清理沟垄。大队丁书记为了活跃群众文化生活，接了个乡剧团到仓道来演出，让团支书春雁接待。

这时节，“四人帮”倒台，《洪湖赤卫队》《梁山伯与祝英台》都可以演了，乡剧团也活跃起来。乡剧团的衣箱简单，布景和道具也十分陈旧。春雁领人搭戏台，选剧目。乡剧团是唱楚剧的，选了《汾河湾》《双下山》和《秦雪梅吊孝》。在用芦席隔出来的化妆室里，春雁看着那些演员涂脂抹粉，穿古戏服装，觉得新鲜有趣。这时，乡剧团的孙团长就拿起一套花旦的戏服要春雁穿上试试。孙团长是个干巴巴的中年人，头发往后梳，油光水滑，牙齿却是黑的，他让春雁穿一下过过瘾。

春雁果真就穿上了，还学着戏里的样子做了几个动作，手眼身法步，一招一式还真像那么回事，在场的演员都鼓起掌来。孙团长夸奖道：“扮相俊美，好清爽！好清爽！你是不是演过戏啊？”春雁就说她在学校演过样板戏，常宝、铁梅、阿庆嫂都演过。

“怪不得，怪不得！”孙团长说，“你唱一段我们大伙听听，欣赏欣赏。”

春雁就说都忘了，想了想，就清了嗓子，唱了一段阿庆嫂的“斗智”。哇，真是好嗓子，字正腔圆，大家都夸奖唱得好，有专业水平。孙团长说：“这嗓子天生是唱戏曲的，扮相俊美，又打远又响堂，不要扩音设备。”就开玩笑地对她说：“春雁书记，想不想到我们剧团唱？我们剧团就差个当家花旦。”春雁以为他是开玩笑说说的，也就开玩笑说：“好呀好呀。”孙团长就说：“一言为定！拉钩！”伸出手指来要跟春雁拉钩，春雁也假装同意就拉了下钩。

晚上演出完了，孙团长要春雁留下在他们剧团夜宵吃面。吃面时，孙团长又正儿八经地把她拉到一边说：“希望这是真的，不是糊弄我老孙的。”说春雁这么好的先天条件，不当演员是亏了。她如果成为剧团的当家花旦，拿的工资比普通演员多许多，基本工资加上按场次的补贴，他给春雁算了算，可以拿到六七十元。而一般在工厂上班，只能拿到三四十元。春雁想想古建设给她说的，他的工资就是三十七块五，“亦工亦农”的工资。连那个麻子老雷，也才不到五十块。

春雁这下有点心动了，在生产队累死累活，一天挣不到一块钱，至少剧团不吹风不淋雨不晒太阳。可她说：“女孩子长年在外头漂泊，我可能不适应。”孙团长说：“你在家是安稳，可你一年有多少收入？手上还没有活钱，不像我们，一月一结决不拖欠。你们这里又是水田乡，每天一身水一身泥，口朝黄土，背朝青天。你想好了尽快回答我。在外头，剧团还有这么多师姐师妹呢，可以互相照应，我们团还有几个城镇户口的，跟你一样是高中毕业，她们唱得很好啊。”他还告诉了春雁，他们虽然是乡剧团，但归吴溪公社文化站领导，剧团在吴溪镇上，你只要好好演，三年唱红，三年，就能转城镇户口，然后再慢慢转正，就成国家的人了。“我们有几个演员都转了户口的。”他说。

吴溪镇离县城不远，十来里路。想到县城，就想到古建设，心里又无端地热了。她又问了其他人，果然有几个转成了城镇户口，孙团长没说假话。又问了工资，都还不错，的确是月底准时发。如果转户口，成了国家干部，古建设就不存在瞧她不起。说到底，古建设是喜欢她的，唯一的原因嘛，就是嫌她是乡下户口，她心里明白。

乡剧团在这儿演了三天三夜。第四天，乡剧团就走了，仓道大队的团支书春雁，跟他们走了。

这在仓道大队简直是原子弹爆炸，全大队人一下就传开了。他们的团支书竟然跟戏班子跑了，村里最标致的女孩，被一个中年男人孙团长拐骗走了，唱戏去了。

大队的丁书记闻讯后肺都快气炸了，带着报信的九高快跑到春雁家来，春雁娘和春雁爹也在唉声叹气，说劝不住她，她坚决要走，是偷跑的。

“追！”

说是追，大队就一台手扶拖拉机，而乡剧团是大卡车，沿路去追，在手扶拖拉机上，几个人肠子都差点颠断，追到公社，路也岔了，谁都不知道是往哪条道走的。丁书记当场气得吐血，在路上大骂：“姓孙的鳖孙子，老子知道你没安好心。让我们的团支书唱戏？王八戏子吹鼓手，旧社会比青楼女子还低人一等哩！孙子嗳，老子报案了！”

春雁爹也在手扶拖拉机上，对丁书记和九高说：“我和她娘死活不同意，可她说不让她去就要上吊寻死，我们有什么办法？”

到了公社派出所报案，登了个记，只好回家。

九高对丁书记和春雁父亲说："她一定是上当受骗了，她不会这么傻的。我去找她，相信能劝她回来。"丁书记垂头丧气地说："九高，你去找，工分给你记。我们唯一的一个妇女干部，还是工作队培养出来的，不容易。"九高说："工作队没做什么好事，春雁就是工作队那伙人带坏的。"

九高在外头找了几天，一点儿线索都没有，垂头丧气地回来了。

春雁跟着乡剧团到外县演出去了。她先是演配角，丫鬟、听差什么的，再就是刻钢板，推油印机，给演员分发剧本。不过戏班里的戏都是口传亲授，晚上就排戏，跟着师傅学，一招一式，师傅怎样教你怎样做，不得走样。刚开始学的是折子戏，什么《送友》《赵玉珍装疯》《葛麻》，一学就会。后来又学全本的《站花墙》《双下山》《哑女告状》《秦雪梅吊孝》。剧团有个花旦，唱得好，就是扮相有点老，瘦。虽然春雁是新手，但扮相太好了，嗓子也好，在乡村演出，农民没那么多讲究，好看是第一标准。春雁那双眼睛顾盼生辉，身材袅娜，有胸有臀，一双纤纤玉手的兰花指美艳得像观音菩萨。她音域开阔，行腔婉转，特别是楚剧特有的悲迓腔，老味儿十足，很受乡下的那些上了年纪的戏迷喜欢，每唱台下必哭声一片。年轻的粉丝也无数，一些男青年带着洗具跟着剧团转点，为的就是要看春雁。柳春雁的名声比县剧团的演员都响了。

但乡剧团就是个逃荒的队伍，到村镇演出，大家都住通铺，男一间，女一间，一般是住一些仓库里头，学校教室。逢到有戏台的，就住在后台，一个个浑身脏兮兮的，没地方洗澡。吃饭吃包伙食，很差，不是萝卜就是白菜，不是白菜就是萝卜，说是吃肉，榨菜比肉多。

孙团长自从得到春雁后，剧团响了，赚钱多了，但说好的是六十元一个月，到手的才四十多。不过这就够多了。春雁想给家里寄钱回去，但又怕暴露了地址，就存了三十块钱，以后一起回去给娘，自己留十几块钱买生活用品。

孙团长住单间，因为他是团长。有个唱青衣的女孩，二十一二岁，总是跟在孙团长身边，叫兰翠，她唱青衣，也管剧团的财务，经常跟孙团长两人关在房里子摁计算器算账。转点联系，孙团长就带着兰翠去，两人住旅社，吃馆子。孙团长不跟演员在一起吃，孙团长餐餐喝酒，不是肉就是花生米，兰翠也跟着沾光。春雁一来，就发现兰翠跟孙团长的关系非同一般。另外的那个叫桂英的瘦花旦，据说跟孙团长也有特殊关系，据私下听人说她跟孙团长刮过几个孩子，年纪大了，就不得宠了，有时候转点联系工作，孙团长也带桂英去，但极少极少。

孙团长的儿子也在这个戏班里，叫昌泰，唱小生的，有人说孙团长有意想让兰翠做自己的儿媳妇，所以账目让兰翠管着，外人不得插手。

昌泰也是高中毕业，跟春雁一届的。昌泰练功很勤奋，早晨春雁就跟着他吊嗓子。昌泰台上是小生，台下也像个小生，毕业后就到了剧团。春雁问他是不是城镇户口，他说："我不是，我爹是的。他那时候下放，现在回镇了，我的户口跟我妈都在乡下。"

春雁说："你爸讲，三年后就能转，你都没转，我们何时能转？"昌泰说："转是转过三四个人了，都是有一定关系的。我们是自筹资金办的团，公社投资了一点儿，如果剧团搞得好，公社一重视，说不定哪一天就会转的。"春雁说："那要等多久？"昌泰说："你是有前途的，我看得出来，你素质好，扮相俊，到时县楚剧团将你招去，不就一下全都解决了吗？……"

越了解，越茫然。可道路是自己选的，就是一泡屎也得自己咽了，怨不得谁，咬牙坚持就是了。

第三个月发工资的那天，孙团长把春雁叫了出去，塞给她一个红包，对她说："春雁，这是额外的，辛苦了，拿着，莫跟别人讲。"春雁看孙团长弄得神神秘秘的样子，把红包装进兜里，点点头。在僻静处，春雁打开红包，是二十块钱，工资之外的。这个月她存了五十元，她认为能赚到钱，跑出来就是对的。想到爹为了二十块钱受处分，觉得在乡下真是没出息，外面的世界很大，挣钱的机会也多，我再回去干什么啊？

那天在一个小镇演出，下午没事，桂英忽然对春雁热乎起来，说："春雁，跟我上一趟自由市场，我想买一件牛仔裤，买双鞋，帮我参考参考。"春雁说："师姐，我欣赏水平不行。"桂英说："你不帮我参考，我帮你去参考，你的衣服也要换代了，师姐我帮你打扮一下。"

春雁被桂英连哄带拖，上了街。到自由市场的衣摊，问价还价，走了几个摊，桂英才买了一件牛仔裤，非要春雁也买不可。"我有你这两条腿，早穿了！青春有几天？像我们，都过去了哟。"

春雁说："师姐，哪能这么说，你正当年啊。"春雁试着穿了一下，不行，屁股包得紧绷绷的。春雁想脱下来，被桂英制止了，桂英说："这一穿，土味全没了，好，你莫脱，瞧你的曲线，哪个男人看见不想入非非！"说得春雁不好意思，给了钱，就拉着桂英匆匆离开了。

走到面摊，桂英说肚子饿，还埋怨剧团说："钱给他们赚得不少，伙食开得却比叫花子都不如。"桂英要掏钱，春雁说："师姐，还是我来吧。"便叫了两碗肉丝面。桂英也不推辞，说："你请客，好，你该请，我教了你这么多，这个月孙团长给你红包了吧？"

春雁先是想否认的，但看到桂英哀怨的眼神，就老老实实地点了点头。吃着面，桂英说："春雁，该你们跑红啦，我们是过期作废啰。"春雁说："我什么都还没学到呢，还得靠师姐多指教。"桂英说："过去，我也有过红包，这两年就没了。姓孙的这个老狗，老色鬼，见兰翠年轻，丢下了我，男人都不是东西。"

春雁睁大眼睛，说："师姐，孙团长是这种人？兰翠不是说可能跟昌泰吗？""见了个鬼！"桂英说，"这事我还不清楚！他哪是在找儿媳妇，是在给他自己找享受。兰翠这个小婊子，她得意啦。不过春雁哪，你实话说，姓孙的没对你瞎来？"春雁摇摇头。桂英说："小心点儿。这个戏班子，哪个女孩子姓孙的没动过！"春雁说："不会吧，竟是这样？"桂英说："乡村戏班子，神不管庙不收，他在这个剧团就是皇帝，谁管得了他？"

吃完面回剧团，桂英向她们炫耀牛仔裤，春雁却走开躺到自己的床上。她想，可能是桂英跟孙团长闹了什么别扭，故意说他的坏话。自己也是二十来岁的人了，又不是小娃娃，防着一点儿。剧团是有点乱，她已经看出来了，自己留点神，洁身自好就行了，苍蝇不叮无缝的蛋，切莫跟她们一样。她还想着什么时候休整回吴溪镇，离古建设就近了，就可以去见见他了……

这一天演出完之后，桂英对她说，有个男的来找她，说是她们大队的，要她到戏棚后面去一下。春雁没卸妆，就往后面走。有个男的站在那儿，看身影很熟悉，走近去，竟是九高，两个人都很吃惊。九高风尘仆仆，像个牛贩子，还背着一个包。那个包春雁认识，她爹出差时背的。

“春雁！”九高声音哑哑的，好像干了几天没喝水，把那个包给她，说：“这是你娘带给你的，你跟家里也不写个信，你娘急死了。你究竟是为什么啊？”九高快哭起来。春雁接过家里的包，眼泪就簌簌地流出来了，喉咙哽得像石头，问九高：“你吃了饭吗？”

九高说：“我在街上吃了馒头。”春雁说：“你是专门来找我的？”九高说：“是，丁书记要我来的，说大队的团支部工作你得回去管，有很多事，现在揭批‘四人帮’，要抓好大队青年的思想政治工作。”

春雁捧着包说：“我没得那个兴趣了，我的思想都成问题，我还抓谁的思想政治工作？村里是怎么说我的吗？”九高搪塞说：“也没有人说什么，丁书记说你是到县里培训去了。”

春雁说：“骗不了我，晓得传些什么话！不过我不怕。”九高说：“真的没有人说什么。春雁，你还是回去吧。我已经找了你三次。还去过吴溪。”春雁说：“吴溪是演出淡季才回去。”九高说：“你这么辛苦，是为什么呢，春雁？”

春雁没回答，不好回答。每个人想法不同，经受的也不同，都是没必要跟人讲的。过了一会儿，九高抓住春雁的手膀，说：“春雁，跟我回去吧，我求求你，你爹你娘和大队领导都急死了。你不回去，总还是有闲话的。”

春雁说：“那你说说闲话看。”九高欲言又止，最后还是说出了：“好吧，我说吧，说你跟人贩子跑了……”

春雁听了哈哈大笑起来，说：“说什么我都不在乎了，说什么我都不会回去，让他们去说好了。告诉丁书记一句话，他当初怎么听信了雷麻子的，处分我父亲？雷麻子不是因为我的反抗不从才报复我爹吗？”

九高问：“雷麻子？”春雁说：“不说了，你不知道就算了，过去了的事。

现在要我回仓道，真的没有可能。”

晚上，春雁让九高跟男演员们挤了个铺，第二天一早就把他送到车站，并取了两百块钱让九高带给母亲。

过了些时，剧团终于回到吴溪镇，明日整顿学习，实则放假，许多人都回家了。剧团的牌子挂在公社剧场外边，里面有一个办公室和男女两间宿舍。办公室只有一张办公桌，落满灰土，没有谁办公。

春雁也想回家，可她发现她很难回去见人，虽然她没干什么坏事。回去怎么面对村里的人，跟他们解释？

她步行去了县城，买东西，也主要是想去古建设那儿。但走着走着，想到古建设没有给她回信，又听九高说他已经谈上了一个家庭条件好的，比她强百倍的城里女孩，她自惭形秽，现在更是一个乡剧团唱戏的，古建设会理她吗？脚步千斤沉。

这几月，全国恢复了高考制度，说不定古建设已经考取了哪所大学，到外地读书去了。如果是大学生了，不再理她，她春雁是可以原谅他的。高考恢复后，春雁也动过心，买了两本书复习，但好多都忘了，除非回家去静心复习，在剧团天天演出，又住通铺，没有复习的环境，想到自己的学习成绩也不是很好，这么多人竞争，自己占不到便宜，只得死了这个心。不过她想古建设是一定会考的，他那么聪明，学习成绩一直在他们学校排前三，总会考上一个学校。这就走到了古建设过去上班的地方，悄悄去问门房。

门房老头告诉她，古建设不在这里上班了，他是临时工，亦工亦农的，没有转正就走了。春雁问他是不是考取了大学走了？门房老头摇头说不知道。古建设没在这里了，她就可以进去看看。看她曾和马小兰一起在这儿住了两夜的宿舍，杀鸡的地方，晚上在院子后头提水洗衣的地方。那儿古建设吻过她，亲过她，她也咬过他。她突然无端地流了两行泪，突然很恨古建设。后来，她还是想问清楚古建设到底去了哪儿。到他曾经的邻居，就是在人家家里煮鸡的一家，有女主人在，她问起古建设，这下问到了去向。古建设原来参加了高考，不知什么原因没考上，好像也是没时间复习，这里不能解决转正问题，就招工到了一个什么街道工厂，肯定是在县城。

春雁听到这些，心里才舒服了一点儿。一个街道工厂，也算不得什么，等于是与她的距离缩短了，扯平了不少。希望在隐隐拱动。可是到哪儿找他去呢？县城这么大。春雁在县城的巷子里到处找，大街上到处走，希望能碰到古建设。街道的小厂太多，有的门还关着。那一天，春雁走了无数条大街小巷，问了许多小厂子，大厂也问了，问有没有一个叫古建设的新招工的工人，但都说没有这个人。到了天快黑，春雁只好放弃，拖着沉重的双腿回到了吴溪镇。

孙团长去跟公社领导和文化站站长汇报工作回来后，对春雁说："领导们都知道你的名字啦，表扬我招了个有前途的当家花旦，好好干吧，春雁。"春雁没有高兴，只是谢了团长。

食堂吃饭的人少，孙团长就自己买菜，有时候肉，有时候鱼，喊春雁和兰翠去吃。春雁也不好客套，就去吃。不知怎么的，春雁发现昌泰不跟他爹在一起吃，父子之间没什么感情。

兰翠的声相对春雁很怪，见了总是翻白眼，干笑几声。兰翠也不理春雁的，好像她不存在似的，这让春雁很难受。逢孙团长喊吃饭，她就借故推辞，尽量不去，省得尴尬。

那几天文化站翻修，站长来过几次，好像是找孙团长要钱，孙团长后来跟站长都粗嗓门说话了。晚上吃饭后，孙团长要春雁到他寝室去一下，说有事要商议。孙团长住在后台的一间房子里，春雁有点害怕，但还是去了。在门口她听见屋里传来的哭泣声，她敲了门，门打开了，哭泣的是兰翠，坐在孙团长床上，头发凌乱。见春雁进来，马上擦擦脸，站起来，也不与春雁打招呼，与她擦肩而过时，还恶狠狠地瞪了春雁一眼。

等兰翠走了，春雁问："兰翠怎么啦？"孙团长掩好门，说："我讨厌她，"又对春雁说，"你坐下吧。"春雁不敢坐，问有什么事。孙团长说："财务我不想让兰翠管了，她嘴不紧，跟文化站说了我们的收入。我们是自负盈亏，只交管理费，准确收入一说出去，他们就眼红。再说兰翠，瞎花了我的钱，买衣裳，买化妆品。这个剧团，春雁哪，你不知道，是我辛辛苦苦办起来的，我要交给放心的人。你接兰翠的手，帮我管账好吧？”

春雁连忙拒绝说：“我不行，我不行，我对数字很迟钝的，我肯定干不好这个，您还是让兰翠干吧，要不，就叫昌泰干，他是您儿子，这更放心。”

孙团长做出一副痛苦的表情，闷着头抽烟，一只手拍着春雁的肩，说：“昌泰是我儿子不假，可我跟他们母子关系很淡，很淡很淡，聊胜于无，就这么回事。唉，春雁，你年龄还小，不知道我们这一代受了多少磨难和痛苦，好在‘四人帮’倒台了。我们这代人吃的苦，十代中国人也没吃过。当年，我在县楚剧团，是当家小生，招人妒恨，加上出身不好，因为说了几句真话，就被人出卖了，批斗，下放。在乡下吃没吃的，穿没穿的，还要接受批斗，恨不得一绳子吊死算了。后来，在村里认识了昌泰他娘，大字不识一个，家里有饭吃，父亲是队长，我就结了婚，这样才再没有挨批斗，有了个栖身之处，有了口饭吃……唉！去年改正平反，要我重回县剧团，我已经没有兴趣。剧团的书记，就是当年出卖我、批斗我的家伙，你说回去有意思吗？我又不想放弃我的专业，因为太喜欢楚剧，我就是为楚剧而生的，虽然历史耽误了我，我不能平反后再消极沉沦，我就自己拉了一班人，成立了这个乡剧团……”

春雁听这个四十多岁的中年人讲他的遭遇，发现这个被人说闲话的团长内心藏有感情，命运坎坷沧桑，也吃了不少苦，许多东西都埋藏在心里，不容易。

孙团长说：“春雁，这些话我对谁都不愿说。说了白说。春雁，我觉得你冰雪聪明，善于理解人，是真正的文化人，在我们剧团没有第二个。我们剧团水平普遍低，出口带脏字。这个剧团工作，你应该助我一臂之力。我相信你，你又能干，希望你能提高我们剧团演员的文化知识，没有文化水平的演员是走不远的……”

就在这时候，忽然停电了。小镇上每天晚间都要停一会儿电。春雁忙说：“那我走了，孙团长，您说的让我回去想想。”哪知孙团长迅速拉住她说：“春雁，坐一会儿，我还有事跟你说。”春雁说：“那您点灯吧。”孙团长说：“没油了，就这样坐坐说说也好，你说呢？”

孙团长拉着春雁坐下来，春雁走不是，不走也不是。孙团长的一只手搭在她肩上，用难以察觉的动作抚摸她后脖子，春雁想离他远一点儿。忽然，孙团长把她揽过来抱着。春雁挣扎起身说：“孙团长，我走了。”

可孙团长力气大，不让春雁起来，一只手已经伸到春雁的内衣里去了，嘴也压过来。“春雁，坐一会儿，电马上就来了，保县城工厂，压我们这儿的负荷，你别慌。”

春雁死死拽住孙团长的手，但是她的嘴却透不过气来。一会儿，房间里的灯果然亮了，春雁终于坐了起来，往外走。孙团长说：“春雁，你真的要助我一臂之力，答应管账吧。”春雁边走边说：“我回去想想。”

回到女宿舍里，没一个人。春雁关上门，又用板凳抵住了门，对着电灯睁着大大的眼睛一动不动，洗也没洗，衣裳也没脱，就这么躺了一夜。

兰翠终于把账交出来了，孙团长又把那些账送到春雁手里，春雁只好接了过来。孙团长一副失魂落魄的样子，天天嘴里骂骂咧咧。有一天，问春雁说：“文化站要我们额外交两千块钱作为赞助费，你说交不交？不交，他们又是领导，交，又没有名分。”

春雁说：“我不知道，您说交就交，我说不好。”孙团长说：“我们是挂靠在文化站的，当时他们是帮了我们忙，但现在敲竹杠很无聊，不交，给小鞋我们穿，得罪不起。”春雁说：“那就交呗。”孙团长就说：“好，听你的，咬咬牙交了，只当少演出了几场。”

春雁请教了兰翠怎么划支票，拿着划好的支票，送到文化站去了。

接会计的后果是兰翠对春雁怀恨在心。有一天，春雁端脸盆去洗脸，竟然发现脸盆里有一泡金黄的尿液。春雁自然想到是兰翠干的，但她没有吱声，就在暗中监视兰翠的一举一动。有一天，她看到兰翠躲着她鬼鬼祟祟的一个人溜进宿舍，她悄悄跟着，看到兰翠用水笔在春雁的蚊帐上洒墨水。春雁跑进去，将兰翠逮了个正着，大喊：“兰翠你在干什么！”她这一喊，进来了剧团的几个人，大家看到兰翠拿着钢笔，春雁的蚊帐已经到处是蓝墨水迹了。春雁怒不可遏，抓住兰翠的衣裳要去找孙团长和文化站领导评理，兰翠不从，也抓春雁。春雁占了理在，劲头十足，实在是忍无可忍，说你个贱婊子在我脸盆里屙尿，我忍了，又污我蚊帐，老子今天不会放过你这个婊子。兰翠在地上也骂，你才是婊子，你不是婊子，老孙会让你管财务？你不跟老孙睡你有这个本事？春雁一听更气，揪住兰翠的头发，将她扑倒在地，骑在她身上，抽了她几耳光，大骂道："你是婊子，老娘不是，你的屄被人捅烂了，不值钱了，你睡太多了，杵成獾子洞了。"两个人打得死去活来，看客巴不得她们打，认为是两个女人为孙团长争风吃醋，就是看热闹，特别是桂英，抱着双手笑着，像个裁判前后看着，说见分晓了，见分晓了！后来，被闻讯赶来的孙团长拉开。孙团长自己掏钱给春雁买了一床蚊帐，买了个新洗脸盆。

但这事闹得沸沸扬扬，两败俱伤，剧团几天不得安静。兰翠要走，可人手不够，孙团长又劝，不知怎么劝回了兰翠，估计是给了她一笔钱。

春雁也有走的打算，想想走到哪儿去？没地方，有家不敢回。剧团摇摇欲坠，人心惶惶，这还不上算，祸不单行，因为知道孙团长焦头烂额，有人还来个落井下石，墙倒众人推，待遇问题让演员们早有意见，一个从孝感请来的唱花脸的师傅要求孙团长加工资，闹起了情绪，有了底气与他大吵大闹，要孙团长答复，开口就是一月加三十。孙团长说不可能，因为这口子一开，都要加，他招架不住。这个花脸第二天早上不辞而别，竟然把兰翠也带走了。这位大花脸，有真本事，脸上的肉能一块块动，吐口须的功夫尤其好，观众喜欢，只要他脸上的肉扯动吐口须，台下就会打赏飞钱，放鞭炮。孙团长对女人大方，对男人小气。这一下跑了两个主角，而且把他的情妇也带走了，让孙团长没有面子，躲在房间里不出来。到外地演不成了，好在那位大花脸师傅传授了一个新连台本《粉妆楼》，剧团只好在吴溪镇上演出。观众不多，毕竟能把每人的工资勉强挣回来。

孙团长像霜打了一样，整天喝酒。他还是把春雁喊去吃菜，有时候有分寸地动动手脚。他似乎有点畏春雁。他把春雁的工资加到每月一百元，说是她干了两个人的活儿，这工资绝对比镇长的工资还高。春雁拿着这些钱去买衣裳，也把余下的钱寄回仓道的家去。

不过春雁经过深思熟虑，要待在这个剧团，伴孙如伴虎，她想了个好办法，这就是故意靠近孙团长的儿子昌泰，让孙团长觉得她是在与昌泰谈朋友，他就不敢太放肆。

这招果然有点灵。春雁跟昌泰一起上街，给他洗衣裳，甚至跟他一起看电影，吃夜宵。昌泰比较老实，完全不像他的父亲，在黑黢黢的电影院，两个人挨着，他竟然连春雁的手都不碰一下。而孙团长看到春雁与儿子成双成对，再没有对春雁的不良举动了。

六月，孙团长到外地戏班请师傅去，要春雁陪着去，春雁不去，孙团长只好把桂英带上。桂英甭提有多高兴，苍黄的脸上又有了红色，喜上眉梢，眉毛画得威武雄壮，头发烫成大波浪，胸罩垫了几层海绵。孙团长安排昌泰和春雁暂管剧团的工作。

因为昌泰有这么个父亲，春雁是不会找他的，何况昌泰太平庸，连当演员也是混日子，抽烟喝酒样样在行，还有赌博恶习，入不敷出，经常找他爹要钱。有时候整夜不回，就是去赌博了。当时兴一种花牌，镇上的人打上了瘾，剧团也打，连春雁都学会了。瞧不上昌泰，她认为自己曾经沧海难为水，有过古建设那样才貌双全的男孩进入她的心，其他的男人都不值得她动心。

春雁继续去县城寻找古建设，到处打听。

昌泰有个同学叫梦得，人很朴实，没多少话，经常到剧团看演员排戏，他是吴溪镇上人，在镇农机修配厂上班，也会修理摩托车。他没有摩托，可修理的时候常常把摩托车骑出来，载着昌泰和春雁在长江大堤上兜风。春雁坐在昌泰后面，抱着昌泰的腰。有一次三人骑很远，到了县城，玩了半天，昌泰还请他们吃了一顿火锅。在县城时，春雁寻找古建设的念头又强烈地蹿出了。她有一次在街上碰到梦得，梦得又邀她上车去兜风，春雁就说，去县城帮我找个人。梦得爽快答应，带上春雁就骑往县城。

路上春雁编了个故事，说当时一个叫古建设的驻队干部，她父亲借了他二十元钱忘了还，后来想起来，那人已经走了，但找不到这个人了，只知道他在县里一个街道工厂上班，其他不知。只能去撞，她爹吩咐这钱是怎么都得还的，不然心里不安。

那到哪里找去？县城这么大，街道里的工厂那么多。问她有没有多一点儿的线索，春雁说，这个叫古建设的会办墙报，会画画，字她认得，会写一种隶书，跟别人写得不同，超级好看，如果看到他办的墙报，就找到人了。

梦得骑着摩托，陪春雁穿街走巷，到处问工厂的门房，到处找墙报。一天一无所获。又过了几天，又碰上了梦得，又在骑摩托，又问今天去不去县城找？春雁说去，请个假又坐在梦得摩托车后头去了。

三个月，去了五次，五天，在县城头都转晕，梦得陪着她，没一句怨言，脾气好得像是自己的哥哥，可她没有哥哥。

有一天下午，梦得来找春雁和昌泰，说他打了几只斑鸠，让他们去喝酒，春雁他们就去了。农机修配厂不像工厂，破铜烂铁堆得到处都是，一个大车间，杂乱无章。梦得住在一间工具房的隔壁，屋里到处是油衣服、木箱子和油盆。地上高低不平，窗子没有玻璃，用塑料布扯着。那些斑鸠都已经剐了，梦得用煤油炉炒，一手扶锅一手握铲。春雁正在看他的房间，他说："春雁，还是你来吧，你炒的肯定比我炒的好吃。"

炒得满屋辣味。炒熟了，梦得端出一个用木板钉的小桌，就用碗倒酒，三人围着一大碗斑鸠吃起来。梦得很热情，自己先喝了半碗，要春雁他们喝。昌泰也喝了半碗。看到梦得的真诚，春雁不好推辞，喝了两口，觉得酒很好喝，辣是辣点，但很爽，往心里去，推倒忧愁，直奔快乐。

昌泰喝得一塌糊涂，倒在梦得的床上像猪一样哼哼。梦得也差不多了，可他说："春雁呀，哪天我再陪你去找那个古建设，你为二十块钱，这样找人还钱，我就知道你好善良，你父亲也善良。"春雁就把酒全倒进嘴里了，说："谢谢梦得哥。"梦得看到她哭了，就很吃惊，问她你哭什么？春雁说哭自己。梦得说："那也是呀，剧团必定不是长久之计，又不能解决户口，除非到县剧团还差不多。文化站的王站长是我家远房亲戚，我知道他还是个'背米袋子'的临时工哩，乡剧团是临时凑的班子，政府更不会管的。"

"明天陪我去县城。"春雁说。梦得答应了，说要借到摩托。春雁要回去，可扶着桌子站起来，不稳。梦得就说要送送她。两个醉鬼歪歪扭扭地走着，春雁靠在梦得的肩上，说："梦得你这个名字好怪。"梦得说："我娘做梦得子，果然生了我。"

春雁说：“我今天出丑了。”梦得说：“没有，你喝酒也好看，你的戏演得好，凡是你演出，我都要看的，看一千遍也不厌。”春雁说：“这是假话，哄我穷开心的，现在的年轻人，哪个喜欢看这种戏，像瞎子喊街。”梦得说：“我说的是真心话，春雁，就是因为你在剧团，我才有事无事地去那里玩，就是想看看你。”

梦得把春雁搂得更紧了，她感觉走在棉花上，云端里。梦得搂着她的胳肢窝，慢慢地搂到她的胸脯上。梦得比她高一个头，她只好把头埋在梦得怀里。梦得吻她的脸，吻她的嘴，她像麻木了一样。

第二天，梦得真的又骑摩托来了。两个人在县城转悠了一天，晚上才回到吴溪镇。一身汗水，在剧团又没有洗澡的地方，春雁就说，我拿几件衣裳去你们厂澡堂洗个澡去。

梦得托着她拿了衣裳，到了修配厂澡堂，洗了澡，又洗完衣裳出来，很晚了，梦得让她到他宿舍去坐坐，说过一会儿他送她回去。

澡堂离他宿舍不远，打开房门，春雁说：“你屋里一股霉味加烟味。”梦得说：“这是没有女朋友的悲剧。”梦得说起他父母，也是成分不好，全家下放，不过马上就招工上来了。春雁问梦得有没有关系可以搞个城镇户口。梦得说，这得找，我要我父亲帮忙找一下，你把你的情况写一个东西，以剧团的口气写，然后要昌泰的爹盖个章递上去。春雁说，剧团的公章就是她拿着的。梦得说，这就好了，赶快写，我再去找人。他又说：“还有另外一条路是，你找个城镇户口的结婚，问题就简单多了，解决会快一点儿。”

春雁听出了他的意思，没出声。梦得就挑明了：“春雁，跟我结婚吧，我一定把你的户口弄到吴溪来，再给你找个工作，别再当演员到处流浪了，好不好？”

春雁摇头。梦得扳着她的肩，说：“怎么，我是不配你？你长得漂亮，但你相信我，以后我会对你很好的。”春雁说：“你爹妈会同意吗？我是乡下人啊。”梦得说：“我说了一定解决你的户口，我还能骗你吗？我一定想天方打地洞，如果我们成家有小孩了，小孩跟母亲入户，不为你着想，也要为后代着想啊！至于家里的工作，我去做，我爱你，谁也不能阻挡，现在又不兴包办婚姻，父母管得了儿女啊？”

春雁想，咱口里这么说，我春雁瞧不瞧得起你还是问题。说久了，春雁要走，梦得说你就睡我这里算了，我去隔壁工友那儿借宿。给她带上门，自个走了。

春雁坐了一会儿，见没有动静，便拉熄电灯，脱衣上床。她迷迷糊糊地睡了一会儿，黑暗中有人钻她的被窝，她问："谁？"那人按住她说："是我。"

梦得紧紧地抱着她，她说："你走，你莫动我，不然我就喊了。"但是梦得浑身着火，去脱她的内衣。梦得咬着她的舌头，她喊不出声，春雁就抱着枕头，面朝床单，不让他翻过来。等梦得在旁边去了，她趴着睡呼吸很难受，刚翻了下身，梦得就压上来了，只觉得下面一阵灼痛，便知道已经发生了什么。

什么都献出去了，春雁把自已的命运全托付给了这个并不怎么了解的小伙子梦得。他们的关系公开化了，昌泰悻悻的，酸梦得说你厉害，夺我所爱啊，梦得只是笑，抱得美人归。孙团长却老了脸，把哮喘都气出来了，把春雁叫去，痛苦地说："春雁，你辜负了我一片心意。你不是跟昌泰好好的吗？"春雁心想，我跟了昌泰，你一定是个扒灰的货，不都让你摸了吗？就说："一切都是天定吧。"

孙团长说："恭喜你找了吴溪镇上的一个地痞，一个赌棍。"春雁说："那也是我的命。反正就这样了，以后我会尽心尽力地演出，跟过去一样，我把您当作我尊重的长辈。"

心想，找个地痞正好嘛，你老孙就不敢欺负我了。

春雁怀孕两个月的时候，他们匆匆结了婚。梦得的父母对春雁非常满意，这个儿子初中肄业，基本就是个文盲，人家女孩漂亮标致，还是高中毕业。虽是农村户口，他们这样的城镇户口也没有啥优越的，全家下放回来镇上，一贫如洗，房子还是个破旧的土墙屋，梦得母亲也没有工作，家庭妇女一枚。就在土屋里欢天喜地地结了婚，置办了一套家具，买了台黑白电视机，就算有了个家。

婚后回娘家，物是人非，回来时春雁已成他人妻。她挽着梦得的手臂，有一种完成任务感。经过她与古建设坐过亲过的地方，往事电影一样浮出来，这地方经常入梦，现在远走了。梦得长相也不错，有工作，城镇人，肚里有他的孩子，人生就这么回事，春雁想。

春雁娘见新女婿上门，高兴得不行。女婿带来了许多东西，有衣服、有鞋子、有点心，岳父母的，也有给春雁两个妹妹及春雁的好友腊梅姐妹们的。

晚上腊梅她们都来了，吃喜糖，送恭贺，见了面说想死了想死了，问起腊梅的情况，腊梅说刚跟九高订了婚，订婚照也照啦。腊梅说："还是春雁你有胆气，有福气，你跟我们比你成上等人啦，又是全县的著名演员，又嫁到城里了，你真有能耐啊！"春雁只把苦水咽在肚里，对她们说："还是家里好，我说的是真心话。"

回到吴溪，春雁吃不下饭，呕吐，就没上剧团去了。梦得送了许多人情，他父亲也找了人，才将她安排在镇里一个腌制皮蛋咸蛋的食品加工厂搞出纳。

他们从家里搬出来，租了一间旧房子居住。渐渐地，春雁发现梦得的许多恶习暴露出来了，经常夜不归家，赌博，领到的工资不几天就输光了。春雁的几个工资，要买营养品，要吃饭，还得负担给梦得买烟抽，梦得输得连烟钱也没了，四处借钱，欠了一屁股债，经常有人到家里来找梦得，是来讨钱的。究竟欠多少，梦得含糊其辞，春雁也不知道，在床上问他，他总是要理不理，恶狠狠地说："男人的事，管得宽，又不要你还！"

春雁说："你是我男人，我怎能不管？你这样生活，有什么前途？"梦得说："你管好你自己，少让人说些闲话！我自己都抬不起头，说我找了个剧团孙团长的情妇。""无聊！无聊！我是不是处女你不知道吗？你有多恶心！"气愤，哭泣，独守空房，举目无亲。

有一天下班回来，春雁吃完饭，为未出世的孩子织着毛衣，有人敲门，以为是梦得，可开门一看，是个穿皮短裤的女孩，比自己小得多，估计十六七岁。春雁问她找谁，那女孩说找梦得。春雁很警惕很诧异，又问有什么事。那女孩在门口掏出一支烟来抽，也不说话，看着春雁的肚子。那时候春雁已有六七个月身孕，出怀了，见女孩盯着她肚子，更疑惑。终于女孩子说："梦得跟我有了那个事，我现在已经怀孕三个月了，他丢下我不管，他害了我。"

春雁眼前一黑，差点晕倒。这么个修理工，一个滥人，结婚不久，又找女孩行骗鬼混，这还是个人吗？人家也是受害者，想骂她贱？人家说不知道他结了婚，说梦得骗她，是跟她谈朋友，把她睡了，不理她了。

女孩子没在这儿寻死觅活，没吵没闹，看起来弱小，走时却丢了一句狠话："要梦得去见我，我这次没带我哥来，我哥来了，是一定要结果他的狗命的！"

春雁在后头问她："你姓什么？"那女孩说："就说是刘豺狗的妹妹！"

刘豺狗？恍惚听说过这个名字，听说过是镇上黑道头子，心狠手辣，当知青时用狼牙棒夯死过人，坐过牢刑满释放不久。等到梦得回来，春雁冷静地告诉他刘豺狗的妹妹来找过他，要杀他。他马上收拾东西说："你回娘家躲躲，我得到沙市去。"

当晚，梦得没给春雁道个歉，就迅速地溜了。春雁也赶快收拾东西，装进她在剧团转点的旅行包，坐到天亮，然后挂上锁，离开吴溪镇，回仓道娘家去了。

回到家里，春雁的第一个想法是把肚里的胎儿打掉，跟这样的男人生孩子不值，只能是自己一生的负担和屈辱。找大队医生，医生说这么大了要引产，大人会很痛苦。母亲问为什么要打掉孩子，春雁只是说不想拖累，过几年再要。她别的没说，不好意思说。哑巴吃黄连，有苦说不出，说出来让外人笑话。

她希望自然流产，于是在自家菜园子里蹦跳，晚上趁外头没人，在田埂上跑步，爬树，从树上跳下，有两三米高。可肚里的孩子坚如磐石，稳如泰山，纹丝不动。睡在床上用拳头砸，让他（她）死，成死胎，可依然是活的。这孩子经受了千锤百炼，死活都要投胎到春雁门下。

娘天天给她炖鸡炖鸭，她没有胃口，吃不下。给娘说了，过几天梦得就来接她的，娘便天天叨念女婿来接自己的女儿，却总不见人影。娘讲得烦了，春雁想到落锁的吴溪家里，正好有个便车，于是就回了吴溪镇。

租住的家哪儿还有，门被撬了，家具和锅盆碗盏砸了一地。没有梦得的人，去他单位问，说他好久没来上班了。那就死乞白赖地住到他父母家中去。他父母已经知道儿子干了什么事，对春雁说对不起她，这孩子不争气，乱搞，把她害了。说刘豺狗兄妹天天到家里来闹，提着刀，梦得不晓得跑哪儿去了，说不定被刘豺狗杀了。

看情况不对，春雁下了决心把孩子打掉。她重回租住的地方，搬砖把砸坏的床垫起来，买了锅碗、煤炉，自己想以后的事。

第二天她步行到县城，想去县城医院做手术，拿掉孩子。到了县人民医院妇产科，医生说没有证明不能做，引产是要大队和单位证明的，还要管计划生育的领导带来，春雁的心凉了半截。沿着江边的树林往回走，走几步，歇几步，浑身乏力，越是离吴溪近，就越没精神。忽然，她看见从吴溪方向过来一个骑车人，好生面熟，是古建设！古建设也认出她来了，下了车就吃惊地喊："春雁，是你！你是春雁吗？"

春雁快掉下泪来，扑哧一笑说："不是我是鬼！"古建设说："你怎么出现在这里？"

这就叫说来话长。古建设让春雁坐下来，还将头上的草帽取下垫在春雁屁股下头。春雁说这不好，要把草帽拿出来，古建设说没事没事，一个帽子没事的。两人四目尴尬相对，古建设嘿嘿傻笑。

然后还是春雁说了，说她先在吴溪镇乡剧团，后来到食品加工厂做出纳，老公是搞修理的工人。就这些，其他不说，没什么可说的，没说她到吴溪镇是因为想离他近一些，没说到县城找了他多少次。只问当初她寄给他照片和信，他为什么没回？可古建设矢口否认说接到过她的照片和长信。这就坏了，这封信遗失了，如果古建设说的是真话。古建设说，他后来招工到县里一个小床单厂，先是搞工人，后来搞美工设计，再后来，抽调到轻工业局搞专案，所谓专案，就是审讯一些有贪污行为、打皮闹绊、通奸偷人的承认错误，进行车轮战，日夜不停。高考恢复后，因为搞专案是日夜两班倒审讯，他完全没有时间复习，结果考砸了，心情灰暗了好久，第二年又考，又是专案审讯，又考砸了，也就死了这条读书的心在县城过一辈子算了。后来见春雁没有一点儿消息，也就不好联系。

古建设说："没想到在这儿碰见你。"他是去了另一个镇出差回来。

春雁问古建设："你呢？"古建设嗫嗫嚅嚅，吞吞吐吐，不好意思说。他说他也找了个床单厂的工人同事，一般化，没春雁漂亮。准备结婚，她派到沙市床单厂学习去了，要几个月才回来。

古建设说："春雁，过去的时光越久，越珍贵，可是我们都回不去了，只有怀念与回想。好在你送我的还有一双绣花鞋垫，我还保存着，并且根据你上面的绣花图案，设计了好几种床单，很好销，给床单厂赚了不少钱。我家里垫的床单就是你绣花鞋垫的图案。"春雁当然记得找腊梅学的绣花，但图案她早忘了，就说："真的呀，不会是哄我的吧？"

古建设说："那我们去看看，看是真是假。"就要春雁回转，去县城看下他的床单。

春雁说："走不动。"古建设说："我用车载你。"

说走就走，春雁坐在古建设的自行车后头，那一年在仓道的感觉似乎又回来了。问了春雁爹娘，春雁说她娘老念叨他，整天小古小古的。古建设说："你娘待我太好了，总有一天我会去看她的。仓道有美好的纪念，有你的小房间，有禾场、草垛，有树林……"

古建设腾出一只手到后面去摸春雁的肚腹，流里流气地说："这，本来应该是属于我的。"春雁抱着他的腰说："假话，你不会跟我结婚。"古建设说："如果是现在，我会跟你结婚。"春雁说："太假太假。"

古建设的住房也很差，是单位的老房子，一室一厅，家具是全的，厨房用具也齐全。进去古建设就让春雁看床单，又从书桌的一个抽屉里拿出一双鞋垫，天，真是一样的绣花的图案，就像对上了暗号。春雁接过鞋垫，认出这是自己绣的，是崭新的，没有用。古建设过来坐在她旁边。她抱住了他，眼泪滚滚而下。古建设抱着她，吻她，给她擦泪，摸着她头上的白发，说，没有增多，但还是要治，我去医院开药给你吃。春雁说："治不了，想你想白的。"古建设更加抱紧她，要她躺着休息，他去街上餐馆买排骨汤和饭来。春雁躺在自己绣出的图案里，不是鞋垫，是床单，时光有穿越感，有温馨感，有安宁感。风雨不存在，苦难和挣扎不存在。存在的是现在躺在古建设的床上，就像在自己的小家一样，梦中温馨的小家。

不一会儿，古建设买来了热气腾腾的排骨汤，上面漂着葱花，给春雁吃的。吃过之后，天黑得沉，古建设让她别走了，怕路上有闪失。自然而然的，两个人就在鞋垫图案的床单上躺下来。

古建设怕压坏春雁的孩子，可春雁却在下面说 :“压，压，使劲压！”

在这里待了三夜，孩子还是没有压下来。

是个女孩。春雁在吴溪生的，梦得母亲照顾她。梦得没有回来，梦得以后再也没有回来，也没任何音信。后来，春雁依然在吴溪镇食品加工厂上班，孩子送回仓道交给了她母亲带，户口没上，春雁没有勇气去上，女儿成了“黑孩子”。女儿叫古建设“爸爸”。

乡长变虎

追根溯源，可能还在于我两年前说过的一句话，我说现在的许多人都是野物变的。我说为什么现在豺狼虎豹很少见了，它们全托生为人了。你看那些杀人的、抢劫的越来越多，他们就是野物。我这句话可能冒犯了什么，结果我差一点儿变成了虎，我长着一身虎毛，色彩斑斓得像一团火，那皮毛，懂得的人说像华南虎像酷了。事实上我就披着一张虎皮；皮还是我的皮，而毛成了毛茸茸的虎毛啦。

在神农山区，有些事情是不可思议的，事实比传的还神。有传说说，我在变虎之前我的老母亲变成一只癞头龟了。这件事有，但不是我的母亲，是一个种甘蔗的叫石亚军的母亲，那与我无关。作为乡长，我曾调查过这件事，亲自去的，翻过了几座山。神农的山是很深的。我们去的时候，石亚军的母亲不见了，癞头龟也不见了，据说爬到门外的一口深潭里去了。石亚军还画了路线，说得有鼻子有眼的。那癞头龟曾养在堂屋里挖的一个水池中，脚盆大小。水池还在。但我们怀疑是石亚军嫌他母亲太老，要人照顾，伙同他老婆把老母亲干掉了，便编了个神话来唬乡亲。我们同去了几个警察，进行了广泛的调查、询问与搜查，没发现破绽。他的邻居异口同声地说这是真的，他们都亲眼所见。

关于我的事情十分突兀和偶然。我病了，查不出结果。我到市里省里去查，甚至利用在北京出差的机会上三〇一医院也查过，查不出，后来病情就加重了。

我的病主要是发出老虎一样的叫声。为什么我要发出老虎一样的叫声呢？

我不知道，不可遏制，有时候早晨起来叫，有时候半夜还要叫。那一阵子我们乡政府的人都说有烂草黄（老虎的俗称）出现了，在我们的政府大院外叫。于是，就有我们宣传干事写了报道，说神农山又现老虎踪迹。说这是重视生态环境保护的结果。过去神农山是有过老虎的，但随着猎人多了，其他人也多了，把神农山能吃的肉类都吃光了，老虎就绝种了。现在人们又听见了虎叫，记者们拿着笔扛着摄像机来采访，看神农山是怎么封山育林禁止乱砍滥伐保护大自然的。他们采访过我，要我介绍经验。我心里苦得不行，他们哪儿知道，始作俑者是我。

后来这件事就捅穿了。在一次乡政府的工作会议上，我发出了吼叫，要吃他们，他们一个个作鸟兽散。

刚开始他们还说我幽默，开玩笑，可我跟他们笑的时候面目狰狞。我平时是一个乐呵呵的人，嘻嘻哈哈惯了，我喝酒的时候唱民歌，背民谣，谁都愿意跟我推杯换盏，女人老要跟我喝鸳鸯杯（一种酒规），男人要跟我喝隔山酒、转弯抹角酒（也是酒规），闹得大家满面红光，香风醉雨。可现在他们从我的身边跑开了，跑得跟兔子撒鹰似的，边跑还边喊：

“范乡长变虎了，范乡长变虎了！”

我没有变虎，我只是吼叫。但是事情就这么传开了。

起先他们把我送到县精神病院，那是不能治的。我的精神又没有问题，我没有错乱，我能闻到我们神农山满山甘蔗的甜味；我知道我姓什么，叫什么，我老婆是谁。我什么都知道，这如何能治呢。后来，找一个神农山很有名的老中医开了些药来煎吃，也不顶用。这样，我只好回家了。

在家里我一直闷闷不乐，还是吼叫。我的母亲是个信佛的老太婆。她见我这个样子，就要我每天念《大悲咒》二十遍，观音圣号三百句，晚上临睡前念佛五百句。见鬼去吧，我才不信这些，我是个无神论者。况且我还没有到信佛的那个年纪，莫非我七老八十了吗？我今年才三十九岁，我年轻气盛，鬼见了我都要绕道走，我怕什么，老子怕什么。我这么给自己壮胆，但还是听了一个朋友的话，学静坐，用以调身、调息、调心，除去妄念。可是我没有妄念，如何能修来禅定，又如何能像他们说的，能观到什么心性？这不行，我还是乡长，我行使着乡长的职权，我怎么能“止观”“寂照”？我不能静坐下来，我得到各个村跑跑，这是我的一贯作风。我爱到下面跑，看我的乡里到处甘蔗摇拂的绿色。甘蔗林是如此的美妙，我看见糖正从土里和石缝里一节节跑出来。一节、两节、三节、四节，由下至上，慢慢地结实了，成为糖，成为甜汁儿，希望和憧憬就是这么慢慢变得清晰的。你怎么能看到农民的微笑呢？朝甘蔗看吧，高高低低的起伏的甘蔗林，在夜晚的沙沙的响声就是农民的梦语，我能听懂。可是今年七月神农山区遭受了一场特大的冰雹，冰雹有一拳头那么大，把神农山的甘蔗打得七零八落了。这样，我带病去参加了抢险救灾。我要他们该壅土的壅土，该复根的复根。损失严重的干脆栽上马铃薯和大蒜。但是我依然吼叫。你想想，在冰雹过后的山里，出现老虎的吼叫是一副什么景象。太凄凉啦，太恐怖啦。凄凉加上恐怖，平添了人们心头的不快。

有一天，我到一个叫虎跑坳的村子里指导救灾，一见到村头的那块虎跑石，我就忍不住叫了起来，并且多叫了几声。这时在甘蔗地里收拾残局的人们反应不过来，马上开始飞跑。有一个妇女情急之下跳了石崖，虽然未丧命，但断了一只胯子。虎跳坳的两个当年猎虎的老头端起枪来就要朝我射。我说我是范乡长范高呀。他们说你好大的胆，你没有看到一只老虎吗？我说哪儿有老虎，是我打了几个哈欠。我现在不知怎的打哈欠有点像老虎叫。他们就说听村主任讲过，我们还以为是村主任对你有意见呢，耳听为虚，眼见为实，这下我们相信了。不过你的哈欠打得太大了，你是不是工作太累了呢？我说有点，这段时间救灾，每天睡两三个小时，可能太累了，哈欠打得深，一深，就有点像野物了。这时那个跳崖的妇女就给抬来了。我看到这个妇女血淋淋的腿，忙叫人抬到乡卫生院去。我也只好回去了。在虎跳石那里，我又忍不住吼叫了几声，甚至想从那块石头上往一条灌木丛生的溪涧里跳下去。

这虎跳坳是我不能去的地方了，我有无数的幻觉，在那里。我甚至想吃人，在那个鬼地方，我想叼一头小牛犊，想啃树，想窜进更深的丛林里去。

从此后，我对有“虎”字的地名都保持着警觉。但我的形象已经彻底地破坏了，在每个村，都留下了我吼叫的余音。整个救灾工作完结后，乡政府礼堂的总结大会上，我一个人足足吼叫了三分多钟。为各个村干部准备的十桌酒席，都被我的吼叫声弄得不欢而散。大家匆匆喝了几口酒，就各自散去了。许多村主任竟跟我手都没握一下。而且他们都在食堂的厨房里操了一根木棒，我见他们窃窃私语的样子，大约是说因为我的夜嗥可能真引来邻山的虎，他们要拿自卫的家伙。

我不是一般伤心。我的弟媳照顾我，她是很细致入微的，在我烦乱的时候她就哄稚童一样地喂我药喝。我说喝不喝就是那个事了，喝也是吼，不喝也是吼，除非把我的小舌子割掉，让我成了哑巴。不过哑巴也能吼呀。

我的弟媳照顾我，可是有一天我要吃我的弟媳。她就围着床和桌子跑，我就赶她。就这么一个追着一个躲着，我就发现我的身上有些异样，奇痒难耐。看着看着身上就长出了虎毛。我自己还来不及惊叫，我的弟媳就抢先把惊叫拿跑了。她大声叫起来，喊我妈和邻居，说不得了了，哥哥长虎毛了。

大家来看时，我的虎毛已经长得差不多了，又开始长虎鼻虎牙和虎爪。这时隔壁一个见多识广的老妈妈忙说：快泼他水，快泼他水，他就长不出来了。于是，弟媳和我妈就忙向我泼水，一盆盆的水往我头上身上浇。看着看着快长出的虎鼻虎牙和虎爪没长出来。就长出了一身灿烂夺目的虎毛。

我长出了一身虎毛，我家里的人就急得不行了。我的老婆在县政协办公室工作，我妈给她打电话要她来看看我。那天我的老婆来了，见到我说，你吓不了我。便要离去。我说我不是吓你，我现在这个样子也不是我情愿的，我吓你干什么呢。可我的老婆执意要走，她留下一张她和我女儿的照片，说是一个“台属”用台湾省一次成像相机照的，照了对着光线甩两甩，就成了。我拿着这张照片，看着我可爱的女儿。我的女儿跟她妈妈在县城上学。我女儿没能来。幸好没来。如果来了，不吓成痴呆才怪哩。我的老婆说，她们正在发展新的政协委员。别看这委员没权，是个虚的，但不知有多少人想往里钻。在台人员的家属不消说啦，给一盒台湾牙签啦（像弓箭似的，我就用过不少），给你一次成像啦。她说有个厨师，因为发明了一种鸡汤，老想成为我们的委员，争取了几年啦，几年来年年请我们政协的人喝鸡汤。

我的老婆走了，对我的心是一种很大的伤害，但我无力唤回她。我的弟媳还是一如既往地照顾我。她不仅没有怨言，还在自己身上找问题。她说，哥哥，是我没把你照顾好，让你吃苦了。我说，弟妹，这病与你的照看无关，不要埋怨自己了。既然事情向坏的方面发展，也可能向好的方面发展，不就是一身虎毛吗，说不定虎毛出了，人就不吼了。这就跟出疹子一样，疹子一出，烧就退了。

我到乡卫生院开了许多消毒棉花，晚上睡觉的时候把嘴塞住。刚开始我用虎骨膏贴嘴，但那虎骨膏使我好像闻到了同类的血腥味。一闻到虎骨膏我就呕吐，后来就改用棉花了。只不过平静了两天，我就又开始吼起来。吼，加上一身虎皮，使我痛苦难耐。

我的母亲为我天天跪在观音菩萨像前。我说，行了吧，妈，你这个样子我真想吃了你。别人说在我长毛之前您已经变成癞头龟了。我看您变成癞头龟还好些。我妈就骂我："范高，你这小子！你心情好一点儿行不行呀，不要性急。你性急以后还不知变成啥样儿的。"我说我变成鬼！我的妈泪眼婆娑的。

乡政府里的几个人就开始拱我了，他们巴不得我继续变下去，变没了，他们好抢我的位置。但是县里为我的事进行了慎重的研究，并行文。县委组织部的发文到了我手里。是我的弟媳亲自交给我的，她说小部来了，小部这小子这一次总算把文件准时送到了。小部是乡邮员，老部的儿子。老部也是乡邮员，在一次送信中摔死了。县委组织部以"神（农县）组字第 79 号文件"下达，说经研究，同意范高同志继续担任乡长。免去查 ×× 副乡长职务云云。为何免去查 ×× 的副乡长职务，我不知道，也与我生病这件事无关，所以不在此赘述。

这个文件的下达真是让我太高兴了，太及时了。我知道这都是我老婆的功劳。是她去争取的。我这么重的病还继续任职，且这个文件只字未提我患病的事，更未提患了何种病。如果明文说我长了虎毛，对我的伤害是很深的，还会引起社会的不稳定，让大家瞎传，瞎猜测。我真的感谢我的老婆，她是个口恶心善之人，虽然她未能照顾我，但在大事上她是从不含糊的。

这一年甘蔗歉收，夏天的冰雹太可恶了。霜降节气后的第二天，我就坐着北京吉普去组织全乡群众收割甘蔗窖藏，并督促糖厂开工。

说到我们的乡糖厂，一直是让我头疼的事。人家的糖厂一直以来五十公斤甘蔗出糖四五公斤，而我们出糖才两三公斤，因此他们给农民的甘蔗出价也低得吓人，一公斤一角钱。每年我要他们进行技改，并让乡财政所拨钱给他们。他们把这些钱拿去喝酒啦。这些家伙，糖厂两三百人，我看他们吃什么。

我到了糖厂，把大家吓得不行。我说没有什么好吓的，你们开工炼糖就是了。厂长说，没有甘蔗我们炼什么，莫非拿我们的骨头去炼糖？

厂长姓范，跟我一个“范”。厂长把我带到了车间，车间门可罗雀，地磅车间那儿地磅上也没有多少甘蔗，估计都是遭冰雹后地里长出来的次生甘蔗——旁芽长的。这哪儿能炼糖，这只能让牛吃，可牛也不吃甘蔗叶，甘蔗叶刀似的，不把牛的嘴巴拉出口子来才怪哩。我说这是怎么啦？他说你还问这是怎么啦。我说一定是去年给蔗农的白条还没兑现。他说你明知故问做什么。你小心点儿乡长，明天我的职工就要到乡政府门口静坐示威去。我是没有办法了，我没有饭给他们吃。你说静坐示威不对，他们又不要求自由民主，他们只要求吃饭，所以我是管不了啦，你撤我的职吧乡长。

他说这话我就来气了，跟要挟我似的。我说，范厂长，你说话太没有政策水平了，你的厂里的职工到我乡政府门口静坐示威，我也不怕，别拿这个来吓唬我。你没有饭吃是因为你们没有开工，你们没有开工是因为没有甘蔗。这么多人难道不可以主动去收甘蔗吗？我知道现在大家想把甘蔗运到城里去，宁愿让城里人嚼也不给你们榨糖。但是甘蔗是为糖厂种的，乡政府已经发了文，严禁甘蔗外运，有文件精神。我已经带来了，你们拿着文件到各个路口去堵运甘蔗的车呀，这还要我教吗？你作为一厂之长，厂里的兴衰难道与你没有责任吗？党和政府把你安排到这个位置不是让你整天吃干饭的。你说你们厂要垮台了，可你们厂门口的几个餐馆生意兴旺，以为我不知道。请问厂长，每年给你们的技改费呢，贡献给哪儿啦？范厂长说，既然你已经知道了还明知故问什么呢。厂领导们整天辛辛苦苦为你们背骂名，连一个中餐都混不上吃的，那他为了什么呢？我说，好了好了，我不跟你争这些问题了，赶快到路口堵甘蔗去。

他们说我——

竟穿国家一级保护动物的皮毛，乡长就是乡长。

乡长是穿的蓑衣吗？

这是不是城里最新流行的服饰？

现在要说到我出去是一副什么样子了。我出去穿一套很薄的衣裳，但没有三五分钟就得脱掉，因为我身上火亢亢的，不畏寒冷。为此，我只好穿条短裤——这也烧得难受。于是，关于我的各种传闻就来了。不过更多的是害怕。特别是第一次见面的，不是哭就是喊，为此我也没少挨了砖头。我这一身虎毛啊，我该把自己怎么办？

为此我只有拼命地工作来消除这身毛皮带给我的耻辱和不快，忘掉它，因为我还是我，还是范高，还是那个工作起来不要命，出生于贫寒之家，从一个水利记工测量员出身的小小的乡镇干部。

霜降过后的神农山区冷得不行。我们乡干部全部出动了，半夜潜伏在路口，拦截甘蔗外运车。不过我不需要添加衣服。我蜷在石头上一身露水白霜一点儿事都没有，耸耸虎毛，伸个懒腰，全恢复了。在我的路口，我吼叫着，发出老虎一样的声音，嗷——嗷——群山震撼，引来松涛阵阵。我说，我是乡长！我站在路口，在第一个晚上就拦住了五辆车，有东风140，有轻卡，有农用车和手扶拖拉机。我把他们逼到糖厂去，我对他们说，乡亲们，糖厂是我们本地的工业，我们有责任要扶持它。你们的收入固然重要，但是糖厂有两百多号兄弟姐妹没有饭吃，我们要有全局观念。

我是给他们做思想工作，可是他们根本不吃那一套。他们怕的是我的身体，我一站在那儿，他们就掉转车头去了糖厂，他们说："虎！虎！"他们害怕这个。掉转车头的时候，糖厂的几百号人就开始卸他们的甘蔗了。你一捆，我一捆，投到洗蔗车间去，于是糖厂的机器又轰隆隆地转开啦。

然而糖厂开工没几天，又冷了火。原因一是今年冰雹，甘蔗变质的不少；二是成本太高。于是，糖厂又在酝酿着到乡政府门前静坐。为了把这样的事情消灭在萌芽状态，我火速赶到糖厂去处理。我说，范厂长，小心我撤你的职。你别看范厂长成天嚷着要我们撤他的职，但一较起真来他就害怕了。当一个厂长好处是多多的，哪怕是一个即将破产的企业。我一较真，他就哑口无言了，说，总不能把我们的肚子捆着吧？我说，你自己想办法。我说现在我们乡政府的政策是：关键时刻各顾各的。贷款是没有了的。乡政府工作人员的工资才发百分之六十，你静坐，我还不晓得到哪儿静坐呢。都静坐，这个国家还叫国家吗，啊？我看到厂长那副蔫巴巴的样子，我又加了一句，范厂长，我恨不得把你吃了。范厂长看着我，看着我的一身虎毛，浑身发抖，说，我们想办法，我们想办法。早这样不就完了吗，我拍打着手说。

我要吃人。

那天在我批评范厂长，打量他蔫巴巴的样子的时候，我滋生了强烈的想吃人的欲望。我忍着不光要吃外面的人，连我妈也想吃。我克制着。晚上我叫得很凶。在初冬的山区，我的吼声萦绕野外。那一天在强烈的吃人欲望的煎熬下，我回家用笔写了斗大一个“忍”字，贴在我的床头。当我吼叫的时候，我就看那个“忍”字，看它的“心”上画着的一把淌血的刀子。忍字心头一把刀嘛。“忍”是中国（甚至也是世界）最好的格言吧，而且是一字格言。一个字，世界最短的格言，可它管用。如果不是它来约束我，我把我家的上十口人早就吃光了。还有乡政府的那些人，我的左右手，几个副镇长，办公室主任、副主任、工办主任、农办主任、文教卫主任、经管办主任、农机站站长，等等，都得被我吃掉。我忍啊，忍啊，嘿，终于还忍住了。

现在，我在外求医问药的信，总算让小部给我带来了回音。我怀着痛苦的心情在江西的《家庭医生报》、北京的《健康报》和安徽的《益寿文摘报》上四处求治。我写道：我是某省某县某乡的一个乡长，今年来全身长满了奇怪的毛发，并发出奇怪的吼声，今借贵报一角，向大家求助，希望能有神奇的药物和手术办法帮助我解脱痛苦，当重谢。

小部是我不喜欢的乡邮员。他早就不是乡邮员了，现在为什么又成了乡邮员？提起小部的父亲，那可是我们大家敬重的一个人，他一辈子的生命就消耗在神农山区漫长、崎岖、危险的小路上了。以身殉职后，小部接过了父亲的邮包。可小部是一个“二腾子”（介乎于二流子与懒人之间的人），他私扣了我们乡军民人等两百多封信，一次性地把它们丢下了悬崖。他懒得一封封送。有时送一封信得跑七八十里路。可是事情总是会捅穿的。县电力局的来这儿巡线检修，要将高压线铁塔上的老鸹窝一个个戳掉，以免短路停电。他们爬上铁塔去戳一个老鸹窝时，在一个窝里戳下了二百八十六封信。这些信有老百姓的家书、情书，有大量的乡政府公文，也就是中央、省、市、县寄来的各种文件。全被老鸹叼去做它们的安乐窝去啦。难怪我们有几个月收不到上级的文件，没有文件就不能开展工作，更谈不上吃透上面的精神。那没有文件的几个月里，我们的工作几乎瘫痪啦，完全不能开展工作，只好放了长假；我们乡政府一次放了两个月的长假，因为大家都不知道上班该干些什么。如此巨大的损失，那不要找小部算账！结果小部给县邮电局开除了。但是这条邮路却没人跑了。正在我们的工作又陷于瘫痪之时，小部又出现了，带来了中央、省、市、县的各种文件精神。听他说，他是返聘。被邮电局返聘？他又没退休，为何叫返聘？管他的，只要有人送信。

他送来的关于诊治我疾病的信息没有一个是来自大医院的。都是一些民间的巫医、一些骗子们寄来的信，信上说什么病都能治，药到病除。都说获得了重大的突破，得过国际大奖（就差诺贝尔医学奖了）。这些信中，来自河南郑州一个什么中医院的信最多，北京打着部队门诊的信也海多。不过这骗不了我，稍微有点头脑的人都不会相信。但有病乱投医的情况也时有发生，这些骗子们大都等着有病乱投医的人。他们让我邮购拔毛净、毛除灵、毛发一扫光、沙漠地带擦剂等，据说是名贵中药，里面有大约数十种药，采用先进高科技研制而成，纳米膏药，无毒副作用，绿色药品，治标治本，永不复发。药品出口美国、澳大利亚和西班牙等，在东南亚一带抢购疯了。凡是夸大其词的广告宣传我都不信。在这些信中也有几个好心人介绍的偏方。偏方千奇百怪，在此就不一一赘述了。我只说一种，让我用白藓皮和地龙每天泡水喝加洗浴，用以熄风凉血。白藓皮我至今都不知道是什么东西，而地龙，不就是蚯蚓吗？你用蚯蚓泡茶？我的妈呀，打死我也不干，情愿披这身虎毛。

我说小部，你是不是又贪污了信件，为什么只这些不中用的回信，而没有大医院的信呢？小部说，乡长，我还敢藏信件？老鸹又叼走呢？我说难道你不可以烧掉吗，或者丢到溪沟里。小部说乡长你教我干坏事。我说我说的是真话，一个人如果没有职业道德和责任感，什么坏事都干得出来。有一年我在县里开会，亲眼看到县招待所的一个大师傅在裤裆里抓了几把又和面做包子，连手都没洗一下，后来我们就吃到了带卷毛的包子。小部说，乡长，看您身上的毛，只怕是吃多了卷毛包子。我说呸，你拿老子的痛苦开心，你哪一天才不是个二腾子呢！小部说，人家说乡长你才是个二腾子。我说放屁。他说真是这样说的，说乡长瞎指挥，不是二腾子是什么。神农山区这地方从历史上就没有种过甘蔗，你现在要大家种甘蔗，地薄，田瘦，你就是把蜂蜜种下去，化成的水也是淡的。我说小部你懂个啥，难道我们不应该破破几千年的耕种陋习吗？难道我们不应该发展规模经营吗？难道我们就不应该创造一个什么品牌基地吗？小部说算了吧，你想制造一种甜蜜的假象，把我们的痛苦掩盖起来。我一听就火了，我说小部你这小子给我拽文呢，小心我吃了你。小部一听这话吓得掉头就跑，手上的邮包踩到脚上，差点绊了个大跟头。我看着他狼狈不堪的样子，哈哈大笑起来。

这一天我过得十分开心，心情轻松多啦。可是晚上接到的消息又让人沉重起来。

这几天为了让糖厂能正常生产，我们想了许多办法将甘蔗收上来，这便是采取强制性措施，由各个村组织挖窖队，将一些有较大蔗窖的人家，强行清窖。在挖石亚军家的蔗窖时，挖出了他的老母亲。于是，关于他的母亲变成癞头龟了的谣言不攻自破。这使我想到现在有许多失踪的人，变成了什么了，或者无影无踪了或者被外星人掳走了，全是骗人的，我相信那些人都是被人杀害了的。许多人（可能平时并不太坏）的心里潜藏着杀人的欲望，一时性起就杀了人；还有的是一时糊涂，也会失手杀人。人们的心里充满了兽性。像我这样平时的和善之人，孝顺之人，现在也想杀人吃人，不就证明了这一点吗？

由石亚军的事，我决定再深挖细找，既抓出了坏人，又满足了糖厂的需求。我向他们说恶总是有恶报的，这样的事例很多。但也有一些坏人侥幸逃脱了，说不定你身边或者在台上的一些好人、优秀企业家、好媳妇、儿子、国家干部、警察、老师和三好学生，是双手沾满了鲜血的杀人犯，杀人不眨眼的刽子手呢。哈，这一查一挖，全乡在蔗窖里又挖出了一具男尸，当然也就挖出了一个谋杀亲夫的女杀人犯。更让人惊叹的是，在一个蔗窖里挖出了一个活生生的失踪三年的人，那人挖出来时，浑身长满了白毛——他是个畏罪潜逃的纵火犯。

浑身长着白毛的纵火犯挖出来了，派出所所长让我看。我在派出所里看了看，他的白毛也就是长一点儿的寒毛，颜色白一点儿而已。这白毛可以解释，因为三年没见阳光。而我的虎毛无可解释。但我相信总有一天是能解释的，解释清楚了，也就不神秘了。

因为挖窖事件得到的战果使我认识到了两点：一是要破除迷信，有些坏人正是利用了我们的迷信心理，以售其奸；二是要大力抓好社会治安，有案必破，不要等积累多了，想破也破不了。抓一个案就要破到底。我在派出所发了一通脾气。事后有人议论说我在发“虎”威。就是虎威，那又怎样呢。我说这破的三个案子不是你们主动去破的，与你们无关，这是挖蔗窖的意外收获。国家和人民养了你们，给你们枪，给你们粮食，难道是要你们夯干饭的吗？你们就没想到犯罪分子会利用咱们这几年新修的蔗窖犯罪？没有研究在新的形势下犯罪分子犯罪的新特点？蔗窖是我们乡这几年打经济翻身仗的成果，也成了犯罪分子的避风港，成了他们抹去犯罪痕迹的好地方。你们就一点儿都没有想到。那么，既然他们可以用来杀人、藏身，进一步想，可不可以用来赌博，制造假烟假酒？我承认神农山的人民群众还是比较淳朴的，外面的坏风气还没有吹进来，但是我们应该保持高度的警惕。

这个冬天我在神农山区开展了一场声势浩大的破除迷信和整顿治安的群众运动，加大宣传力度，写大标语，开展精神文明建设。这场运动很有成效。

这年冬天，出了一件事，在虎跳坳，出现了真虎。有人说这都是我的吼叫引来的，我那身皮毛在那个坳子里挖窖时现过身，而这条真虎是一条母虎。这母虎凶残无度，吃鸡，吃鸭，吃牛犊子，吃大耕牛。整个坳子里弥漫着一股凄惨的血腥味。

事情反映上来了，我心里有些疑疑惑惑，果真有虎？但虎闹得凶啦，人心惶惶。这事他们就要我出面，要我当“诱子”，把那母虎引出来杀掉。但是杀国家保护动物这是不可以的。虎是几级保护动物，我尚不清楚，一级二级吧。但虎又如此为害一方，不制服不行。我们就准备了采用挖陷阱和下夹子的办法，万一不行打伤它。这样派出所给了我一把五四手枪，我带了几十个干警和乡里最有经验的猎手去了虎跳坳。

那天晚上我放开了喉咙吼叫，站在虎跳石上，我手握着枪，而在虎跳石周围都下了夹子，挖了陷阱。虎的确出来了，不是在这儿，是直接去了村子。结果被在村头潜伏的两个干警擒获了。正当干警发出开枪的指令时，“虎”却说话了，大喊：“别开枪，我是范乡长！”

凌晨三时，我在村头的一棵冷杉树下看到了这个李鬼，原来是个偷鸡贼。他披着一张陈年的虎皮，那虎皮估计是从他祖辈传下来的，毛色都很暗旧了，倒伏了，没有光泽了。愤怒的村民群情激昂，恨不得把这家伙撕碎。我阻止了大家，我说还是让法律来惩罚他吧。现在这里有派出所的同志，让他们带回去审讯。

如果真正有虎的话也好，他们就会淡忘我，我有时忍不住吼叫他们会认为是那些真正的虎叫。那样我的叫声就不孤独了，我的身影也不孤独了。我盼望着虎的出现，可是事实证明又是假的，神农山区的确没有虎，那么，我就太孤独啦，我的叫声也太孤独啦。

我是如此孤独和引人注目，简直众目睽睽，让人难受，我就想我是不是得到外面治治去了。

这时来了机会。

机会当然是糖厂提供的。糖厂虽然收到了如山的甘蔗，但坚持了一个月之后还是无可奈何地停产了。原因嘛，我们糖厂的糖卖不出去，没人买。市面上的糖才一两块一斤，而我们糖厂的糖成本就划三块多，且发沙，吃着咯咯地响。于是，这一天范厂长就带着一个上海的老工人到了我的家里。

尽管范厂长事先给那个老工人说过我的情况，还是把老工人吓得绊了一跤，跌在门槛上，头上起了个大包。他说他是上海制革厂的老工人，范厂长说是他请来的，糖厂准备下马，准备上制革项目。这是经过了职代会一致讨论通过的。制革主要制猪皮和牛皮，羊皮也制。争取在一年内使猪皮和牛皮的加工量各达到五千张。老工人说，有了制革厂，还可以搞深加工嘛，可以生产箱包，生产皮鞋，生产牛皮凉席，总之前景大有可为。

我的心马上就被说动了，我也预感到前景诱人。我拍了一把范厂长的肩，用欣赏的口气说，老范，这个点子是怎么想出来的?！范厂长说，还不是因为当时你要吃我。我说，我说了一句笑话，一句笑话就给你这么大的动力，这么大的想象力？看来，人的智慧是无穷无尽的。他说，真的，你一说要吃我我就想到硝皮。他看着我身上的虎皮，那眼神不大对劲，好像要硝我一样，好像对我有报复心理，牙齿也在暗中磨砺，咬得咯咯响。我当时不管他了，我只想到糖厂可以走出困境，两百多职工有饭吃了，这比什么都好。我还想到办糖厂和种甘蔗是可能有些决策失误。而办制革厂倒适合我们山区。我们山区有养猪养牛养羊的传统，兽皮的来源不愁，而现在皮革原料市场需求巨大，价格也不错，有钱可赚，又请来了上海师傅，一定能够成功。关于种甘蔗，它的确只徒增了山区的风景。我的确想创造一种流蜜的生活。我受文学的影响太深啦。我记得我在学校读书的时候读过一篇贺敬之还是郭小川的诗歌，好像叫《青纱帐——甘蔗林》。我老记得北方应该有青纱帐，南方应该有甘蔗林。我受诗歌的毒害太深了，这首诗我如今一句都不记得了，却老是想我能走进一片片甘蔗林该是多么幸福的事。前几年，在县里的脱贫致富规划大会上，县委书记问我我们乡准备发展什么，自报家门。有的报发展长毛兔，有的报发展小尾寒羊，有的报发展板栗，有的报发展火鸡和鸵鸟，我想到走进甘蔗林的梦想，就随便报了个甘蔗。现在看来，这是轻率的。既往不咎，现在我必须积极支持，全力协助。在不能贷到太多款的情况下，我发动乡政府和乡亲们拿出自家的积蓄来。因为要买硝皮机、磨革机、伸展机、打光机等机械。我把我自己多年的积蓄拿了两万块钱出来，作为入股，一元一股，就是两万股。所有投入股金的，以后都按股本分红。

在我的带动下，很快就筹齐了买机械和进兽皮的钱，然后在老工人的邀请下，我们一行人去上海考察了一趟。

我决定借此机会去上海看看我的病，将这身虎毛全部去掉。上海的医疗条件在全国是没说的啦。我们县好多得了绝症的人，都是最后上上海去求医的。就这样，我带了一万多块钱，我、范厂长、副乡长曾广贤、税务所长老涂，坐火车来到了远东第一大城市上海。

上海真是太美啦，比电视上见到的还美，东方明珠电视塔、金茂大厦，单看一两个建筑没什么，但集中看浦东，就美了。南京路上那么多外国人，你就知道上海这城市的情调。还有黄浦江上那么多巨大的外国货轮，真让我大开了眼界。我是穿着我母亲给我连夜赶制的一套白色的单长袍子，有点像中东人穿的那种。这袍子是我自己设计的，有利于散热，也包裹了全身，以防麻烦（比如围观什么的）。上海的冬天虽然比较暖和（和我们神农山区相比），但人们还是穿着各种各样时髦的棉袄，我穿着单袍也燥热得不行，要不是自我克制，我一定要跳到黄浦江去游一趟水才觉舒服。

要说我对上海不好的印象，那就是苏州河啦，这么宽一条河成了下水道，臭熏熏地袒露在大街上，上面还百舸争流，爱干净的上海人就不晓得臭吗？

我也想这么肥的水在城里是污染，在我们山里却是肥料呢。我们神农山区地薄，如果把苏州河的水引到那儿去，肥我们的甘蔗，那不晓得要长多甜，榨出多少糖来，我的日子也就不会这么不好过啦，我也就不必到上海来了，不必再弄个什么制革厂了。

我想着神农山的事。考察过后的第三天，我就见他们嘀嘀咕咕的。他们：范厂长、曾广贤副乡长、涂所长等。他们背着我，鬼鬼祟祟。我那天从卫生间出来就对他们说，你们不要瞒着我啦，我知道你们想去动物园。你们想看老虎大象，难道我就不想看老虎大象吗。我虽然长了虎毛，可我并不是老虎，你们看老虎并不会刺伤我什么，我是范高，我不是老虎。上海这么发达，难道去一身虎毛的医术也没有吗，你们不要跟我躲迷藏了，你们去，我就去！

于是我们租了一辆车，到了动物园。动物园猛兽区曾经发生过老虎咬死人的事，这事我在神农就听说过。现在，都想亲眼见一见这个地方，是可以理解的。到了猛兽区，我们隔着车窗看到了狮子、老虎、大象与豹子。我是第一次看到活着的老虎。当导游指着车窗外的一头老虎对我们说，咬死司机的老虎就是这头老虎，你看它的爪子，它的牙齿……听到这里我突然害怕起来。我的手当时是曾广贤副乡长拉着的，我要他拉着，我对他说，免得我冲出去了。因为物以类聚，人以群分嘛，看见老虎就看见了本家，就想冲过去跟它亲热。如果这样真会被老虎吃掉的。曾广贤副乡长拽着我的手，我突然害怕起来，车外的老虎没有一点儿亲切感，只是害怕，浑身发抖，不能自持，我说，快把车开回去！快把车开回去！范厂长和涂所长以为我见了虎想拉开车门跳下去，就站在车门口，曾广贤副乡长死死抓住我。他们根本不知道我是怎么想的，我压根儿就没想下车，我只是害怕，这样情绪乱了，我就想吃人。吃人，吃人，吃人。我心里被这两个字蛊惑得罡火发烧，手又被曾广贤副乡长死死拽着，我烦他，我看他的鼻子和耳朵都是很好吃的样子，很容易下口的部位，我就下了口。这个家伙，从他登上来上海的火车开始，我就想吃他。因为他喜欢唱歌，上车后就唱个不停，什么“爬上飞快的火车，像骑上奔驰的骏马，车站和铁道线上，是我们杀敌的好战场”，他唱了不下几十遍，半夜全车人都睡了，他还在厕所里唱，我就想吃了他。特别是在全车人都睡了，地灯照着他从厕所出来的一双脚时，万籁俱静，只有车轮撞击铁轨的声音，他轻轻地哼唱对我最有诱惑力，那时我最想吃他。我想扑过去，先撕断他的喉咙（不让他发声），再吃掉他呼呼冒着热气的鼻子。把他撕成八块，最好在车厢与车厢的连接走道里，一个人慢慢地吃他，然后舔舔手，把吃不完的骨头丢下铁路，神不知鬼不觉。谁知道呢。我忍着了，我想到我的身份。可是那天在动物园我无法忍了，我终于下口了，我乱咬；我听见曾广贤副乡长嗷嗷地大叫起来。车上的人（就我们几个）一片慌乱，车就往回开了。我听见老涂对司机和导游（一个年轻的上海小姐）说，他犯病了！我没理他，我依然咬曾广贤，我没能咬到他头上的部位，也没能咬到他的喉管，他穿的是高领毛衣。加上他身上穿的衣服太多，身上也没咬到，只咬到了他的手。我把他的一截手指头咬得快掉了。后来他们几个人终于把我按住，老涂还掏出一把手枪来用枪托敲我的脑袋（他这个税务所长不知从哪儿弄到的一把手枪）。他们把我敲昏了，终于不省人事。

我醒来的时候是在宾馆我自己的房间里。他们把我的手捆着，我心很平静，我说算了吧兄弟们，把我解开，我不会咬谁了。他们迟迟疑疑地把捆我的绳子解开，我真的再没咬谁。我对他们说，我犯了错误，我是不是中午喝多了？他们说你中午其实只喝了两杯。你的酒量大家不是不知道，你半斤八两在话下？我说也是，我说喝了两杯为何就醉了呢？这个酒有问题，上海酒有问题。曾广贤副乡长手上缠了绷带，他安慰我说，没有事的，我们知道你喝多了。我看他的脸上，也有被我抓过的痕迹，一条条像鞭子抽打在我的心上。我说曾乡长，对不起，我不是故意的，曾广贤说，我也没说你是故意的，都是假酒惹的祸。我说你不唱了行不行呢？你不唱歌了行不行呢？那时你在猛兽区唱“我是一匹来自北方的狼，走在这无垠的旷野中”，我就浑身像火烧一样，就，就……对不起啦。曾广贤说，我没有唱《北方的狼》，我绝对没有唱。我说，为何我听见了呢？见鬼！一定是我的耳朵出了问题。我听见你唱“只为了这片传说中的草原”，我的头就炸了，绝对炸了。我听见我的脑袋嘣隆一声，爆炸啦，我就什么都不知道了，只图嘴巴和牙齿痛快。

说了一会儿话，后来他们几个期期艾艾地说，是不是该把我送到医院去了。我摇摇头，我非常难过地摇摇头，我说这个病是不能治的。我感到治不好，不会那么简单，手头的一万多块钱治这个病，太难啦。我说我已经打听了，现在在上海割个阑尾也要几千上万块钱，光检查（用仪器）只怕就要把钱花光，听说住院一天什么药都不用，也要大几百块钱，我们这点钱，是来治病的吗？而我这个病又不知道是什么病，如果弄一些教授来今天会诊明天会诊，费用还高些。况且，我对他们说，我还承受不住。如果这病传出去了，那我能安宁？在车上我已经看到司机和导游小姐的惊叫啦，我不能承受。我的心理压力太大啦，说不定这个病没治好，其他的病治出来了。我情愿就这样回去。在神农山区，反正大家都知道了。安安静静地，也不会出什么大事的，太嘈人，心乱了，精神就会出错。我过去看过上海一个女作家叫什么的写过一篇小说，叫《悲恸之地》，说是有个乡下人头一次到上海来打工，与同伴走散了，在一些小巷里看谁都是来追赶他捉他的，他就拼命地跑啊，跑，跑到一个高楼顶上，怕人捉住，就跳下去摔死了，上海就成了他的悲恸之地。现在上海也成了我的悲恸之地啦。我就是女作家笔下的那个乡下人。这是一时的错乱和幻觉，因为精神紧张才产生幻觉。曾乡长你刚才说你根本没有唱齐秦的那首歌，可我分明听见了，这就是幻觉，这就是我咬人的根源。

他们听了我一通这样的分析，也就没说什么了。我们就把在上海购买的硝皮机、磨革机、伸展机和打光机什么的押送回到了神农山区。

可是，这一趟使我口齿留香。我不想掩饰我的感觉，我知道那满口的香味是在咬断曾广贤副乡长的手指头之后出现的。我说，这是幻觉。我不断地警告自己说是幻觉。我否定那种美好的余香，我想莫非我真要吃人了？吃猪肉和中华鳖也提不起胃口了？这是幻觉！我斩断我的邪念，我说幻觉，你走吧，你离开我吧，我求求你了。

正当我们在糖厂安装那些制革机器的时候，神农山区下起了漫天大雪。那天晚上我和范厂长从安装现场走出门准备去食堂消夜时我惊呆了：大雪覆盖了神农山区的千沟万壑，一片洁白。多美的景致啊。雪还在无声地飘落，在这静静的夜晚。我站在那儿根本不想走了。好久，我听见范厂长说，乡长，是肉丝面呢。他为我端来了一碗热气腾腾的肉丝面。可是我无动于衷。我站在那儿，一动也不动。我不想吃。我在想什么啦？我自己都不知道我在想什么，只是惊讶。后来我说，我去散散步，我头疼得厉害。就这样，我就走了。就说了这两句话，一个人悄悄地走了。

我是在深夜走进神农老山里的，走得如此地冷静和莫名其妙。我疯狂地往山里跑；先是走，后是跑。我越过一片冷杉林，又越过一片山毛榉林，然后是长满了野漆树和连香木的混交林。山越来越野，人家越来越少，后来只剩下我一个人，一个人的脚印与呼吸，当然喽，还有一个人的吼叫，虎的怒吼声。寒冷是不会有的，对于我来说。山上的风像钢鞭一样笞打着我，可我温暖如春，一身厚厚的虎毛遮挡了一切。那种壮丽的景象我是无法忘记的，它将在我的记忆中，时时勾引我，包括我那种蠢蠢欲动的野性。我是人还是虎？我是什么？我呆呆地望着一轮冷月中的山野——那时候雪住了，世界冻得无声，都好像在屏息着，想聆听一点儿什么。这时候，我的耳畔就响起了我（似乎）从曾广贤副乡长口里听来的歌："为了这片传说中的草原，"不，是"传说中的雪原"。

我渴望如此。

在山上，我碰见过一头从冬眠中恍恍惚惚走出来的黑熊，它一定是饿昏了。可是它没吃我，我朝它大吼了两声，并且露出我猩红的舌头，它就晃着臃肿的身子离开了。我还碰见过一群想捡橡子和五味子的猕猴。它们在晚上想刨开雪找那些食物，可是我一跑过去还来不及怒吼，它们就叽叽喳喳地逃跑了，并且在树上向我掷雪球，摇雪粉。还有一种灵山猫也是不错的，它们比一般的猫大，像一些看家狗。但它们皮毛华丽，是虎的近亲（都是猫科动物）。几只灵山猫看着我，朝我喵喵了几声，就消隐在树林里了。

我伏在山垭顶上，那儿有光秃秃的被风吹净的石头，也没有冻凌。我就伏在那儿。我看着我治下的神农山区。我有一阵子笑了起来，我想我跑到深山老林来干什么呢？这是幻觉吗？这雪，这雪野都是幻觉？因为不觉得冷，所以对我的行为放松了警惕。我也学着猕猴，在雪地里找五味子果吃。我在一片五味子树林里待了五天五夜，吃得腹胀如鼓。可是我又想吃人了。我想起副乡长曾广贤的手指头，我想吃人。

真的，我想吃人。这么想我就在雪地里画了一个人，画的是副乡长曾广贤，还有一个女的，我记不起是谁了，好像是一个跑红的歌星。我用手瞎抓，大把大把地吃雪，就把他们吞进肚里去了。

在抓雪的时候我抓到了一只山鸡，我把它撕碎了，血淋淋地吃了，连毛都没有放过。后来我在一个山洞里待了两夜，山洞里有许多燕子，飞来飞去，这么高寒的山区，燕子也成了留鸟，看来什么都可以变异，没有什么稀奇。如果一只燕子留下来是稀奇，千百只燕子留下来就不是稀奇了，就很平常了。如果一头熊在冬天窜来窜去是稀奇，无数头熊窜来窜去也就很自然了。我虽然只碰见了一头窜来窜去的熊，但我相信还有更多的熊，离开了它们冬眠的树洞，在神农山区游荡，我坚信这一点。因而，我也推断将有更多的人长了虎毛，他（她）们同我一样，严守着秘密，讳疾忌医。我真的相信。在我患病之后，我找来过许多医学外科书籍对照查找，我甚至看到过一本从美国翻译过来的插图本外科医疗大全，我看到的照片触目惊心，有的洋人屁股头长着几尺长的尾巴，有的人背脊上扎着辫子，有的人（女人）乳房上黑毛丛生，但一遮盖，就什么都看不见啦，身旁的人还以为他们是正常人，还是跟他（她）们谈恋爱（爱得死去活来），还是听他们作报告发指示（理解的要执行不理解的也要执行），还是对他们尊敬有加，有的还被选为健美小姐、健美先生，成为我们心中的偶像。由此我想到一句名言，一句我在山野里独自悟出来的名言——总统先生也可能长尾巴。哈哈，我想出这句话就大笑起来，在山野里大笑，哈哈哈哈，我的回声把树上的雪粉都惊落了，我的笑声扑棱棱拍打着翅膀，在这寂静的山谷里产生巨大的共鸣。但是后来我哭起来啦，我一个人在山野里瞎窜，一个人踩着深深的积雪，彻夜不眠，像一个游魂在山里走来走去，结草为巢。有一天我睡不着，我就想，范高，你这是怎么啦？难道你就不想你的老婆，你的母亲，你温暖的家，无微不至照顾你的弟媳？还有正待上马的制革厂与每月只发百分之六十工资的那个不大不小但很干净的乡政府？那个办公室的藤椅和一盆四季常绿的玉树？我就哭起来了，我就想我这一辈子，我的前半生。

我出生在一个贫寒的农家，我的祖辈是从湖南来到神农山里开荒狩猎的老实农民。我家祖祖辈辈务农，据家谱记载，我们尊黄帝为一世祖，第三世是颛顼，第四世祖好像是祝融（火神），难怪我今天不畏风雪严寒的。我们范家在唐代还出了一两个节度使，宋代还有过状元、榜眼、探花的名人，就像文学家陆游在给我们范家祖谱作序时说的那样，范家真是文彰武显，家声远播，可是从明代开始我们范家竟有十几代文盲，没一个识字的，只好断了家谱的记载。得帮与一个粗识文墨的高家结亲，在这个高家丑女的指点下才知我们祖上家谱的辈分已经用完了，于是我祖父就叫了范高，一直到我这里，还是叫范高。据说我祖父的祖父也叫范高，为了区别这么多范高，在称呼上前面冠以明范高、清范高、民国范高与中华人民共和国范高；要是还分得细的话，清范高当然还有乾隆范高、光绪范高与咸丰范高之分。

就这样，我成了中华人民共和国范高，中华人民共和国范高就是我。感谢新社会，我走进了学堂，而过去那些识字的、有钱的人却不能进学堂了，因为他们成分不好。我们成分好的贫下中农终于扬眉吐气啦，终于能识字啦。然而，因为读书太远（每天要走十几里山路，时常都有摔下悬崖和被野兽吃了的危险），我十六岁就下学上了水利。我聪明能干，吃得苦耐得劳，小小年纪跟着测量员搞测量，计算土石方，不到两年就把这些都学会了。公社的水利主任看中了我，就把我调到公社，搞了几年“背粮”干部，我就转正了。以后公社撤销，我就在乡里当了文书。再以后，如今我就成了乡长啦。在这块我家祖祖辈辈受人欺负的土地上，现在再也没谁敢欺负我了。过去我父辈祖辈没有一分田，现在我依然没有一分田，但是，我现在挺直腰杆，扬眉吐气，全是因为在神农山区这一小小的乡里，我范高说了算。事情就这么简单，而从明代我们范家还出了一个县令算起，约五百年没有当官的了，现在我总算成了个有职有权的科级干部吧。这在我们范氏家谱上会不会留下一笔呢？

想起上家谱，我就不寒而栗。我这个病会不会记上家谱呢？我的子孙后代会不会说，我们祖上曾有一个长满了虎毛的乡长，差一点儿长出了虎爪和虎鼻子。不过我又庆幸，家谱按记男不记女的老方法，我们范氏——我这个“范”就在我这一代完结啦，我没有儿子。我的兄弟有儿子，那是他们的事了，与我这个范没有关系了。在结束家谱（续谱）的我这个“范”手里，事实上不管做什么事，也没人管了，做了什么错事上帝也会原谅。反正续不下去了。但我没做过坏事，为何长了这身可怕的虎毛呢？我没做坏事，没杀过人，放过火。我的曾祖父据说亲手溺死了他两个亲孙女——就是我的姑姑吧。因为那时候穷，养不活，不把她们丢进水桶里淹死，活着的大人就会饿死，这么着，只好把刚睁眼睛的小孩弄死了。到我的祖父曾经搞过农会杀过恶霸地主。但恶霸地主也杀过农会的人，怎么没听说他们的后代长虎毛呢？只是没听说过，但真正有否，不敢妄论。

在寒雪茫茫的山里，我胡思乱想，前思后想，不禁欷歔。

我在山林里乱窜，完全成了一头野物。还加上想吃人。我不是因为想吃人离开山林的，是因为猎人的枪。那天我正蹲在山垭口上想我曾祖父（他就是咸丰范高）怎样亲自动手溺死我两个姑姑的事，就听见了砰的一声尖锐的枪响。我看了看远处，又低头看了看自己，就见肋下冒着烟子。

他们打我！

好在只擦伤了我的皮毛。我反应过来后就跃下石头拼命地跑，结果又一枪击中了我的中指，将中指击断啦。刚好是我咬断的曾广贤副乡长的那根中指。我怀疑是曾乡长的报复，我就躲在一块石头下大喊："曾广贤，你出来，你想报复我是吧！"我大喊了一通，没有回音，接下来的声音又是枪声。我只好跑进了一片野生梅林。

我手上鲜血淋漓地回到了家里，已经是一个月之后啦，这一个月像一场噩梦。我回来的那天就听见了一阵儿噼噼啪啪的鞭炮声，又听见了一阵儿噼噼啪啪的鞭炮声。他们说，过年啦，又说，制革厂正式开工啦。县里一位副书记来参加了制革厂的开工剪彩仪式，也顺便来看我，曾广贤副乡长也来了。县委副书记对我说，你这一个月跑到哪儿去了，也不跟身旁的工作人员说一声。我说到山里去了。他说到山里一个人扶贫蹲点吗？我说哪是扶贫蹲点呀，我说不出口，我只是想在雪地里撒点儿野，好像北京的哪个歌手唱过。这山区有十多年没下这么大的雪了。县委副书记抚着我手上的伤说：小范，你了不起，你这人真是个猜不透的谜。多好玩哪，你又不是小孩了，你撒什么野。我说是啊，我这病看来真要治治了，我控制不住自己。要不是猎人的枪声把我打回来，我差一点儿就"回归自然"啦。我这么给他们幽默了一句，然后我又对曾广贤副乡长说，我还以为是你报复呢。曾乡长说，对天发誓，我不知道你去了山里，至于用枪报复更属无稽之谈，我们还以为你去了新、马、泰呢。曾广贤副乡长为了表示自己的清白，他向我保证一定把凶手抓到。我说算了算了，没事了，我不过说句笑话。

我在家里养伤，我的女儿也因为春节寒假回到了我的身边。奇怪的是，我的女儿一点儿也不怕我，她不把我当病人，看见我一身虎毛就像看见了一个玩具似的。我以为她会吓得半死的，没有。她见到我就扑到了我的身上，这儿摸摸，那儿摸摸，说："真好玩，爸爸你是只老猫。"她说我是只老猫，我就成了老猫，整天跟她捉迷藏。到了晚上，她就非得要跟我睡，不跟她奶奶睡。我说女孩子是不能跟爸爸睡的，你都七八岁了，应该跟爸爸妈妈分床睡了。我女儿撒娇说我就要跟你睡就要跟你睡。你身上的老猫皮好暖和，比电热毯还暖和。怎么阻止都不行，一趁她奶奶不注意就钻到我被子里来了。当然虎皮暖和啦，可是不行，我就伸手打了我女儿几嘴巴子，把她打哭了，最后一个人赌气坐车回到了她妈妈身边。

女儿走了，我的心里怅怅的，但又庆幸，有种解脱感。实话说了吧，在女儿傍着我这身虎皮睡觉时，在我看到她红扑扑的脸蛋和细匀的呼吸时，我就想把她吃了。我动了吃我女儿的念头我就掐自己的身上，就用头撞墙。这是一种疯狂的、残忍的念头，我知道这是一种不好的念头，我明白这一点，所以我头脑是很清楚的。她是我的女儿，我怎么能把她吃掉呢？我有时候在半夜里磨着牙齿，咯吱咯吱地响，我的女儿全然不觉。我在回味曾广贤副乡长的手指头，我女儿的肉肯定比曾乡长的肉好吃。我不敢往下面想了，我抽我自己的耳光，我说，范高，你还是个人吗，常言道，虎毒不食子，你怎么连自己的女儿也不想放过？病魔啊，病魔，有病就有魔鬼缠身了。我把自己的脸抽得稀烂，把头撞出大包小包。后来，我决定去上班。想用工作去冲抵我邪恶的念头。

我终于走进了糖厂，也就是现在的乡制革厂。

我走进去满屋都是牛羊的腥味，这很对我的胃口。但是往里走就不那么令人高兴了。我看见他们硝皮，硝牛皮与羊皮，不管什么皮，先泡进用肥皂和纯碱化成的水里，又泡进皮硝化成的水里。他们把那些皮子朝下，捏着生皮的头，往缸里浸硝水，我就想到我曾祖父溺死我姑姑们的样子。就像硝我的虎皮一样。再然后，他们把硝水沥干了，就开始用一把把大钝刀割那皮板上的肉屑、残余脂肪，然后，横铲，直铲。他们把皮板钉在钉子上，用木板压住，不停地铲呀削呀，削呀铲呀，然后再打皮张，打那上面的灰。他们把皮子吊起来，用木棍敲打。可是那铲削的疼痛蔓延到我身上，接着又被他们吊起来了，被他们用木棍撑着，被他们硝，然后他们磨，他们伸展（防止缩板），再然后，用一种磨砂轮子把皮子打光。我压不住啦，我找范厂长。我看见范厂长正在和几个厂领导硝几张灵山猫皮。那灵山猫皮与虎豹的皮没什么两样，一样色彩斑斓。他们硝着这种皮，这种国家二级保护动物的皮，说是县里某领导托的，送给省人大的一位老首长去做皮袄的。他们知道我不会制止。因为我在这里有两万股呢。他们也一样的像硝其他皮子那么硝，一样用碱水泡，一样下盐，一样削、铲、刮，一样用棍棒敲打，一样用竹子绷着皮板，然后上机，上各种从上海买回来的机器。特别是他们割着那些残存肉屑时，真像在割我的肉。那里面有一种想腌制我硝我的气氛。可恶的范厂长还递给我一把钝刀，说乡长你来一显身手。我说范厂长，你们这是硝谁呀？他说硝灵山猫呀。我说你们该不是想硝我这身皮吧？他说乡长开玩笑，我们何曾敢硝您，只怕不要命了。再说你是我们厂的有功之臣，可以说没有范乡长就没有今天的制革厂，制革厂的每一点成绩都浸透着您的心血。我们只有多创造产值和利润才能报答您的关怀。我说行了，别恶心了，我讨厌阿谀奉承，你搞好哪是报答我，把我的投资收回来就不错了，让几百工人有饭吃就不错了。他说那就硝呀。我只好拿起特制的大钝刀。可是面对着我脚下的灵山猫皮，我却不敢下手。我的手就抖了起来，拿刀的手直发抖。范厂长看见了，说，乡长，您怎么啦！我记得当时我没说什么，我把大钝刀奋力地甩出了窗外，砸在原地磅车间的地磅上，哐当一声。接着我就去夺他们手上的钝刀，我夺一把甩一把，夺一把甩一把，全扔了出去。我说，你们别硝我了，我烦死了！他们说，我们在硝灵山猫。我说灵山猫不就是我吗，啊？！你们给省里送这些东西，你们不怕丢进（牢房）去吗？以范厂长为首的人直瞪瞪地站在那里，手上没有了刀，不知做什么才好。我见他们还不明白，就吼叫起来，就扑向他们，见人就咬。

我先后咬伤了厂长、副厂长、车间主任和主管会计，还咬伤了他们的公关小姐。

是谁把我抓住的呢，是副乡长曾广贤带来的几个联防队员。他们来此何事呢？他们是送打伤我的凶手来的。

这就巧了，几个五大三粗的乡联防队员都是好样儿的，曾广贤副乡长一声令下，他们就把我抱住了，并且掐我的脖子，在我的口里掏出了许多人的肌肉组织。曾广贤副乡长说，范乡长，范乡长，不要激动，我们把枪击你的凶手抓到啦，你认认，看是不是他。我看着那个被五花大绑的人，不像个猎人，倒像个叫花子，流浪汉。我那时哪有心思辨认凶手，我已经咬红了眼，我说，范厂长，你不要硝了，我跟你说，你硝灵山猫该当何罪！范厂长说不硝了不硝了，他给曾广贤副乡长说，范乡长太坚持原则了。这种猫在咱们神农山多的是，算什么呢。又对我说，范乡长，不送这几只山猫皮去，我们就贷不到款，贷不到款，制革厂就不能扩大再生产。范厂长说这些时捂着耳朵。他的耳朵已经被我咬去了大半，他对曾副乡长诉苦说，范乡长的牙齿好厉害。曾广贤副乡长就乐呵呵地笑起来，说，范厂长你的招风耳可以硝一个城市小姐的好坤包。范厂长捂着耳朵哭笑不得，回敬说，你曾广贤还要多咬掉一只手指头就是叶利钦啦！这小子！他知道叶利钦的一只手差两个手指头。曾广贤副乡长说，范厂长你是不是咒我退休？范厂长说，哪里哪里。你们退休了我制革厂咋办？他们开着玩笑，我的喉咙还是被人掐着的。

后来我到办公室才平静下来，离开制革厂才平静下来。我对曾广贤副乡长说，你把那猎人放了，人家又不是故意的。曾广贤副乡长说，不判他三年五载不平民愤。他竟敢枪击革命干部，这不是暗杀吗？我说别上纲上线了，他还不是以为是只真虎，这怨不着人家。曾广贤副乡长说，我的不白之冤算是雪洗了。我说你何必把玩笑话当真呢。但是在离开我办公室时那个猎人却喊起冤来，他说他打过他们村村主任的一条狗，村主任讨厌他，就把他送来了。

“我对天发誓，我没有枪击过范乡长。”

“可是你承认了，白纸黑字。”曾广贤副乡长拿出一张纸说。

“是村主任要我承认的，说只要我承认，就不找我赔狗了，以后如果计划生育超指标，只罚我一半的款，这样我就签了，我还想要个儿子。”

曾广贤副乡长说：“你还要个卵子的儿子，到号子里要儿子去吧。你想翻供，没那么容易。”

我十分气愤了，我对曾广贤副乡长说，还不放了他！现在的法律是不告不理。我不告他，法院会理这个茬吗？你怎么完全没有法制观念，你这个混账！曾广贤副乡长被我骂了一通，乖乖地要联防队员解了绳子把那个猎人放了。然后我又骂联防队员，我说你们小心些，你们掐我的脖子，在我口里乱掏，我跟你们没完！你们这些小子，官不官，民不民的，警察不像警察，土匪不像土匪，尽是些二腾子！以后清楚一点儿，该掐谁的脖子，该掏谁的嘴巴，心里没个数！你们执什么法？是国法还是王法？

哪知道那几个联防队的二腾子一点儿不怕我，不怕我吃他们，不怕我怒吼，他们就又把我卡住了。这完全是曾广贤副乡长指使的。他们把我押进一辆桑塔纳轿车里，两个联防队员把我紧紧地摁住，车开之后，他们说，乡长，你消消气，现在要给你褪毛了，这是乡人代会一致的意见。原来他们背着我召开了大会。我看着车离开了乡里，离开了我们县，一直向省城开去，我才知道了他们是要强迫带我去治病。

在路上当我明白这一次“绑架”的真正用意之后，我就与那两个二腾子联防队员握手言和了。我说何必采取这样的办法呢，其实我可以顺顺规规地走进医院。这个病把我折磨得太苦啦，我早就做好了准备，想脱胎换骨改变自己的形象。联防队员说这没有想到，大家都认为乡长你不会那么爽快答应，今天我们又碰到了你大闹制革厂，曾乡长用手机与大家联系后一致认为要提前把你送去治病，早日治好了早日回来领导我们乡致富奔小康。他们说曾乡长表示，乡政府就是砸锅卖铁也要把范乡长的病治好。我说哪来的钱呢？乡政府只发百分之六十的工资，每个人每年的医疗费一律两百元，多了不报。我这病不是一分两分的事。他们说，钱的事已经解决了。曾乡长还发动了大家献爱心捐了款，每个小学的师生也在他们很困难的情况下一毛两毛捐了不少，钱的事你就不用担心了。曾乡长让我们转告你，你安心养病，早日康复，家里的事就不要放在心上了。我听了之后感动得流出泪来。我坐在轿车里，看着窗外的景色，泪水簌簌地往下落。我哭成了一个泪人，他们就安慰我，就给我说笑话，让我开心。他们说了一个很恶劣的笑话，一个荤笑话，荤得一塌糊涂，在此我就不想转述了。后来又说起了顺口溜，我也跟他们说起了顺口溜，顺口溜我心里装得多啦。这样我们说着讽刺社会不良现象的顺口溜，就到了省城，就住进了省人民医院。

现在就要说到医院有名的整形外科大夫毛晋教授了。我们请毛教授吃饭的时候毛教授说，今天没有手术，我喝两杯酒，结果喝了十杯。毛教授为人和蔼，不摆架子，什么话都跟我们谈。他最擅长的是治巨乳症，他说割下来的最大的两个巨乳有八十多斤，他说我这点病简直不算什么，长各种各样毳毛的人多得很，他说这是多毛症。他一句话就说出了我的病根，可见是我们省非常厉害的一把刀。他说巨乳症、多毛症不是天天都有做手术的，于是他也干一些乳房整容的小手术，把连接的乳房分开，把瘪乳填满，把垂乳弄翘，把无乳的弄出有乳来。另外，他说他还做一种修补处女膜手术，这手术做得好，一天要做十几个。都是乡下来城里发廊打工的女孩。因为他爱说，我们就怂恿他说说这弄破了的处女膜怎样修补。他喝多了酒，几句话就把秘密说破了。他说很容易，朝下身打一针麻醉，把破处女膜周围的黏膜用 5-0 或 8-0 的尼龙线一缝合，老婊子也就成处女啦，现在骗男人太简单了。我就说，毛教授，你就是个大骗子了。毛教授跟我碰了一杯说，我当然是个大骗子，我还会做假鸡鸡，我做的假鸡鸡硬邦邦的。我们问，那它为什么硬邦邦呢？毛教授说，我们用软骨嘛，或者用更假的化学硅胶银丝假体做支撑嘛。现在能把人送到别的星球上去，一个鸡鸡还做不出来，所以说，你这点病就不要着急啦。你早该来找我，早给你拔光了，早没事了。

听了毛教授的一番话，我心里热乎乎的，当即就给我老婆打电话，说我这个病有治了，主刀大夫我们都打点啦，带来的神农香菇和茶叶都给他啦。人很好，说不定一个月就解决问题了。

但是说时容易做时难。我在医院里做了数不清的检查与盘问（问诊）。他们看我有没有糖尿病，有没有柯兴氏症，有没有肾上腺皮质增生。他们要查清我吃过什么含激素的食品与药品没有，祖上有没有多毛症。最后确定为一种遗传返祖现象。花了那么多钱就做出这么一个结论，真是让我哭笑不得。莫非我祖宗是一头老虎吗？我还是极与医生配合的，依得我过去的脾性，早就对他们下口了。他们太啰唆啦，花了不少冤枉钱，有些检查据同室的病友说，可以花几十元就解决的，他们见我是公费医疗，就让我用精密仪器检查，像什么核磁共振、全身 CT 什么的。用药的时候也是，医生问我：是自己掏钱还是公费医疗？来照顾我的两个联防队员抢先回答：公费！医生就开始开进口药了，连葡萄糖都用的是美国进口的。这些人也不知是什么心理——譬如两个联防队员，生怕说出自己掏钱会让医生瞧不起似的，说公费，好像就是吃公款，国家公务员，有保障的城里人。难道自己掏钱就是乡下人吗？当然是。乡下人当然自己掏钱。这样医生在手术给我下刀子时，在开药检查上也下刀子了。

过了半个月，毛教授就问我，你是想永久性脱毛呢，还是暂时性脱毛？我说当然是永久性脱毛啦。他说我们要这么问，因为永久性脱毛和暂时性脱毛手术方法不同，医药费也不同。你反正是公费医疗，不如永久性脱毛来得爽。说不定公费医疗今年明年就要改革了，一改革，吃药自己掏钱，你的毛就要自己掏钱脱啦。于是，他们给我制定了细致的医疗方案，当他们告诉我需要半年，要做五次手术时，我就傻了眼。我说这么长时间我能熬得住吗？再说，我们乡很穷，把全乡的财政收入拿来给我治病也不够啊。毛教授嘿嘿地发笑，说，别哄我了，我知道，三年小乡长，百万进腰包！我当即就急了，我说，毛教授，照你的意思我是个贪官喽。毛教授说，哪里哪里，我说的是一种社会现象。我们医院院长，工资与我们差不多，但是房子装修就花了几十万，钱从哪里来？我们内科医生，比我们外科医生还有钱，钱从哪里来，开好药贵药呗，拿回扣呗。我说，毛教授，你给我开那些药也拿回扣吗？他说，肯定要拿回扣啦，我吃我千把块钱的工资，那不饿死！他估计又多喝了几杯，说了真话。

我跟他说只有把手术时间减少，五次手术一次做怎么样？毛教授说可是可以，但你要忍受难以忍受的痛苦，因为手术时间就要很长了。我说，长痛不如短痛，一次痛就痛够，我能挺得住的。鉴于我的经济情况和强烈要求，他们开了几次会，勉强同意把我的五次手术一次做了。

手术前他们给我吃了一些药，说是让我镇静，免得我乱叫乱咬，又给我打了麻药。我正想细看他们是怎么用一台新型脱毛机给我脱毛的，但马上就不省人事了。

我醒来的时候是在第二天，手术做了足足十五个小时，毛教授和他的两个博士生操刀。我醒来的时候浑身疼痛，但睁开眼睛看到自己身上的那身毛一根也不剩了，光溜溜的了。多么好啊，我说我好了！我好了！我好了！我忘情地欢呼起来。但是疼痛的感觉像石头压来。我疼啊，疼啊，两个照顾我的联防队员就扭住我。怪不得派两个男人来服侍我，不然的话真要出事。在我的吼叫下，医生也加入了制服我的行列，他们给我打针，打的是杜冷丁，嘿，打下去就不疼啦。

我昏昏沉沉地睡了一天，醒来后疼痛又来了，他们也不给我打针了，说怕我上瘾。这可苦了我，我恨不得把床拆了，两个联防队员一边一个按住我，说，乡长，乡长，忍忍就过去了。我说你们来忍啦，你们忍忍看，刀割一样，我忍得住？没有办法，我被他们按住，呼哧呼哧地吼着气，就这样，又过了一天，疼痛才轻了一些，我也平静多了。

对治病的恐惧这是我一辈子也忘不了的。特别是手术后的两三天，我简直在地狱里走了一趟。当我从病床上下来能走动时，我已经不成人样了，骨瘦如柴，眼窝深陷，畏寒畏冷。我让联防队员给我买了一面镜子。我看着镜子里的我，我问我，这是范高吗？范高乡长？这是那个一身虎毛的人？完全不是了，是一个正常的鸦片鬼。虽然正常，却是一个鸦片鬼，打着哈欠，流着眼泪，眼里惊惶，想到那台脱毛机，就会联想到我们制革厂的硝皮机、磨革机、伸展机和打光机。这比那些机器还可怕，简直是绞肉机。

我催医生快让我出院，因为钱已经用了十几万元，没有钱了，两个照顾我的联防队员每顿只能吃一碗面，已经饿得眼睛发绿了。假若我再在床上打滚，他们完全没有气力按住我了。为了保证我的饮食，他们做出了极大的牺牲。有一天我看见他们把我没吃完的一点儿面汤，装着端出去倒掉的样子，竟在走廊里争抢起来。他们争着我的面汤，两个人抓得满脸是血，我在病床上暗暗掉下了眼泪。

不过好在小部来了，小部雪中送炭来啦。小部给我们送来了钱，说是曾广贤副乡长给他的。小部现在神气啦，小部评为全省优秀乡邮员啦。这小子！人哪，估不死，说变就变，既可以变坏，也可以变好。我真为他感到自豪，我们山乡，出了个全省的优秀乡邮员，是我们乡全体三万人民的骄傲。我问小部这钱是哪儿来的，小部说大概是制革厂的。制革厂现在生意火啦，我都给他们投递过几十封订单了，全国各地的都有。小部说，乡长你的病好了我最高兴。我说为什么？他说，我一个人在邮路上最怕听你叫，你一叫，我就真以为老虎来了。那一次我听见你叫，吓得我把一袋信就丢在悬崖下了。我说好你个小部，你扯我的歪，自己没有职业道德怪得了别人。说了会笑话，小部给我汇报说，他不仅拿了一千块钱奖金，还幸运地得到了一首诗，省邮电局工会的一个女诗人给他们优秀乡邮员一人送了一首诗。他拿出那首诗来。我看那首诗写着：你的邮路上，青春在闪光，你的邮袋里，盛满了山区人民的希望。我说，这是好诗，小子你有出息啦，省里的女诗人还给你献诗，你千万不要辜负省里领导对你的期望，好好干啊。

小部坚持要用他的奖金请客，于是我们就在医院旁边的一个餐馆，点了两个回锅肉，一个羊肉粉条火锅。两个联防队员各吃了三大碗饭，把餐馆一个电饭煲里的饭都掏空了。我看着他们狼吞虎咽，我的喉咙硬硬的，我对他们说，让你们受苦了。他们说，如果不是乡长你病了，我们哪能在省城里住一个月。只要乡长的病好，我们受点儿苦算什么呢。我说，我好啦，彻底好啦，省里的医术还是高明，三八两下，就把我的毛剃光了。我现在能穿上过去的服装了，我正常了，抚昔思今，不由人感慨万端。我想我真的好啦，面对着医院外面的阳光，面对着匆匆的人流，车水马龙，我对他们说，我要出院了。

我用手机给乡里打了个电话，第二天，乡里的桑塔纳就到了，小部也跟我们一起坐车回去了。

我回去就投入了乡里繁忙的工作。我边工作边吃毛教授给我开的药，身上的疼痛就消失了，而且也不想吼叫和吃人了。我没有了吃人的食欲。除了偶尔还有点吼叫的念头外，其他都好啦。不过想吼叫也是有条件的，这就是不能在溪涧、在山顶逗留，也不能一个人行夜路，每每这时，就想吼。我十分注意自己的行踪，尽量不要领受神农山区的暗示和诱惑。这样，我差不多就要把过去忘记了。我振奋精神，面向未来。

但是两个月后——大约两个月吧，我在一次上班的途中被人绑架了。但那是被人体面地绑架的。有两个外地商人在饭店打电话来，要我去饭店谈谈他们来此投资的事。我走到半路上，一辆别克车就把我截住了。多么漂亮的别克车，当我细看这辆闯入我们贫困山区的锃亮的轿车时，有两个人就下了车对我说，是范乡长吧，请，我们的老总在饭店等着你。这样，我就糊里糊涂地跟他们去了我们乡新修的四层神农饭店。

进了房间那个声称来投资的老板二话没说，就从旅行包里拿出两个玻璃罐子，里面泡着一只手和一只腿，说，这就是欠债不还的下场。我说我何曾欠你们的债，我与你们素不相识。这时他们把卫生间的门拉开，从里面走出一个垂头丧气的人，他就是制革厂的范厂长。我就说，范厂长，是不是你欠了他们的钱？范厂长说，确切地说，我不是欠了他们的钱，是欠了那些屠宰公司和养牛专业户的钱，那些猪皮牛皮都是赊来的。我说你们的皮革都卖出了，你们的钱呢？范厂长说，钱让曾乡长拿去了，说是给你治病。救人要紧，我们就付给了医院。他们让讨债公司来催债，讨债公司要下我的膀子，我只好把你请来啦。

我看着那个讨债公司的老总，两只断眉眼，尖嘴猴腮的，有什么狠气。我说，你吓唬不了我，你以为我真相信你们的话，这些泡着的东西我见得多啦，我刚从省城的医院回来，那是教学标本，以为我不知道。

好啦，他说，那么我这么有钱是从哪儿来的呢？我的车，你坐了，前些日子没在电视上见到我？我养了我们县十五个福利院的孤寡老人，每人每月一百块钱零花钱。

我想起来了。我说，我知道，我看见县委书记接见了你，你对孤寡老人很有孝心。但是你为什么这么残忍呢？你真这么残忍吗？

我就这么残忍，他说，我最看不得欠债不还的。这是我小时候就形成的观念。我的父亲是个剃头的，老实巴交，一年下来，全是一本赊账。我父亲就把我支使出去讨债，我五岁就开始讨债。我今年四十五岁了，我讨了四十年债。我为私人、集体、政府部门催回来五亿元债款。我下过的膀子无数。今天，为了使乡长你相信是真的，我用七千块钱抵一只小指头。范厂长欠我的债权人九万七千多元钱，我剁他一截手指头，就只剩下整九万元了。

这个讨债鬼说到做到，把范厂长的手拉到桌上，剁下了他一截小指头。那血淋淋的小指头在桌上跳了几下，跳到地下，还在动，一掣一掣的。我的眼睛盯着那血糊糊的指头，我闻到了血腥味。血和指头在唤醒我什么，我毛焦火辣的。我听见那个家伙还在说，乡长，你是还债呢还是给我们一只膀子。你不想还，我已经知道你爱人在政协哪个办公室上班，你女儿上学走哪条路，什么时间出校门，你不顾自己，莫非还把老婆孩子的手膀也搭上？

我克制不住自己了，我听见我体内有什么东西在呼啦啦地往外蹿，是火，可蹿出来成了虎毛啦，火苗成了虎毛，虎毛像火一样，更加夺目，更加灿烂！我上去就咬，我发现我的牙齿越来越尖锐，我的指甲越来越长。我连咬带抓，把这个可恶的讨债鬼咬得面目全非，把他的两个打手也抓得鲜血淋漓。我听见他们在喊，老虎！虎！我听见范厂长用断了一截手指的手在拍着欢呼，虎！虎！

那三个讨债鬼就这么伤痕累累地抱头鼠窜了，钻进了那辆别克车，一溜烟开跑啦。

可惜那时候没人泼我的水。我就这样变成了虎，我被关了起来。派出所和联防队全体出动，把我围在一个山头，我与他们对峙了三天三夜，最后把我捉住，关进了一个大铁笼子。

为了防止讨债人再来催债行凶，他们把我放在制革厂的大门口。制革厂有我吃的，那些运来的猪皮牛皮，削下来的大量肉屑，够我饱餐。

在夜晚，硝皮机和抛光机拼命地轰响着，在神农山区的深夜里，还有一种响声，那就是从制革厂流出的硝皮的废水声，哗啦啦地冒着一股臭味。在这股恶臭的废水声中，我将要睡去。我舔了舔自己的爪子，准备和月亮一起睡去。

我是一个制服了歹徒的英雄，我却变成了一只笼中的老虎。命运就是如此。全部的过程就是这样。

刺　谷

他一个人走在山路上。

无风无雨，朗朗星空。白天的暑气在山中消散得很快。

他是去一个叫沙坳子的地方催了款的。他急于要赶到县城去，没想在那个小山坳里过夜。山里的人，睡又硬又黏的凉席，上面却盖着一床十多斤重的被子，压得你喘不过气来。当时他想，他有的是力气。晚上赶路，天气也凉快。反正早走晚走，终是一走，白天山里的太阳太毒，这个地方，走老大一会儿，也寻不到一棵歇阴凉的树，光秃秃的。于是他吃了晚饭就上路了。

他想只要走上公路，在路上总会碰到一辆汽车或是拖拉机，拦一拦，就上去了。搭个便车到县城，在旅社好好洗个澡，睡个觉。

当时村里的人指给他一条近路通往牛头沟。牛头沟就到了公路。据他们说，到牛头沟抄这条近路顶多十五六里。山里人的里数没个准头，说不定会有二十里，三十里。就打三十里吧，也没几个小时。他们把他将要走的路详细告诉了他：要翻过哪座山，哪里有个小桥，再往哪个方向走，再遇到一户人家下坡，又到一个牛棚，再跨过一道小溪谷，然后再沿小路走到头，就是巴茅坡。巴茅坡有个小卖部，再问问小卖部，绕过一个山梁就到了牛头沟。出门在外，记性还行。他把这些都一一记住了。

山路可不比马路，磕磕绊绊，高高低低，稍不留神就崴了脚。天气虽然凉爽，汗却流了一身。

估摸着走了近三个小时，按理也差不多快到了，但山还是连着山。山的影子遮着半个夜空。星星倒是很亮，可太遥远，无法与它们交流。看星，更觉得人的孤单。喉咙干得冒火，却总是找不到一处有水的地方。你听得见溪水响，可你就是找不到在哪儿。

走了几个小时，竟没碰到一个路人，连鬼也没见一个，毫无刺激感。但他时时预感到山路的不测和凶险。“我会迷路的，”他这样想。

陌生的山峰，陌生的大石头，一动不动地蹲在那里，还有陌生的苞谷地，风在苞谷叶中间发出一些若有似无的响声。虽说在山里贩大米来来去去，不怕什么，可以说是胆大包天，但此时他却无端地产生了一股空虚到底的恐惧。

夜往深处滑，有在有月亮。把思路想开些，出门在外谋生计，总不会像待在家里坐沙发一样安逸。是个苦命，既是苦命一条，还怕丢了这命不成！自己安慰自己，也就镇定下来了。他想，就这样走，总不会走到外国去吧。要是真走到美国英国去就好了。不禁好笑。就想家乡的事，想一些贩大米的同路人，想家里等着签字的一些合同，想生意经。

在路边苞谷地里掰了几根苞谷梗放进嘴里嚼，还有些水分，有点甜味。忽然生出一股劲儿来，他一口气就跑过了两个山包，上上下下，直到腿肌酸痛难忍，才停住。

果然，按他们指点的路线，他看到了一个牛棚，走进去，听到了牛喷鼻孔的声音。总算听到了一些鲜活的声音了，给了他一股暖意。

牛棚里有一盏昏暗的小灯，他朝里面喊：

“有人吗？”

一会儿，他才听见很迟笨的回答：“哪个？是根娃儿提酒来了吗？”

他钻进牛棚，终于看见了两头牛，和耕牛一样颜色的老头，正在吧烟杆。他说不是提酒来的，是过路人，讨口水喝。

老头拿出身旁的一个陶壶和一个陶碗，给他倒了一碗。山里的碗海大，他连喝了三碗才止渴。他坐下来，问老头牛头沟还有多远。老头说：“不远啦，不远啦，顶多还有十五里地。”

他听了心凉半截，想，走了半夜，怎么还有十五里，究竟有几个十五里？老头告诉他，的确只有十五里了，这里半夜还听得见公路上的汽车叫呢。

路线没错，而老头的这个十五里可能是确切的了。他坐下之后，才知道他的两条腿疼得要命，膝关节像泡在醋缸里一样。他问老头还有没有更近的路走。老头先是留他在牛棚歇一宿，他连忙道谢说不了，老头于是告诉他，有一条道是羊道，就是羊吃草才会走的。在山边边，老头说他经常赶着羊去，有几次都赶到公路上了。

就走这条羊道吧。老头能走我还不能走吗。于是他告别了老头，向羊道爬去。

事情的一切都是由这儿开始的。他终于迷路了。

爬如此陡的山路，他竟打起盹儿来。有几次，他迷迷糊糊地差点失脚摔落万丈深渊。说什么外人也不会相信，走路完全可以打瞌睡，而且还睡得挺香。等他瞌睡打得差不多时，找到一处泉水，洗了洗脑袋，清醒过来仔细把老头指点的路线一看，什么也看不清了。天，那时候他竟把路线忘得一干二净。只记得老头说过前面有个什么靠背椅似的垭口，叫兰甲坡。可是那个地方在哪儿呢？

他没带电筒，完全凭了在山里闯过一阵的胆气夜行。现在月亮也落进山腹去了，他掏出打火机，点燃一支烟。他想用打火机看看四周，但一下就被山风吹灭了。到处是圆圆的大石头，一步之下便是悬崖。他感觉到不对，如此荒僻陡峭，怎么会有公路！

反正有条隐约的小路，走吧，说不定柳暗花明的。这样，他又鼓起勇气往前摸索着走去。

大约又走了一个小时。他发现路越走越荒，石头上布满了苍苔和泥土。这样他好不容易爬上一块石头，踩下了一些碎石，碎石叮叮咚咚地往山下滚去的声音持续了好长。这声音把他的信心全部击碎了。

他坐在山顶上，半夜的风浸得他浑身打哆嗦。他的鼻子一阵发酸，差点落下泪来。心想，赚点儿钱也真难哪！看到别人赚钱就那么容易，一个条子，一个电话，就成千上万地进了腰包，老天爷太不公平啦！

肚子疼，走一步都有下坠的感觉，想拉屎。风风雨雨在外奔波，染上了这种怪病。一累，就想排泄。在石头上蹲了一会儿，什么也没拉出来。只好提上裤子，横下一条心朝山下走。

雾气升上来了，前面什么也见不到了。他折断一根树枝探路。

连滚带爬地下了山，坐在一块光滑的石头上喘气。他再也走不动了。如果此刻有个拦路劫财的，他会拱手交出那捆在腰间的上千斤粮票和几百元钱。

他想到这一带的滑竿，此刻能坐上滑竿，这一辈子就满足了。见他的鬼去吧，妄想。他躺在石头上，手触到了一条蛇或是蜥蜴什么的，吓了他一大跳。就在万般无奈时，他听见了不远处传来的狗叫。一声一声，分明是告诉他，这儿有人居住！他爬起来，循着狗叫的方向一步步挪去。

绕过一口水塘，就看见了一栋房子。他像疯了一样找到门就一阵乱敲：

“有人吗，老乡，开开门！”

有咳嗽和下床的声音。灯也亮了。一声钝沉的拨门闩声过后，厚实的木门打开了。是一个干瘦的老汉，婆婆嘴，下唇有一蓬刺猬胡子。他把他让进门，始终是一副没睡醒的样子。他见老汉不知所措，就说：

“老乡，别怕，我不是坏人。我是天黑前从沙坳子赶来的，我要到牛头沟去，迷路了。”

那老汉看着他，既没要他坐，也没给他倒茶喝。他一屁股坐在地上，说：

“老乡，有水给我一点儿喝吗？我快干死了。”

那老汉好久才放下灯，到大门外头偏厦的厨房里给他舀水去了。

当时他吓到别人了，像个跋涉了万水千山的牛贩子或是一个被追捕的逃犯。趁老汉给他舀水的当儿，他环顾了一下屋内。像这山里所有的房屋一样，是用石块和土坯垒成的。堂屋里一副石磨，上面堆满了一些陈旧、破烂的衣物。两把粗糙的木椅，除此之外，什么都没有了。

等他像牛一样喝了一大瓢水后，老汉全家人都从屋里出来了，睡眼惺忪地站到他面前，打量着他。包括老汉，一共四个人，有老汉的老伴，一只瞎眼，另一个是他女儿，十七八岁，没见过世面一样微笑。另一个是姑娘的兄弟，歪着头，眼睛看人是翻白，是个痴子。从这一家人表情看，他可能是多年来少有的山外生人了。

他被这一家人看得不好意思了，便找了个话问：

“这里是哪儿？”

那个姑娘回答说：“我们这儿叫刺谷口。”

他又问：“这儿离牛头沟还有多远？”

独眼婆子说：“远着啦，有四五十里！”

四五十里？天哪，这一夜我究竟怎么走的，走到哪里了！于是他又问：

“沙坳子呢？”

“沙坳子？……没听说过啊。”姑娘回答。

他们全家人都说不知道沙坳子。他彻底绝望了，靠在一把弯木椅上，浑身乏力。他这时看了看表，两点三十分。在山里转了竟有八九个小时。他抬眼向敞开的大门望去，门外一片漆黑，风在刺谷里刮，凄凄婉婉。

他对这家人说：“我太饿了，你们能卖点儿东西给我吃吗？”

那老汉有些犯迟疑。他又问：“苞谷也行，有苞谷吗？”

老汉说：“苞谷倒是……有几个。”

知道这带把粮食看得很重。也许他们会很大方地给你猎来山珍吃，但粮食却不愿献出来。他说：

“我会加倍付钱的，谢谢你们。”

那姑娘经过老汉的应允之后才到厨房去，一会儿，端来几个煮熟的苞谷。他这个大米贩子管不了许多，拿起一根就啃。

姑娘又给他在门口的腌缸里抓了一碗酸萝卜和酸白菜，这些东西一会儿就被他一扫而空。

吃过之后他掏出五元钱给这家人，都不收，最后他还是硬塞给了独眼的老婆子。

肚子总算填满了，精神也有些恢复了，就提出在他们这里借一宿。老汉说家里实在没有多余的床。两个铺，老汉跟憨儿子睡，老婆子跟姑娘睡。他只好说：

“那我在你们屋檐下躺躺吧。”

那个姑娘说：“屋檐下寒气大。”

老汉想了半天，最后才提出让他睡到柴房里去，并且答应腾一床棉絮给他。

他当即千恩万谢，拿出毛巾到屋后塘里去洗了洗浑身的汗垢，就到柴房里去了。

那姑娘这时候给他抱来几捆茅草，散开，再把一床千疮百孔的棉絮铺在上面。

他躺在松软的茅草上，真是舒服极了，正当他睡得香甜的时候，听见柴门被推开的声音，进来的是那个姑娘，端着灯，他忙起身问她干什么，她说给牛添草。牛就在柴门的后面一间。她说这事每夜都是她干的。

他看着姑娘小心地拉动草垛，生怕草落到他的“床”上。他跑过去帮姑娘拉，他对姑娘说：

“你可是你们家里主要劳动力啦。”

姑娘点点头说是的。姑娘问他是哪儿人，他回答说是平原的人。姑娘问：“远吗？”

“远着哩！要坐好几天公共汽车，还要乘几天的大轮船。”

姑娘说她没有坐过汽车，也没有坐过轮船，更没到过平原。

“平原可好哪，不像你们这儿，出门就是山，爬死人，爬着爬着还迷路。我们平原比山里富，家家都有电视机、缝纫机，一家屋里自行车好几辆。咱们那儿的地一眼望不到边，种稻谷，种棉花。现在咱们那儿女的在社队企业当工人，男人就出外做生意。”

他说的的确是真话，一点儿也没添枝加叶，姑娘听得有些入迷了，手也停下来，说：

“我只到县城去过一次，还是好多年前了，咱们这里穷，没钱出去玩。”

他说：“人生一世，要见见世面，要享受享受。”

说了这些，实在有些困了，眼皮没法抬起来，但那个姑娘似乎全然不见，还扯着他问这问那。他只好掏出一支烟来点燃，跟她极不情愿地瞎聊。

姑娘的口音不好听，味儿短。门牙发黄，说话就害羞的笑，就露出牙根。

姑娘把牛草抱进里面去后，又回来站在他的面前了。他无话找话地问她腰上的裙兜：“这是你自己绣的？”

姑娘说是的，跟妈学的。

他说：“你手真巧。”这是违心话，其实姑娘的一双手很粗。

姑娘谈起绣花，话又多了，说：“我还绣了好多帕子、床帘，小时候妈逼我学。说不学会长大就寻不到婆家。”

他于是问：“现在寻到婆家没有？”

姑娘说：“还没有。”

“今年多大啦？”

姑娘说：“还不满十七岁。”她此刻非要去拿她绣的东西给他看不可，他拦也拦不住。

趁姑娘去拿她心爱的绣品时，他在那儿想，这里的姑娘也真可怜。难怪好些家伙在这一带贩卖姑娘的，把她们哄到湖北湖南、河南安徽去，往往一个姑娘顶多只要几百斤粮票。前几天听说五十斤粮票就可以带个姑娘出去，一个卖三五千元，赚大钱的路子，看来这没有假。

不过他并不想贩姑娘，有好几次，有人劝他去合伙干这种买卖，他觉得太昧良心，就没干，还是老老实实贩他的大米，这保险些，也不冒什么风险。

姑娘把她的绣品拿来了。他看过之后，的确被这些东西吸引了，真是一些精细的工艺品，看样子，这个姑娘还有些内秀。他想起他们家乡，姑娘们虽长得漂亮一些，却是一些草包，不可能绣出这些东西来。他突然滋生了想把这姑娘带出山去，给她在平原上寻个婆家的念头。

“你愿意嫁到我们平原上去吗？”他这样问。

显然姑娘不好回答，姑娘还小，又是不谙世事的山妹子。

“我带你出去。真的，我不是坏人。”他看着这个姑娘。姑娘拿着她的绣花手帕翻过来绞过去。他拉住她粗糙的手让她坐到破棉絮上。他又说：

“你愿意去我们家乡吗？只要你愿意，我就带你去北京、上海、广州玩玩。”他没说给她寻什么婆家，好像，他不好意思开这种口，他只是清楚，这个姑娘很想到外面的世界里去走走，于是他就这么说了。

姑娘听到这些果然露出了浅浅的幻想，有点为难地说：“我要问问我父母。”

他说：“先别告诉他们。只要你想去，明天咱们就走。走时我会留一笔钱给你父母的。你放心，我又不是把你卖了，也不会把你吃了。”

他打开他腰上的那个钱袋，取出一叠叠粮票和钱说：

“这不会是假的吧！”

也许这些话说过就说过了，第二天起来他就会彻底忘干净，只不过图了一时的快活，一时的炫耀。他起身拍着姑娘的肩送她走出柴门时，姑娘却站住了，抬起头望着他这样说：

“哥哥，我这一身破衣服怕走不出去？”

他听到她叫他哥哥的时候忽然有一丝快慰的电击，这遥远的荒山，一个疲惫的迷路人，被这一声唤喊弄得柔情似水了。他抱住她，发现姑娘发育得十分成熟，那时候柴门外的天空又高又远，稀疏的星星闪闪灭灭，使刺谷隐约地泛着一片苍白而温情的青光。

缺少亲情的，出门在外的年轻大米贩子，他去亲吻她、摸她，她都一动不动。他把她放在破棉絮上，两人偎进厚厚的茅草中。

油灯忽闪了两下，姑娘爬了起来忙穿衣裳说："恐怕我爹寻来了。"

最后，当瘫软如泥的他一个人躺在破棉絮上时，睡意全无。

他虽然也是初涉此事，却还知道啥叫处女。他躺在这个至今还不知东南西北的刺谷小柴房里，回忆刚才那一幕，马上想到这个姑娘将会成为他的负担。他后悔，不再对她有一丝的兴趣。

我得赶快溜之大吉。这真像开了一个玩笑，对，一个玩笑，如此而已。天亮之后就完了，麻烦就会来了，我既不知道他们的名字，他们也不知道我的名字，留在这儿做什么，我还有多少事没办哪！

他这样想，还没等到东方发白，鸡叫二遍时就爬起来，悄悄地离开了这一家，速速地往山上爬去。

他一口气翻过了几座山，心想，离他们越远越好，他们就再也找不到我了。

他在一个隐蔽的崖口停下，那时天已经亮了，四周一片宁静，在崖口的下面，一条小河正泛着黎明的白光，薄薄的雾气在一些苍松间飘散。

意外地，他听见了汽车的鸣叫，在东南方向的不远处，公路正在半山腰向他招展。看见公路就好像回到了人世，昨夜的事情，像一个梦一样过去了。

他依然四处漂泊，走南闯北。他希望那一夜的偶遇成为人生中的一个小插曲，以后不再想它。果然，他就真正忘记了这件事。

两年以后，他贩大米又来到了这一带。

有一天，当他坐一辆汽车回县城的时候，正是白天，他坐在驾驶室里，眼睛忽然一下扫到了路边的一个小饭店：牛头沟饭店。那一夜的记忆马上全翻出来了，刺谷、姑娘、迷路……

不知道是出于什么原因，他马上喊司机停车。等司机刹了车，他对司机说：

“你先走吧，我在这里还有点事得办一下。”

下了车，他分辨着两年前走过的路，莫名其妙地赶向刺谷。

天净如洗，凉风习习。他不知是带着一种什么样的心情走上这旧途的。月光照着他这个贩大米的人。他问自己：我还来这里干什么，我这不是无事找事，疯了吗？

越走近刺谷，脚步越慢，越惶惑。我吃了什么迷魂药？那个姑娘有什么值得好怀念的？现在她说不定早嫁了人。就是没嫁人，如果她把那晚的事告诉了她爹娘，会给我好果子吃吗？我这去，不是伸出来的脑袋让人剁？她会再理我？哪怕她原谅了自己，走八十里的山路来回去幽会，那也是还路债。

他在心里想了一千条阻止自己前往的理由，可是，脚却机械地往刺谷挪动，并没有往回走的信心。

走吧，很多事情都是没有理由的。人活在这个世界上，有什么理由呢？他倒是巴望能尽快看到那栋孤零零的石头屋、那个柴房。他感觉到此时的心情太复杂了。他想起那晚的细节，竟好像跟发生在昨天一样清晰。

刺谷到了。

理智使他驻了足，他谋划了一下：不要同她的家人接触，只能躲在哪个地方看她一眼。如果运气好的话，能单独把姑娘唤出来，跟她说几句话，解释一番，给她一点儿钱，也许此行的目的就达到了。

他知道，要冒风险。但是风险面前他能保持平静。生意人，就是化解风险的。

石头房影影绰绰地出现在他的面前，水塘在月光下发光。突然这时他的鼻子发起酸来。真是见了鬼！我激动什么，铁打的汉子，心肠怎么软了！觉得有愧吗？

他看看四周，刺谷静得像另一个世界。他站在这陌生的山中，突然发现自己是多么的可怜。一个旧旅行包，一个揩汗的脏毛巾。赚过钱，吃过大酒楼，见过各种场面，可说到底，还是像无家可归的野狗，只身在外，整天跟利欲熏心的生意人打交道，缺少真情。见到过婊子的笑，那种笑也是生意的笑，掏了你的钱，笑就没了。谁给你过一杯茶，一捆草，一床絮？谁无偿地献身于你？谁跟你说真心话？

不，我一定要见到这个姑娘，我一定要见到她！不管怎样，不管发生什么事情，我都要与她说说话。难道我跑了几十里山路，不是为了这个吗？他想清楚了，他需要一种东西，像一株行将枯死的街头的泡桐，需要一阵温湿的雨，滋润他，替他洗去心上的灰尘。

乌云遮了月，他来到屋子的廊檐下。接着风刮了起来，雨也砸落在地上。

气温急骤下降，风一吹，寒气侵入骨头。他跑到柴房边，看到大门的缝里射出一线灯光，证明屋里的人未睡。

他没有了勇气去敲门。

他准备到屋后的窗子往里面瞄瞄，见机行事。他躲在檐下，慢慢移动。没想到被她家的狗嗅到了气味，马上乱叫起来。心一慌，绊着了门外的一个什么东西，哐当一声响，接着大门开了，冲出来两个人，是一男一女，向外喊着："是哪个，干什么！"他没命地往回跑，往山上跑。雨淋过的石头又溜又滑，他一连摔了几个跟头。

后来房子静下来了，狗也不再叫了。他站在山坡仔细回想，刚才那女的声音很年轻。一定是她，对，是她，她还没有出嫁。

毫无遮挡地被风吹雨淋。我就这样返回去？但是他不死心，他就像癞皮狗一样。在深夜的风雨中盯着近在咫尺的房屋。

他顾不了许多，抹了一把头发和脸上的雨水，筛糠似的往下走。

他想起还有在路上未吃完的饼干，拿出来，让雨淋湿，然后捏成一把，刚等狗叫时，就把饼干坨扔过去。狗不叫了，呜呜地吃这从未见过的美味，他这才靠近窗户，朝里望去。

终于看见了那个姑娘。她的模样一点儿也没有变，穿一件红色嵌边的土竹布衣，使他吃惊的是，她怀里抱着一个小孩。他正在想这孩子是她家谁的，但马上听到了小孩的啼哭。这时那个姑娘竟撩开上衣，给小孩喂奶！

天，她结婚了！她在家招女婿了？他觉得乏味到了极点。这时，雨下得更大，远处的松涛一阵阵像鬼哭狼嚎，暴雨打在刺谷里，哗哗锐响。那声音从四面八方向他压过来，使他觉出自己的可怜和可悲。

他缩在后檐下，欲哭无泪。怪谁呢，这是老天爷故意惩罚你的。

他想离开这里，但暴风雨越下越猛，天黑如漆，浑身上下没有一丝热气，他就要冻僵了。就是走，不遇到山洪也会摔到悬崖下去，他没有一点儿出路了。

他抱紧双臂，又偷瞧窗内。他想，如果她招女婿的话，她丈夫呢，怎么没见着。再是，如果结了婚，她房里怎么依然空徒四壁？只有一张床，一个破摇窝，这点东西实在大有疑问。

他当时就没有想到这恐怕是他的孩子？他可能有这种猜测，但他不愿往那边去想。这太可怕了，怎么会呢，怎么在这个荒山野谷里有一个他的孩子，他的血亲？完完全全是不能令人相信的，会有这么巧吗，就一次……

正当他在窗外胡想时，看到那个姑娘把孩子放到摇窝里，掩上怀，端起灯来不知想干什么。

他紧张起来，又想夺路逃跑。这时，大概是他着凉的缘故，忍不住就打了一个很响的喷嚏。这个喷嚏简直太响啦，太舒畅啦，一下把屋里的姑娘吓得尖叫起来："哪个！哪个！"

屋里人全惊动了。

他没有跑，不知为什么，他的腿像生了根一样。

他闭上眼睛，等着他们来抓他。

他听见大门迅速地打开，有人跑出来。

"强盗！抓强盗！"男的女的声音，狗吠声，一起冲过来。

他赶紧说："是我！我不是强盗！"他迎上前去。他看见了，依然是那四个人，一个不多，一个不少。他们都拿着家伙。姑娘的父亲端着一杆土铳，她的独眼娘拿着一把镬，她本人操一根棍子，她的那个傻哥哥提溜着一把砍柴的刀。

这四个人可能认出他来了，却没有说话，僵持在那里。他马上又说：

"我是顺便赶夜路来的，我是来看您们的。"

"看我们？"她的父亲不相信。

他说："是的，看看你们，能让我进去吗？我冒雨赶了几十里山路，我快冻僵了。”

他尽量说一些话，想缓和这种可怕的、令人恐惧的气氛。

好像是那个姑娘拉了她父亲一下，他们全家才慢慢地把他让到屋里。

进了屋，也许是他那一副可怜巴巴的落汤鸡惨相救了他一下，他们才没有对他采取什么行动。但是姑娘的父亲却没把土铳放下来，她的傻哥哥站在她父亲的后面，拿着柴刀也高高举着，似乎只等一声令下，就劈将过来。

他站在一摊泥水里，用眼睛求助于那个姑娘。发现姑娘已进了她的房里，接着传来嘤嘤的哭泣声。

这声音对他的威胁太大了，无异于给他的处境雪上加霜。他看了看她的家人，她的父母都咬牙切齿地瞪着他，露出仇恨而凶狠的光芒，恨不得一口把他咬死。

“这是……你们怎么啦！我来看你们……我摸黑冒雨走了一夜的山路……”

说到这里他也哭起来。一半是委屈，一半是为了求得他们的怜悯和同情。他看到她父亲的土铳在发抖，她的独眼娘跑进屋里，抱出那个小孩来，重重地塞进他怀里。

她骂得很凶，反反复复地骂那几句话。他接过这个孩子，不知道怎么办才好。他用双手托着，离他湿淋淋的身子很远，一脸乞相地向他们求救。

接着他手上的小孩也惊哭起来。外面的雨下得更大，风把门乒乒乓乓地撞得乱响。他心如乱麻。这时，那个姑娘听到小孩的哭声，跑出来夺过他怀里的孩子，又回到了房里。

风声、雨声、哭声。他基本明白是怎么一回事了。

他双腿一软，竟跪在了他们面前。

他费了两箩筐的口舌，才基本缓解了他们一家对他的仇恨。他说那一次本来准备正式办手续后把姑娘带走的，不辞而别是因为他要在那天早上七点赶到牛头沟与装粮食的车碰面。出了件急事，后来车就把他载走了。一耽搁，就是两年。

信也罢，不信也罢。反正他总算来了。

那姑娘生的是一个女孩。

他对她和她家人说，能否让姑娘在娘家再住一段时间，他把足够的生活费和两年的补偿都有留下来，等他把几笔生意处理完之后，再来接她们母女。

他向他们赌咒、发誓，说他决不会跑的，要跑，这次就不会冒大风大雨来了。他告诉他们说自己家里只有一个老父亲，说他家里既没有妻子也没定亲。

然而她的父母却十分顽固，说不管你家有什么人，只要这次把她们母女带走就成。他们已经尽到了责任，他们不能老是被人戳着脊梁骨骂。不为别的，因为女儿生了个私娃子。

那一夜，他跟自己姑娘睡在一起。在油灯下他看着自己的女儿，这荒野中诞生的生灵，的确面目酷似他。那嘴、那鼻子和下巴。

姑娘躺在他的臂弯里，抽抽泣泣地诉说了她这两年的悲苦……

那个晚上，姑娘从柴房里悄悄出来，带着浑身的畅意和对未来的憧憬，一夜没有睡着。

第二天早晨，她起来拿出家里舍不得吃的四个鸡蛋，在锅里煮好，悄悄地端进柴房准备给他吃。

当她走进柴房时，早已经人去屋空。她把碗搁在柴门口，还怀着一线希望，以为他是在四周转悠或是上厕所去了。她去寻找，没有。一碗热腾腾的鸡蛋搁冷了，她倚着柴门，望着那条出山的小路。

不一会儿，姑娘的父母起床了。他们来到柴门，看到那一碗鸡蛋，又朝柴房看看，知道昨晚的平原客走了。

姑娘的母亲见神不守舍的姑娘依然在那儿翘首盼望，有了些怀疑，便走进柴房去，看到了破棉絮上留下的血迹，明白了一点儿什么，用气得发颤的声音拉住姑娘问：

“他走了？”

姑娘不知是摇头还是点头。

独眼的娘又指着那上面的血迹：

“这，这是怎么回事？”

姑娘捂着脸哇的一声哭起来。

她的父亲闻声进来，不一会儿也明白了是怎么回事，挥起手就给了姑娘一巴掌。

“你这个贱货！贱货！”

姑娘被打蒙了，觉得再也无脸见人，拔腿就往水塘那边跑，一纵身，跳进了水中。

她的父亲追赶来，也跳进水中，把奄奄一息的姑娘抱上了岸。

她的母亲守着她，她的父亲和她的傻哥哥提着土铳，沿着山道去追赶他。一连追了几十里路，追到牛头沟公路上。来往的汽车很多，他们知道，那个家伙早就逃之夭夭了。

姑娘被她的父亲打得皮开肉绽，关进那个留下了她羞耻的柴房，三天，水米没沾牙。

一天天过去了，父亲的气消了一些。但父亲每天把她赶上山，让她没日没夜地打柴，担水浇地，并让她的傻哥哥看着她，防止她寻短见。

一个月熬了过去，姑娘发现她身上未来，而且吐酸水，天天偷吃大碗大碗的酸菜。

这件事终于让她父母知道了，又是一顿好打，刺谷里有的是刺条。她的父亲下手狠，拿刺条抽打着她，刺全嵌进姑娘的皮肉里。到了晚上，她的母亲端着油灯，偷偷地为她挑刺，她的母亲心疼她，可父亲无情。

每逢挑刺的时候，她都恨不得大喊大叫，可她的母亲不让她喊，说：“孩子，忍着点儿，你爹听见了又要打你的。”父亲不让她母亲为她挑。她只好咬着牙，嘴唇全咬破了，不能吭一声。

母亲为她弄了许多草药，想用土方子把胎儿打下来。煎了一碗又一碗黑苦黑苦的汤，她不知喝了多少，却打不下来。

父亲依然每天把她赶到山上去干活，依然要她的傻哥哥看着她。

多少次，她在累得精疲力竭的时候，站在山顶上，朝县城的方向久久张望。她希望那条山路上出现负心汉的身影。然而，她得到的只有失望。

多少次，她想跳下悬崖，一死了之，可是她的傻哥哥脚跟脚、手跟手地不离开她左右。

六个月，肚子显怀了。

有一天晚上，她的父亲把她喊出来，一脚将她踢倒在地，又喊出她的傻子哥哥。

“根栓儿，给我踩，往她的肚子上踩！”

她的哥哥根栓儿看到在地上的妹妹，缩着肩往门旮旯里钻，“不，我不……”

她的父亲手拿荆条抽打她哥哥的背，边抽边逼她哥：

“踩不踩？踩！给老子踩！”

她哥哥忍着抽打，口里却大喊着：“我不，我不！”

于是，她的父亲便疯狂地抽打起她和她的傻子哥哥来。她的母亲刚从苞谷地回家，见到此景，跪在自己丈夫脚前，死死拽住丈夫的手说：

“你别打他们，要打就打我吧！”

第二天，姑娘又和她的傻哥哥上山了。

姑娘来到了一处山泉边。

“哥哥，你过来，我跟你洗脸上的伤。”

她的傻子哥哥走过去，含着泪，傻乎乎地笑着走到泉边。

姑娘掏出绣花手帕为哥哥揩着脸上被父亲打的伤，她自己也揩洗脸上的血痕。

她的傻子哥哥慢慢地退到石头后边。

姑娘果真脱下她的上衣，洗着伤痕累累的肌肤。

她用双手轻扶着隆起的肚子，泪水直往下掉。接着她穿好了衣裳，站了起来，朝泉水不远的悬崖走去。

她的傻子哥哥似乎预感到了什么，在石头后面大喊：“妹！妹！”

姑娘没有搭话，依然往悬崖走去。

她的傻哥哥顾不了什么，冲了出来，向前跑去，当她妹妹的一只脚已经悬空时，他像头猛狼一把抓住了妹妹。兄妹二人倒在悬崖边上。兄妹俩抱头痛哭起来。

回去后，姑娘就被关在柴房里了。

孩子是不足月就生产的。那时候，她在柴房里疼得死去活来，她的母亲想进去看看女儿，但她的父亲拿着柴房的钥匙。

孩子生下来了，她自己咬断了脐带。她躺在那床破棉絮上，血，染红了棉絮。覆盖了第一次失身的血……

为了孩子，她活了下来，直到今天。

他无言地倾听着姑娘的讲诉。听着姑娘最后向他起誓：她要一辈子跟着他，做小也好，当奴仆也好，就是上刀山下火海，也要跟他走。

他在她家住了两天。

那两天，他拼命地为她家耕地、砍柴。两天就砍了一个垛子。这是他无意之间闯下来的祸，轮到他自食其果了。

他痛苦万分。把他们带回去，怎么好跟亲朋好友及自己年迈的父亲交代？他后悔。悔不该迷路，悔不该在这僻远的山里来贩卖大米。他只好拼命地砍柴，砍呀砍呀，来缓解心中不散的郁结。

两天之后的晚上，姑娘开始打点行装。

她有点颜色的衣裳不过就一两件。她在那口八辈子传下来的木箱里翻来翻去。他说：“别找了，到我家后全给你买新的。”但是姑娘还是这也舍不得，那也舍不得。她看到他一副不高兴的样子，最后也只好作罢。只是把她绣的那些土布花帕、床帘子、花绷和针头线脑收到她的包袱中去。

收拾最多的，就是那个误投胎的女儿的尿片，还有两顶绣了些小鸡小鸭的帽子，也难看极了。

她的父母因为达到了要求，自然高兴得要死。为他们上路准备了一些山货，有香菌、炸薯干、苞谷，还烙了一叠饼让他们带上，在路上吃。

天亮起程。他把手头的钱和粮票留下了一大半给她的父母，作为报答养育之恩。这一家人磨磨蹭蹭一直送了他们几个山头，最后还是哭哭啼啼分手了。那个姑娘哭得很厉害。她的母亲拉着女儿的手说：“再回家来住些时候。”女儿便向父亲跪下来，连连叩首。

他把她拉起来，让那一家子转回去，于是，姑娘随他一起踏上了陌生的路程。

现在，他提着大包袱，姑娘背着背篓。背篓里睡着那个瘦弱的女儿。他们一前一后，默默地在山道上行走。

装女儿的是一个新背篓，用竹篾编成的。看来这就算嫁妆了。这儿的人结婚，陪嫁中总有两只背篓，他十分清楚。

这儿的人，老老少少，个个都背着背篓，千奇百怪，有腰鼓形的、漏斗形的、墨水瓶形的，粗糙的背篓不是用荆条，就是用葛藤编制，只有姑娘家才有可能背个竹篾的。

背篓是这个山里的重要工具，背柴、背山芋、背孩子……从生到死，背上就无法卸下那个沉重的背篓。

此刻，姑娘背着背篓，在暴烈的太阳下，佝偻着腰，一个从头到脚的土里土气的女人。她，她的——也是我的女儿。她们母女俩，是他的感情和理智所无法接受的人。他不敢相信她们将是他家庭的成员。他见多识广，腰缠万贯，怎么会有现在这个十分尴尬的处境呢？

脚步声沉闷而单调，他还没有找到解决身后这两个累赘的办法。

有一点是清醒的，在没有走出大山之前，他得想法拖延时间，以便能思前想后，找出一个能让良心基本接受的主意。

他不能接受这个现实，可怎么办呢？他为了正常的生存，只好让另一些人无法正常生存。他做了多年生意，他学会了这一点。如果就与她们组成一个“家庭”，那他怎么活，他将声誉扫地。他不能承认与这两个人的关系。让她再嫁？我给她足够的嫁妆，她会同意吗？把她卖给人贩子？卖得远远的，河南，或者山东。可是这又太残酷了，其中一个毕竟是他的亲生女儿。难道就让她们毁了自己的一生……

他是一个优柔寡断的人。他这一辈子注定了无法心狠手辣地去干大买卖，只能搞点劳力活的贩米生意，小本经营，少担风险。

从心底说，他最希望的是两全其美。可是人间会有两全其美吗？

走着走着，姑娘在后头喊住了他：

“咱们走岔道了吧？”

他是走岔道了，他挽着个大土布包袱，逃难一样的，他怎么会马上就去公路拦汽车呢？他这样回答：

“我认识一条近路，可以早点儿赶到牛头沟。”

那个老实的姑娘完全相信了他的话，跟了上来。

也许她知道没有近路，这些路，她走了十八年，还没走熟吗？但一想，她不跟这个男人走，又能跟谁走呢！

一前一后，木然地、石头一样地沿着无尽的山路，在一个山谷里转了整整一天。

他们在一个到处是大裸石的地方歇了下来，寻了一个夜间可以避风的处所。他放下包袱，给她取下背上的孩子。

白天的热气还滚烫地留在石头上，火红的晚霞一直从西边山峰延伸到头顶，映照着山谷里白色的石头。

他坐下来揩汗。把毛巾递给姑娘，姑娘揩了汗走过来坐在他身旁，竟伏在他肩膀上啜泣起来。

她一定知道了他在故意带她兜圈子，然而她不会说，她不会说出来。事到如今，她说出来会有她好处吗？

等她哭了一会儿，他拍了她肩膀两下，说：

“行啦，我最讨厌别人哭。”

可能离她的家和牛头沟很远很远了。他听见她这样说：

“这儿是哪儿啊，我没来过。”

他说：“你没到过的地方多着呢，别少见多怪。在你们这里，走来走去，还不是你们的穷山恶水，荒山野岭！”

他们拿出包袱里的干粮吃。

那个姑娘听到不远处的泉水声，拿过他的旅行茶杯去取水。

他喝着姑娘端来的水，斜靠在石头上。姑娘在一边给孩子喂奶。

天快黑了，姑娘怯怯地问：

“我们就睡在这里？”

他说：“这儿哪有人家！不睡这里睡哪儿啊！你跟着我这个可怜的生意人，得吃点儿苦。我们在荒郊野地睡惯了。”

她没了话，从包袱里取出几件衣裳来铺在一块石板上，对他说：

“你睡在这上面。”

他看了看她说：“那你呢？”

“我照顾娃儿，晚上蚊子多。”

他躺下来，枕着双手，一个人呆呆地看天。这时天上有了星星，风也很凉爽了。蚊子果然很多，他睡不着，坐起来抽烟。

他看见那个姑娘拿着一块绣花手帕在孩子头上挥动着驱赶蚊子。他有点于心不忍，就走过去，对她说：

“我来吧。你不去水边洗洗？”

她说：“不了”。一会儿，又问：“明天啥时候能到牛头沟？”

他看着远处黑黝黝的山峦，回答说：“那谁知道。说不定又是迷了路。明天再说吧。”

这时，山谷中传来几声麂子凄清的鸣叫，她的肩膀动了一下，说：

“离家都蛮远了。”

他说：“你还留恋个什么。那个刺谷，有什么好留恋的！”

她没有搭话。好半天，她终于对他说：

“我给你生了个女娃儿，那边的公公……会喜欢吗？”

真是，她真不知道我此刻在想什么。她还存有那些希望。

他胡乱地答道：“男女都一样。”

她又缄住了嘴。半天又吞吞吐吐地说：

“这娃儿，给她取个名儿吧……不知道她该姓什么……”

这个姑娘！到现在她还不知道我姓什么呢！

他心里爬过一丝又酸又苦的东西，对她说：

“取名的事以后再说吧。你现在给她取名了，她会答应？她还在吃奶呢！”

到这个份儿上，他想应该把有些话对她说说，探探她的口气，以便见机行事。于是他对姑娘说：

“你跟着我，会受罪的。我一年四季漂泊在外，你独守空房。趁现在咱们还没办手续，是不是我帮你再找个婆家？孩子就给我留着。”

哪知道那个姑娘一个词儿也没有。只是不停地挥动手帕给孩子赶蚊子。

接着他把自己的处境说得相当糟糕，把他的父亲也描绘成魔鬼。他还大肆污损他自己，说在外做生意的人，没几个好的，说自己就跟许多婊子睡过，还有花柳病。他希望她找个比他好的人，两个人一起好好过生活。

“你倒是说一句话呀，你哑了，你聋啦！”

她说了，她说：“咱一句话，就是不离开你。你瞎了瘸了，咱也伺候你一辈子。”

他只好唉声叹气。

那一夜，他们两个都没睡着。夜里的寒气逼人，可是两人都没挨在一起，各自东西坐着。

他实在太困了，打了盹儿，睁开眼睛，天已经大亮了。那边，姑娘却抱着孩子靠在石头上睡得正香，那样子，像在街头乞讨的叫花子。

他辨了辨方向，估算离牛头沟还不是太远，他当时差一点儿心软下来就喊醒姑娘朝牛头沟方向走去。

但是他的腿却抬不起来。

这一天是阴天。她们母女醒了。她问他：

“是不是走？”

“早呢，我不想走了。”

他真佩服她，难道她没有发现他是在磨蹭甩她？

中午，走到了一座非常陡峭的山梁尽头。停下脚朝下望时，是一个很长很长的陡坡，陡坡尽头是一条古老的废弃的河道，到处是龟状的巨石，异常显眼。

那个姑娘这时掏出她的乳房来给孩子喂奶，她的乳房已经干瘪了，全然不像两年以前的模样。孩子吸了几口就吐出来，四肢乱动地干号，更使他心烦意乱。这也难怪，就啃那些薯干、苞谷和几块硬邦邦的烙饼，到哪儿去找奶水呢？

他催她背好孩子，赶快走到山下去找点儿水喝。

山坡上净是碎石，踩在上面，碎石便连珠炮似的往山下滚。那个姑娘走不动，一步一步地用手触着往下挨。她是太累了，她背着孩子，又要给她端屎端尿、换尿片、喂奶，每到一地休息都一声不吭地去四处找水让他喝。

他只好等她跟上来之后，把那个孩子从背篓里抱了出来，让她背着空背篓下坡。

孩子长得并不赖，只是穿着打扮是山里的穷相，但相貌还灵醒。他挤出一点儿笑意向孩子笑了笑，孩子也笑了笑。她什么都不知道，她还太小太小。

下了山坡，他把孩子交给姑娘，他们在那个荒凉的古河道上坐下来。

前面的山谷很狭窄，悬崖上长满了开着一种白花的茂密荆棘。这儿空气很潮湿。

背着孩子的姑娘找水回来，急匆匆地对他说，马上有雷暴雨了，石头脚下都出“汗”了。她说她在那边看到了一个山洞，现在得赶紧到那边去避雨，别让大人小孩凉着了。

见她说得急，他只好跟着姑娘往那边跑。等跑到山洞前的时候，果然雷声轰轰，接着铜钱大的雨点铺天盖地地砸了下来。

他们躲在山洞边上，脸色惨白地喘气。

这时雷打在前面的悬崖上，撞出一个个的火球。暴雨下得整个河谷迷蒙一片，到处是怪叫声。风吹得他们直打哆嗦。她说：

“衣裳带少了，要冻坏的。”

他说：“总冻不死吧，你我的命都贱得很！”

洞顶上的泉水也在滴落，洞里阴冷潮湿，不知是一些老鼠还是蛇，在洞中的石缝里爬行。

姑娘抱着孩子，他抱着膀子。远处的山洪暴发了，声音可怖。不一会儿，他们刚走过的干河谷，转眼间就成为一条波涛汹涌的大河。

没有路可走了。这时孩子也哭起来。姑娘塞给她奶头，她总是吐。姑娘说：“如果找到一家人家，给她熬点儿面糊就好了。”

他不耐烦地说：“哪有人家，这洞里有人家吗？只有鬼！”

那个姑娘拿起一张烙饼来，一点点放在口里嚼，嚼烂了又喂到孩子的嘴里。他不再看她们。

惨烈的雷暴雨在河谷横扫。上天无路，入地无门。有一种令人胆寒心颤的预感推涌他。

没有电筒、蜡烛，也没有松明子。他兜里只有一个打火机。那时候，他竟生出一种快感来。反正看不见路，他干脆闭上眼睛行走。

姑娘的精神也彻底垮了，随时都有可能大喊大叫发起疯来。姑娘紧跟在他身后，哼哼着，鼻涕擤得叭叭响。

姑娘带着哭腔对他说：“一点儿都看不见了，这是往哪走呀？”

他说：“你在家里没走过夜路吗？”

她说："没这么黑呀。"

他说："我长期就是这么走的，你走几步就烦啦。"

她连忙说："我没烦，我没烦，我没烦……"说不烦，又哭起来。

他不管她了。前面是一段泥泞，又滑又陷，四处都响着流水声。他摸过一道又一道水沟，好在沟浅，但洞里的水，冰骨。走到一条宽水沟的时候，姑娘在后面喊：

"扶我一把。"

他跑过去扶她，发现她全身都是泥巴。他摸到了背篓里孩子头，孩子还是好好的。

然后是乱石堆。

然后又是乱石坡。

这样走了不知有多少时间，说不定天早黑了。反正洞内漆黑，昼夜对他们已不起作用。

坡渐渐往高处升去，怎么回事，洞内还有高山吗？他终于打燃打火机，借着微弱的亮光看去，天哪，前面不远和他们站着的左边都是悬崖峭壁，峭壁下烟雾翻滚。好险哪！果然是洞内高山，而"山"是洞顶垮下来的巨大石头堆积而成的，因此到处都是石头与石头的缝隙，打火机的光线在石缝中穿出去，形成千奇百怪的影子。

他望了望头顶，根本看不到一丝洞顶的影儿。这是个什么洞，我们到外星球了吗？

孩子没奶吃，饿得嗷嗷哭。他熄了打火机，顿时一片深深的黑暗，只有孩子的哭声在这无边无底的可怕洞窟里游荡，像从洪荒中泛出来一样。他又想起刚才看到的一切：怪石、光影、雾气……一种恐惧深深地透进全身，使他一往无前的亡命欲念顿时飞散殆尽。他陡然清醒了。

"抱抱她，别让她哭，你死了吗，哄哄她！"

他大声嚷着，想削减他的惧怕。姑娘抱紧孩子，哼着一些土腥腥的娃娃调。他想退回去了，这洞可能也是一条古河道，他的神经受不了。他对她说：

"我们转回去。"

"转去，转回哪儿去？"她在黑暗中吃惊地问。

他说："转去就转去，有什么可说的呢。"

姑娘激动起来："我不转去，我死也不转去，你答应过我的，你两年前就答应我，要把我带出山去过好生活，享受享受。你说话不算数，你骗我！骗我这山里的女子！……"

这一下哭起来就不得了，山壁上到处是一个年轻女子的哭声，此起彼伏，绵绵不断。

他说："你这是什么意思，我不带你在走吗！"

她说："洞说不定就要走穿了，就到了牛头沟了，你不能把我们送回娘家去。"

她完全误解了他的意思，她怕重回家去。他心里苦笑了一下，对她说：

"依了你，怎么办呢？"

她坚决地说："走！我在前面走，我领路。"

他说："刚才你看见了的，没路啦。"

她说："恐怕我们走错了，我到旁边去看看。"

他听到这话后毛根倒竖，全身骤寒，一把拦住她说：

"你要干什么？"

"那边的路恐怕平些，我探一下就喊你。"

他马上严厉地制止她说："别耽误事啦，这个洞肯定是死的。"

她说："不会，只要路近。"

他说："混账东西，这儿离牛头沟远着啦！"

她却说："我不信，你哄我，你是想把我送回去。"

他没想到，这个看起来柔顺的姑娘却如此倔犟。他再一次诚恳地说：

"这儿不通牛头沟！"

"通！"

当他不再骗她的时候，她却以为他是在说谎。

姑娘扒开他，向悬崖走去。那脚步声他听得非常清楚，细小的踏动碎石的声音，都强烈地震撼了他的心。

他没有去拉她，他站在那里。也许，他拦不住她。为了寻找到通往牛头沟公路的出洞口。她铁了心向前走。

他的耳朵嗡嗡直响，拼尽了气力喝令她：

“你……你把娃子放下！把背篓放下！”

接着他听到了那个姑娘脚步停下的声音。她也许当时想到的是，以为他换她背，她很快就放下了背篓。当他的手一碰到背篓的时候，她就离开了，一边走一还边说：

“你和娃儿后头慢慢跟上，我不相信那边就没好路……山洞我走得多啦……”

她在他打燃打火机时，肯定没看到旁边就是悬崖。他想告诉她，他的嘴巴却张不开。他扶着背篓，扶着那个孩子，四肢发抖地倾听着姑娘的足音。

仅仅只有几秒，还没让他反应过来，那个姑娘最后一声的惊叫出现了。接着是那一声惊呼挟带下去的大块大块石头相倾轧撞击的下坠声；人的声音和石头的声音飘扬着，翻滚着，穿透深厚的黑暗，慢慢跌落进深不可测的地方，永远地安静下来……

他的呼吸停止了。他想倾听在悬崖底下能重又浮出一声不死的呼喊来。他相信只要那个姑娘还活着，还有一口气，心脏还在微弱的跳动，他都会听到的。但是没有，一点儿也没有了。

当他从那种窒息的状态下活动过来，他举起打燃的打火机，走向阴风惨惨，雾气森森的悬崖边。他跪了半天，他起不来，走不了。

身后，背篓里的孩子哭了起来，他摸到那个背篓，背起它来就开始往回跑。

他没命地跑，一寸一寸地甩开身后黑暗的追赶。

看见了洞口！当一抹湛蓝色的天光从洞口泄进来的时候，像一道温暖的布幔。他的心战栗着，向洞口扑去。

山洪已经退了，他回到那条干河谷，回过身看着那个贪婪如巨口的洞窟，头捣着地，放声大哭……

他背着那个孩子又日夜兼程地往回赶，往刺谷赶。

他当时不再想其他了。他只能这么做。

他赶到那个家时，进去就喊：

“不是我杀的，我没杀她！是她自己摔下去的！我没杀她！……”

他反反复复这样说，开始他们家人都愣住了，后来总算明白了他说的话。

他恍恍惚惚地看见她的独眼娘将头往石墙上撞，她的傻子哥哥也乱捶着自己的胸脯。而她的父亲冲进屋里去，拿出来那杆土铳，对准他，铳终于响了，他亲眼看到了那腾起的火星和白烟。后来他就不省人事了。

他没有死。

那一铳打到了他腿上。

后来他们给他搞来草药和猪油或者是麂子油什么的敷伤。

在他的腿上给他取出了十几颗铁砂子。他疼得晕过去又醒过来，醒过来又晕过去。他没喊疼。

他又睡到那个柴房了，并且身子下还是那床破被絮，棉絮上还有紫色的血印，这些血包括他伤腿上的血，血痕与血痕叠在一起。

每顿饭都是由他们放在他手能够着的地方。他们谁也不理他。他就这样在柴房里养了半个月的伤。

总算痊愈了。事情他们也弄明白了，发生了的不可挽回。他与姑娘家的人进行了心平气和的谈判。他要求把孩子带走，但是他们不让他带，他把介绍信上的地址抄给了他们，他说他会好好待她的，凡是别人孩子能享受到的，她都会享受到。他还说他今后结婚，一定要找一个待她像亲生一样的后娘。并且说，等孩子稍大些能讲话了，他们将回刺谷住一段时间。

后来他们总算同意了。

又是一个早晨，他背上了背篓，跟这儿所有的山客一样。背篓里装着那个孩子，弓起背脊，踏上了出山的路……

图书在版编目（CIP）数据

神鹫过境 / 陈应松著 . -- 南京 : 江苏凤凰文艺出版社 , 2019.12（2024.2重印）
（陈应松文集）
ISBN 978-7-5594-4125-6

Ⅰ . ①神… Ⅱ . ①陈… Ⅲ . ①中篇小说 – 小说集 – 中国 – 当代 Ⅳ . ① I247.5

中国版本图书馆 CIP 数据核字 (2019) 第 231586 号

神鹫过境

陈应松 著

出 版 人	张在健
责任编辑	张　倩　王　青
特约编辑	王美元
装帧设计	WONDERLAND Book design 仙境 QQ:344581934
出版发行	江苏凤凰文艺出版社
	南京市中央路 165 号，邮编：210009
网　　址	http://www.jswenyi.com
印　　刷	三河市同力彩印有限公司
开　　本	650 毫米 ×920 毫米 1/16
印　　张	12.5
字　　数	184 千字
版　　次	2019 年 12 月第 1 版　2024 年 2 月第 3 次印刷
书　　号	ISBN 978 - 7 - 5594 - 4125 - 6
定　　价	45.00 元